政协邵武市委员会　编
中共邵武市委宣传部

邵武福醫生

蔡幼群

著

海峡出版发行集团｜海峡文艺出版社

献给在中国福建邵武这块土地上

为中美民间友好交往付出辛勤汗水的

每一个人！

序

林轶南

对老一辈邵武人来说，"福医生"是个家喻户晓的名字。1892年，在中国还处于光明前夜的动荡之中时，这位毕业于耶鲁大学的年轻人，选择放弃体面而稳定的生活，从马萨诸塞州的新伯利港乘船启航、远渡重洋，来到闽北小城邵武。40年间，他创办邵武的第一间西医院，开设学校、招收学生，甚至还办起了奶牛场。他用医术、智慧和爱心帮助了无数人，也成就了自己的传奇人生。

与福州、厦门这些口岸城市相比，位处福建内陆的邵武绝对算不上前卫；对于初来乍到的福益华来说，租地、建房、问诊、收徒……每一步都困难重重。所幸，邵武并不缺乏"敢吃螃蟹"的勇士，当他们带着怀疑和好奇、抱着"试一试"的心态，走近这位金发碧眼、操着不流利方言的外国人，切身体验过西方近代医学的"魔力"，他们的心防很快就得以卸下，交流也因此产生。

福医生的传奇绝不是单一的英雄叙事。与他一起为那个时代写下注脚的，正是这些"敢吃螃蟹"的、平凡而不普通的邵武人。本书中的姚汝霖、冯金祺、敖西拉，都是其中的典型代表。蔡幼群先生在创作过程中，访问了当事人和他们的后代，这些珍贵的口述片段为全书增添了生动的细节，福医生待人至诚的心地、谦谦君子的形象跃然纸上。掩卷沉思，福医生当年在东关医院与助手们共同忙碌的身影、在二十都度夏时与当地村民结下的深厚情谊，仿佛就在眼前。更重要的是，这些平凡的邵武人的故事，得以在时间的长河中鲜活地延续。

有了珠玉在前的《邵武四十年》，再创作一部讲述福医生故事的书，其难度不言而喻。作者怀着对家乡的深厚感情，遍览邵武历史档案、福建师范大学藏美部会租地契、耶鲁大学藏福益华文献、华中师范大学藏美部会邵武传教站资料，皆通过福医生的时间线巧妙化入书中。邵武的城市变迁、民生百相历历在目，读之无学术之艰涩，却有史料之墨香。当福医生的个人经历与邵武的城市历史相互印证，呈现在读者面前的，便不单是个体回忆，而是百多年前他在这片陌生的土地上扎根并逐渐融入的一幅立体画卷。这正是本书的独到之处。

2017 年 9 月，我受邀参加"寻梦追忆鼓岭行"活动，接待了福益华医生的孙女安妮（Anne Bliss Mascolino）。安妮提供了福医生从中国带回的一本相册，里面满是邵武的照片。最近，我们通过"家·谱"系统认出了姚汝霖、黄铎等人，将故事中的人与照片对上了号。但最令人心折的还是这本相册的封面：在福州工匠巧手制成的木胎漆器上，端正地写着："孔子曰己所不欲勿施于人，耶稣曰尔欲人如是施诸己亦必如是施诸人。"来自《论语》和《圣经》的两句名言被创造性地放在一起，东西方的哲理和智慧，殊途同归。我想，这正是福医生的故事给我们的启示。

于华理晨园

（本文作者系华东理工大学艺术设计与传媒学院景观系主任、副教授、硕士生导师）

目 录

开头的话

　　这是一段中美民间人士友好往来的故事。

　　故事发生在清末到民国这一时期，由美国本土到中国邵武这条遥远的路途串起，在清末邵武府辖属的邵武、光泽、建宁、泰宁四县城乡展开，故事主要集中在邵武城区的功德、宝严、进贤和遵道四个坊。

　　19世纪末20世纪初，先后有近百位外籍人士旅居邵武，他们在这里行医、办学、兴业，为中美民间友好交往留下浓墨重彩的一笔，福益华医生就是他们中的突出代表。

　　福益华，英文名爱德华·里德斯顿·布里斯（Edward Lydston Bliss），出生于美国马萨诸塞州北部海岸新伯利港一个虔诚的基督徒家庭。1891年6月他在美国耶鲁大学获得医学博士学位，决定放弃优越的生活和工作条件，报名接受总部在波士顿的美部会（ABCFM）派遣，来到福建邵武行医。福益华是他到福建后起的中国名字（福来自他的英文姓氏"Bliss"，益华，则是"有益中华"的意思）。1893年到1932年40年间，福益华在闽北的山城邵武开诊所、建医院，治病救人无数，成为闽北现代西医的奠基人；为降低当时高达50%的婴儿死亡率，他从中国北方和美国本土引进良种奶牛兴办奶牛场，并带动当地民众养牛取奶增强体质；他为解决牛瘟的困扰，不断研究并取得有效成果，被世人称为"牛瘟斗士"；他看到了贫困是导致许多疾病发生的主要原因，积极倡导发展合作社组织，创办农林试验场，引进先进农业技术和耕具。

　　故事的其他人物还有福益华的前辈约瑟夫·埃尔卡纳·沃尔克，邵武人叫他"和约瑟"，他是最早到邵武的美国人；米尔顿·伽德纳，中文名嘉高美；佛兰西斯·比曼和露西·比曼两姐妹，中文名宓蕴德、宓蕴玉，邵武北门居民亲切地称她们"宓师姑"；和福益华同住一栋小楼的查理·莱森德·斯托尔，中国名字多察理，汉美中学的校长，学生因他不苟言笑，私下叫他"不讲理"；以及内德·凯劳格（中文名乐益文）、格蕾丝·方克（中文名方恩惠）等美国友人。

在故事中，邵武人主要有姚时雍、张垂绅、朱书田、冯金祺、敖西拉、姚汝霖等。

这些故事是从大量的文献档案资料中细读出来的。它们散落在福益华的母校——耶鲁大学图书馆，记录在华中师范大学购买的美部会工作报告中，留存在协和大学图书馆并由福建师范大学历史系资料室传承，保留在邵武、建宁、泰宁、光泽的档案馆……这些故事由许多当事人讲述和撰文，编入政协组织编写的文史资料，收录在南平市及各县市的文史资料中，有的整篇讲述，有的部分涉及，有的是只言片语。

当然，完整的故事来源于小爱德华的《邵武四十年》，他用饱含深情的文字给世人留下了最清晰的美国民间友好人士在邵武的时间线，该书中许多细节有其他文献和专著无法达到的广度，因为小爱德华本人也在邵武这块土地上度过他的童年和少年。

《邵武福医生》和《邵武四十年》叙述的主人公是同一个人，凡是《邵武四十年》一书中已经叙述的内容，本书都尽量用最短的语句予以概括以作过渡。本书主要是从小爱德华读过的和没有读过的宝贵文献中，站在一个邵武人的角度，试着将《邵武四十年》已经讲述的故事的历史背景，邵武当时的政治、经济、文化生态，以及没有叙述但对邵武发展非常重要的事件整理出来，怀着对中美民间友好人士的崇敬及感激，将这些故事奉献给每一个读者。

应聘的"福医生"

1891 年，美国纽黑文市，耶鲁大学正静静诉说着它的故事。这所学府容纳了 1956 名学生，下设耶鲁学院、科学学院、哲学与艺术学院、法学院、神学院、美术学院以及医学院。其中医学院的规模最小，仅有 74 名学生，每年毕业人数不过 20 多人。

医学院的主楼是一座典型的哥特式建筑，高耸的尖塔直插云霄，拉丁十字平面布局规整，竖向线条赋予建筑挺拔之感，彩色玻璃窗在阳光照耀下投射出斑斓光影，外立面上精美的雕刻，更是让人一靠近，便心生对学术的敬畏。深褐色砖石外墙爬满常春藤，像是岁月为它披上的绿衣。宽敞的走廊两侧，陈列着医学史上重要人物的画像和经典案例，仿佛在无声地讲述着医学发展的漫长历程。就在这里，一位年轻人，仅用 2 年时间就修完 3 年课程，顺利斩获医学博士学位。

他，就是爱德华·布里斯，时年 26 岁，来自马萨诸塞州北部海岸的新伯利港。此刻，他头戴方形博士帽，身着黑色博士袍，意气风发地走出主教学楼，周身洋溢着青春与自信。此前在院长办公室，身为他导师的医学院院长，毫不掩饰对他的欣赏，告知他已被推荐到康涅狄格州政府任职。然而，这份在世人看似前途无量的公职，并非爱德华的理想归宿。

爱德华成长于一个充满爱与温暖的家庭，他是查尔斯·亨利·布里斯和爱米莉·里德斯顿·布里斯的长子。8 个月大时，他险些因猩红热夭折，是教会医院的医生将他从生死边缘拉回。他的父母慈爱而不溺爱，家中 7 个孩子都须承担一定家务。作为长子，爱德华负责每天早起生火煮燕麦粥，他从未抱怨，反而常借着炉火，在清晨大脑最为清醒之时阅读大量书籍。多年后，他向自己的 3 个孩子回忆，正是那些炉火相伴的时光，助力他轻松记住拉丁文语法和各类公式，从而考上耶鲁。

这是一个鼓励孩子追逐梦想的家庭。1889 年，从耶鲁大学毕业后在小学任教的爱德华，决定重回耶鲁攻读医学专业，父母毫不犹豫地给予支持。在医学院学习的最后阶段，爱德华心中有了明确的职业规划。他的偶像彼得·帕克（伯驾），1834 年获耶鲁大学医学博士学位，1835 年于广州创办中国境内第一所现代化眼科医院，首创挂号制度，还在中国近代医学史上留下割除乳癌、膀胱结石，使用乙醚麻醉与氯仿麻醉等开创性成就。爱德华渴望成为像伯驾一样的人，不辜负父母和老师的培养，也不辜负自己的人生。

一天上午，爱德华收到美国传教委员会的杂志《传教先驱》，此前他曾致信美国海外传教委员会秘书，询问如何申请成为海外传教医生，秘书艾尔顿神学博士便寄来了这本杂志。杂志上一则"招聘派往邵武的医生"的短讯和一封报名信，吸引了他的目光。可邵武究竟在何处？爱德华决定前往学校图书馆查阅有关信息。

这座图书馆建成于 1843 年，是耶鲁大学第一座独立图书馆大楼，外观酷似剑桥大学国王学院教堂，高耸尖顶彰显独特气质，1889 年又加盖一座罗马式大厅。馆内珍藏着 1713 年牛顿亲手捐赠的《光学》和《原理》，以及伊莱休·耶鲁赠送的中世纪绘图手抄本《人类拯救通鉴》等珍贵典籍。

在图书馆的地球仪上，爱德华没能找到邵武的标识。但在一幅足有 10 英尺（1 英尺 =0.3048 米）宽的中国地图上，他沿着福建闽江上游 3 条主要支流中最中间的富屯溪溯源而上，终于在源头找到了邵武——地图上一个毫不起眼的小点。他继续查阅关于邵武的文字资料，得知这座城是清朝邵武府衙、邵武县衙所在地，管辖邵武、光泽、泰宁、建宁四县，其中邵武县已有 1631 年历史。979 年，宋太宗赵光义平定南唐、攻克山西太原城后，邵武由县升格为军，归福建路管辖，后又改为府。

中国，远在太平洋彼岸，是一个遥远而陌生的国度，彼时仍处于封建统治之下，福建山区更是充满未知与挑战。爱德华坐在图书馆阅览桌旁，暖黄灯光洒在脸上，面前放着院长刚给的推荐信和那本杂志，脑海中思绪翻涌。他想到贫困山区那些因缺医少药而饱受病痛折磨的人们，想到自己或许能成为他们的希望之光。时间悄然流逝，他的思绪从太平洋飘向中国，落在闽江支流富屯溪，仿佛在丈量着从美国纽黑文到中国邵武的漫长距离。每一次思索，都让他前往中国邵武的决心愈发坚定。

窗外，秋风轻拂，几片泛黄的树叶飘落。片刻后，爱德华坐到桌前，拿起笔，在报名信上郑重写下自己的名字。他深知，此去山高水长，但为了心中信念，为了那片遥远土地上急需帮助的人们，他毅然决然、义无反顾。

1892 年夏天，美部会总部批准了爱德华·布里斯的申请。9 月27 日，爱德华·布里斯背着牛仔布双肩包，提着皮箱，登上"中国"号海轮，从美国旧金山启航，驶向未知却充满希望的远方。

两个布里斯医生

1892 年，"中国"号海轮缓缓驶离美国旧金山港口，在浩瀚的太平洋上劈波斩浪。这艘隶属于美国太平洋邮船公司的海轮，承载着旅客和货物，穿梭在中美之间的航线上，见证了那个时代的移民潮与贸易往来。彼时，大量华工搭乘此船前往美国，投身铁路建设等艰苦劳作；同时，它也是清政府官选派往美国的留学生的主要交通工具，可搭载 300 多名旅客，沿着上海—横滨—旧金山的航线，完成一次横跨太平洋的漫长旅程，往往需要 1 个月以上的时间。

爱德华·布里斯在"中国"号海轮上的第二天，便留意到船上十分之一的旅客和他一样，是前往中国和远东其他国家的传教士。随着航程推进，第四天，经历了一次惊涛骇浪后，船上的气氛变得热烈起来。爱德华从其他传教士口中得知，同船竟还有一位也叫布里斯的传教医生，而且是位极具魅力的漂亮女医生，她叫罗丝·布里斯，正准备前往中国广东。

爱德华还未从一年前初恋失败的阴影中完全走出，所以并未对罗丝产生男女之情，只是十分享受在这漫长的海上之旅中有这样一位聪明漂亮的旅伴。他们一起在甲板上散步锻炼，玩掷木盘游戏，欢声笑语回荡在海风里；夜晚，又常常坐在甲板最上层帆布下的椅子上，吹着海风，畅谈至深夜。这亲密的场景，引来了其他 26 名传教士的误会与嫉妒。

在相处中，爱德华了解到罗丝·布里斯的父辈也是在中国的传教士，并且在福建福州传教站度过了 10 多年的时光。而爱德华在海上最初的日子里，正潜心研读意大利探险家利玛窦的《利玛窦中国札记》，书中对福建物产的介绍，尤其是关于茶叶的描写，让他心生好奇。于是，他向罗丝问道："你知道福建的茶叶吗？"罗丝微笑着回答："知道啊，我父亲每次回美国休假，都会把福建红茶当作最贵重的礼物送给他的朋友。"

事实上，像罗丝说的那样，传教士等西方人士对茶叶功效的大力宣扬，使得英国乃至整个欧洲逐渐爱上了茶叶这种新型饮品。饮茶之风盛行，迅速带动了茶叶贸易的繁荣。罗丝还兴致勃勃地给爱德华讲述，世界上许多国家"茶"字的发音，都受到闽方言"te"的影响，在欧洲人眼中，"福建"几乎成了茶叶的代名词，这也正是清朝政府开放的五个通商口岸中，福建独占福州、厦门两个口岸的原因之一。

罗丝接着介绍，福建武夷山产的红茶在英国价格高昂，成为贵族竞相追捧的奢侈品。贵族们热衷于在精致的茶会上展示来自武夷山的红茶，以此彰显自己的财富与品位。一箱品质上乘的武夷山红茶，价格可达英国普通工人一年工资的数倍，在英国的社交和商业场合，它是一种高端的馈赠礼品。在福建的传教士，几乎没有不懂茶的，懂不懂茶甚至成了判断一个人是否在福建待过的标志。

不仅如此，西方商人和传教士进入福州后，两次以探险之名深入闽北，目的就是弄清楚风靡欧洲的茶叶究竟生长在怎样的环境中，有哪些品种以及生产规模如何。1834 年 11 月，英国商人戈登与郭士立乘鸭嘴船沿闽江北上，成功抵达武夷茶区，他们亲眼见到贡茶园后，惊叹道："我们十分震惊地看到茶树的形状各异，一些只比地面高出45—56 厘米那么一截，这种茶树生长十分茂盛，以至于我们用手都不能拨开枝叶……"次年 5 月，戈登与郭士立再次前往茶区，这次队伍中还加入了美部会传教士史第芬。然而，由于驻守建宁府清军的拦截，这次探险仅进行一周便匆匆结束。当时，自康熙、雍正以来，清政府实行禁教政策，乾隆继位后更是严厉取缔传教活动，传教士是不准进入中国内地的，所以进入建宁府的传教士被礼送出建溪流域。

但这些禁教政策随着第一次鸦片战争中国的战败，逐渐被打破。

罗丝说着，拿出一本条约汇编递给爱德华，里面收录了1844年7月
3日的中美《望厦条约》、同年10月24日的中法《黄埔条约》，以
及1858年的《中美天津条约》《中英天津条约》《中法天津条约》等。

罗丝解释道，她父亲在这本书上做了许多标记，其中中美《望厦
条约》第十七款规定："合众国民人在五港口贸易，或久居，或暂
住，均准其租赁民房，或租地自行建楼，并设立医馆、礼拜堂及殡
葬之处。"中法《黄埔条约》第二十二款规定："佛兰西人亦一体
可以建造礼拜堂、医人院、周急院、学房、坟地各项，地方官会同领
事官，酌议定佛兰西人宜居住、宜建造之地……倘有中国人将佛兰西
礼拜堂、坟地触犯毁坏，地方官照例严拘重惩。"《中美天津条约》
第二十九款规定："嗣后所有安分传教习教之人，当一体矜恤保护，
不可欺侮凌虐。"《中英天津条约》第十二款提出："英国民人，在
各口并各地方意欲租地盖屋，设立栈房、礼拜堂、医院、坟茔，均按
民价照给，公平定议，不得互相勒掯。"《中法天津条约》第十三款
议定："凡按第八款备有盖印执照安然入内地传教之人，地方官务必
厚待保护。"这些条约中的条款，尤其是《天津条约》中的"宽容条
款"，不仅让传教士得到地方官的保护，还允许他们深入内地传教。
《望厦条约》《天津条约》签订后，在福州的英国圣公会、美部会和
美以美会三家商议传教范围，确定美部会传教范围是闽北建溪和富屯
溪流域，这也就是爱德华被聘为邵武医生的缘由。

40天的海上旅行转瞬即逝，"中国"号海轮最终停靠在福州罗
星港。爱德华·布里斯下了船，而罗丝·布里斯则需继续她的行程。
自此，两个姓氏相同的美国医生就此分别，他们工作的地方相距800
英里（1英里=1609.34米）以上，在那个交通不便，唯有水路相对便
捷的年代，这是一段需要历经千辛万苦才能跨越的距离。

爱德华在福建邵武生活几年后，与当地绅士交往，时常看到东关
码头隔三岔五就有装满茶箱的鸭嘴船南下福州，这才明白美部会将传

教站选在闽北腹地的重要原因——茶叶贸易。富屯溪流域上游的邵武拥有丰富的茶叶资源，作为福建八府之一，邵武及其管辖的邵武县、光泽县与武夷山核心茶区紧密相连。从 19 世纪至 1912 年，武夷山的茶政管理机构便是邵武茶政。1853 年后，由于太平天国运动，广州港被太平军占领，武夷红茶改由福州港出口。仅仅 3 年后，福州港出口茶叶就达到 74 万担，其中武夷红茶和邵武工夫茶就占了 63 万担，经由建溪、富屯溪水运至福州。

茶农制茶

按外国茶商标准装茶箱

　　茶叶出口的急剧增长，给邵武的茶农带来了财富，也吸引了众多外国茶商。水北、和平、肖家坊一带的茶叶品质优良，远销西欧各国。鸦片战争后，广东旅邵客商专门设点监制茶叶，东门外登云桥、紫云桥附近以及城内参将衙门对面，开设了数十家广东茶庄，生意十分兴隆。这些广东人经营的茶庄，大多是英国、荷兰、比利时商社的代理人。每到茶叶制作的关键时期，这些商社的外国老板都会沿着富屯溪北上邵武，深入茶区，亲自把关。这一时期，邵武茶中赢得最高赞誉的当属白毫茶。白毫茶青采自大叶茶，以清明前摘的一芽一叶为原料。茶叶嫩芽背面生长着一层细绒毛，干燥后呈现白色，制作时须精心保留不使其脱落，泡出的茶汤中，白毫依旧附着在茶叶上。美国传教士卢公明在1872年出版的《英华萃林韵府》中称赞道："最好的白毫则来自邵武……"这段跨越重洋的旅程，同船的两个布里斯医生，带着各自的使命与憧憬，驶向不同的方向，他们的故事，也融入了那个时代中国与世界交流碰撞的宏大叙事之中。

热情的林牧师

1892 年的那个秋日，福州罗星港热闹非凡，码头的货仓里堆满了等待装卸的货物，其中一箱箱茶叶散发着迷人的馥郁香气，它们即将被运往世界各地，成为福建对外的一张独特名片。福州传教站的林刘祥牧师早早便等候在此，迎接跨洋而来的爱德华。

一见到爱德华，林牧师便难掩喜悦，热情地说道："你要去的邵武，就是我的家乡！"这一消息让爱德华惊讶不已。回想起在海轮上遇见同样姓布里斯的女医生，如今又在福州碰到家乡正是自己目的地的牧师，他不禁好奇，未来还会有怎样意想不到的事情发生。

从罗星港到福州美部会所在的仓山，尚有几小时的路程，林牧师叫来一部马车。两人一上车，年过半百的林牧师便打开了话匣子，向爱德华讲述起 20 年前的一段往事。

那是 1873 年的秋天，林牧师陪同美国人和约瑟、吴思明、柯为良，乘坐江西船工的鸡公船，沿着富屯溪向着邵武府地界进发。在出发前，已有其他美国同事前往建瓯，也就是福建八府之一的建宁府所在地，却在当地士绅的集体反对下，被清军礼送出境。和约瑟曾忐忑地问林刘祥："我们会不会也遭遇同样的结果？"林牧师坦诚地告诉爱德华，他当时无法打包票，但他坚信邵武人较为开放和包容。和约瑟提出，到邵武有两个主要行程安排：一是前往洋圳坑，考察那里的天主教教堂；二是在邵武城区租一处房子，作为基督教布道的场所。

"洋圳坑是这一带的圩市，村口有一棵千年大樟树。虽已农历十月，正值当地人称的'小阳春'时节，温度不低，晴天居多。大樟树旁，10 多个老年人裹着被子，坐在几根横着摆放的木头上晒太阳。我们一行穿着秋装，背着装满圣经书籍和药品的行囊，身上直冒汗。

柯为良看到有人把被子裹得紧紧的，还不时发抖，牙齿'咔咔'作响，十分好奇，便用在船上现学现卖的邵武话问道：'吓个设？（什么事？）'柯为良说的邵武话虽然蹩脚，居然有老人听懂了，老人瞥了一眼回答道：'打摆子了！'老人心里肯定纳闷，这些洋人不是老在这一带转，成天把天主挂在嘴上，怎么会不知道打摆子呢？"

爱德华听到此处，忍不住打断林牧师的话："什么是打摆子？"林牧师笑了起来，说道："你问的和20年前柯医生问的一样！当时我对柯为良说：'就是书上说的疟疾！'柯为良听后，立刻打开背包，拿出一瓶药片交给我：'这是奎宁，治疗疟疾的特效药，给他们分一分。'我在发药时，用当地话对村民说：'这是专治打摆子的药丸，问菩萨要来的。'"

林牧师向爱德华解释，之所以没说是问天主要来的，是因为这些村民应该是信佛教的。

从罗星港到福州，直线距离不过20多千米，但道路狭窄且曲折，有的地方仅能通过一辆马车，路面崎岖不平。2个小时后，他们到达了魁岐村，村里有许多茶肆，两人便在那里稍作休息。林牧师点了邵武工夫茶，还叫了一盘福州肉饼，让爱德华尝尝，说道："邵武工夫茶清醇，福州肉饼肥香，绝配。"爱德华依照林牧师所说的方法品尝，果然觉得十分美妙。

林牧师边吃边继续讲述："和约瑟三人在洋圳坑看病、分发奎宁和圣经小册子后，又继续返回，朝着邵武城进发。我们到邵武后，就在东关黄家码头下船，隔壁是下河街码头，几百米长的河面上，帆船林立，货流不息。和约瑟和他的美国同伴在这里下船，并没有引起太多人的注意。因为茶叶贸易频繁，经常有蓝眼睛、黄头发、白皮肤的外国人在这里上下船。路上，江西的船工还讲，城里已经住了10多位外国人，有住在东关小台上的西班牙神父，还有来自英国、荷兰的茶商，茶商在东关吊桥边又开了几个收购点，门上挂着某某洋行的招牌。"

"我把和约瑟三人带到自己家，我家在小东门道佳巷，离东关码头不远，由于不在官街上，十分清静。巷宽不足5尺，院子挨着院子，十几户人家的大门都差不多，5尺宽，7尺高，石头门框，杉木门板，里头是二进的院子。家里人早就接到我从福州托人带来的口信，做好了准备，收拾好了客房。"

"日上三竿，和约瑟三人才懒洋洋地起床，我为他们准备了东关城门口最出名的猪血粉和靠山提。三位美国人先是做了祷告，吃了几口邵武的早点，却觉得不合口味，又冲了带来的炼乳，吃了碎面包。"

"早饭后，我带着他们去了邵武城区当时人口最密集的忠孝路（现在的五四路）。和约瑟三人来邵武，原打算在城区比较中心的位置租栋房屋，作为传教的临时场所。可在城里转了一圈，三人都不满意。北门有县衙，西门有府衙，南门虽然热闹，但每条巷子都住着当时的邵武名门望族。"

"太阳落到登高山顶，我们才转回东门。行春门外，随着赶路的船只陆续靠岸，进贤街开始拥挤起来，搬运货物的工人来来往往，挑着担子的小贩不停吆喝，大大小小商铺的伙计都站在门口招揽生意。街旁边的几个小巷，七拐八弯，家家屋顶冒着炊烟，户户屋里传来柴火噼里啪啦燃烧的声音，厨房里飘出蒸饭的米香与呛人的辣椒味，一下勾起了路人的饥饿感。和约瑟一行兴奋异常：'如此人间烟火，是个好地方。'三个美国人嘀咕一阵后，对我说：'林，就在这，租房！'"

"我开始在进贤坊的几条巷子寻找合适的房子。上河街倒有一两处中意的，可刚刚开始谈契约，县衙公差就来了，说是知县有令，外国人租房要报备衙门。我跟去衙门，路上师爷悄悄告诉我，小台上的天主教神父告状，说我带了几个'邪教'的人来。城里几位有头有脸的人家也拜访知县，称不可租房给我们。"

"我悻悻回到家，与和约瑟、吴思明、柯为良一交流，决定先回福州。"

说到这，林牧师招呼爱德华上车，在马车上，林牧师从座位旁拿出一个皮包，里面装着圣经书籍、手稿和信件，他从中找出一封信件，递给爱德华，这是和约瑟第一次到邵武的工作报告：

"邵武府由位于中国亚热带沿海省份福建省西北部边界上的 4 个县组成。全省多山，邵武府有几个山峰足有 1 英里高，有许多狭长的山谷。山上，众多河谷，泉水小溪比比皆是。山相当陡峭，梯田很多，洪水经常泛滥。但是这里的水稻是最绿的景色，给人一种难得的感觉。从福建的省会福州出发，到邵武直线距离大约 145 英里。但是，沿着闽江蜿蜒的河道，或者沿着跟随河道走向的蜿蜒道路走，距离至少是 250 英里。从福州出发 70 英里后，河流变得多岩石且湍急，航行缓慢而费力。陆地的道路也几乎只是一条小径……在这个地区，没有马车或马匹。几十年前，邵武整个地区被太平天国叛军摧毁，一半以上的人口死亡，但这使幸存者的生活变得更容易。紧随其后的是茶叶贸易，为邵武带来了巨大的繁荣，但同时也带来了可怕的道德堕落。10 年后，邵武茶叶规模开始缩小，紧随其后的是日本和印度茶叶的竞争，带来了严重的后果。这里多山，每个县都有自己的方言，每个主要集镇都有自己的土话……很多人蜂拥而至，不同地区的人到邵武当店主和工匠。官话一般用于商务目的，邵武人很聪明，如果从商，他们很快就会学会其他地方的方言，而且都会邻近地区的几种方言。邵武安宁祥和，这座城人口众多，但现在在福建排名较低。如回到过去，也就是在宋代，邵武影响力很大，产生过地位很高的政治家。正因为这些政治家的影响，即使到了今天，当地人仍然与贸易保持距离，仍然远离农业之外的大多数行业。木匠、泥瓦匠、石匠、店主等，都来自其他地方。外来的店主带着他们的家人来，并在那里居住。工匠通常是早上来，晚上回家，然后在隆冬季节回到他们的老家，庆祝他们一年的收入和新年。邵武的人文和自然特色，其他地方人的涌入，自由主义对当地的思想影响，本地人和客人的文化交流，邵武人的温和性格，外来者对当地人思想的影响，都使邵武没有排外的问题。"

　　随着马车一路摇晃，爱德华仔细地看完了和约瑟的工作报告，他有些兴奋。从报告来看，他即将前往的邵武是个不错的地方，林牧师一见面就说老家邵武包容开放，看来所言非虚。但他心中也有些疑惑，林牧师为何会随身带着和约瑟关于邵武的工作报告呢？若干年后，爱德华在与邵武民众朝夕相处后，才深刻体会到林牧师作为邵武人对家乡的那份深厚感情。每当他回想起最初到福州的那个晚上，总是对和约瑟的那份报告记忆犹新。

中文名字福益华

1892年，爱德华抵达福州烟台山传教站，原以为初来乍到这人生地不熟的地方会有诸多不适，没想到却受到美国同事们的热情接待，那种感觉就像回到了朋友中间。当几位曾在邵武工作过的美国人，吴思明和毕腓力得知有一位即将前往邵武工作的年轻医生到来时，吴思明甚至专门从永泰赶来，看望这位后辈同行。

吴思明是个善于发现的人。1885年，他在从福州前往连江看病的途中，偶然发现了避暑胜地鼓岭。郁达夫在《闽游滴沥之四》中生动地记载了这件事的由来："二三十年前，有一位住省城内的美国医生，在盛夏的正中，被请去连江县诊视急病；自闽侯去连江的便道，以翻这一条岭去为最近。那一个病人，被诊治之后，究竟痊愈了没有，倒已无从稽考；但这一条鼓岭，却就被那一位医生诊断得可以避暑，先来造屋，现在竟发达到了有三四百号洋楼小筑的特殊区域了。"

吴思明建议爱德华取一个中国名字，他认为中文名字更符合中国人的语言习惯和称呼方式，入乡随俗，既能显示出对中国文化的尊重与认同，让中国民众感受到他们的友好和诚意，又能使交流更加顺畅，减少因语言和名字差异带来的沟通障碍，便于开展工作。

爱德华问吴思明："取中文名字有什么讲究吗？"吴思明回答道："也没什么特别的，大家到福州后，要么根据自己原名的发音，选取读音相近的汉字作为中文名字；要么选取与原名含义相关，或者能体现自身特点、愿望、理念等的汉字来取名。有些传教士可能会用'仁''义''礼''智''信'等体现儒家思想的字，或者带有吉祥、美好寓意的字，像'福''寿''康''宁'等来取名。"

爱德华思索良久，说道："那就叫福益华吧，'福'是我英文姓氏 Bliss 的含义，'益华'则代表我想做个'有益中华'的人，做些'有益中华'的事。"从那天起，爱德华在介绍自己时，都会说自己的中文名字叫福益华。

福益华找到烟台山的美国领事，请求立刻前往邵武。领事爱德华·贝德福德没有同意他的请求，他深知富屯溪流域并不太平，常有土匪出没，而且在美国休假的和约瑟夫妇两三个月后就会回来。他理解这位年轻医生急于投入工作的心情，便告诉福益华，在等待和约瑟的这段时间，可以到教会医院帮忙，还提到医院院长惠亨通也曾在邵武工作多年。这个安排正合福益华的心意，否则，他真不知该如何熬过这漫长的两三个月。

福州烟台山美国领事馆

按照领事的安排，吴思明带着福益华前往位于福州于山西麓的教会医院。路上，福益华问吴思明："前辈，第一次邵武之行后，您是什么时候再去邵武的？"

吴思明回忆道："那是第二年12月，我与和约瑟第二次去邵武，柯为良去了闽南，毕腓力顶替了他的位置，还是三人行。林刘祥牧师这次没有陪同，但在夏天，林牧师回邵武时，以自己名义，在探花巷高宅租了一个可以用来做礼拜的大房子，一位叫姚鸿恩的中间人起到了很大作用。他的父亲是清军的标统（相当于上校），从福州到邵武担任公职，不久就过世了，留下他的母亲和两兄弟。失去了父亲，他又染上鸦片和赌博，经济很快变得拮据。在姓姚的中间人牵头下，和约瑟和我找到了一些急于用钱的穷人，开始谈永租房的价格和时间，可几乎每次快达成协议时，就有士绅或大户人家出来阻挠，把这些准备变卖房产的穷人以不同名义告到衙门。阻挠成功后，士绅又张贴告示，呼吁将我们这些人赶出邵武。和约瑟和我在得到官府许诺，保证林刘祥租到的可以用作礼拜堂的房子不受破坏和骚扰后，离开了邵武。"

福益华接着问："后来怎么样了？"

吴思明继续说："1875年秋，传教士摩怜带着柯为良到了邵武。摩怜博士是最早一批进入福州美部会的传教士，他面容慈祥，满头华发，举止优雅，非常聪慧，还讲一口流利的福州话。东关街上的商铺，由于长年与福州贸易往来，商人经常到福州，也有许多福州人迁居在此，做着大米、京果、海货和盐的生意，林刘祥和其中不少人是好朋友。在林牧师的牵线下，在邵武的福州商人接触了摩怜，他们惊讶于摩怜一口地道的福州话，摩怜也因此获得了他们全力支持，这次行程取得了意外的成果。"

"在进贤街90号，也就是现在东关福音堂旁临街的一块房产，房主急于用钱，在姚鸿恩的中介下，摩怜和房主成功签订了永租协议。当40多位本地士绅到知县那要求干涉时，举人出身的知县顾玉琳，是广西人，也是个洋务派，问明钱已交付后，让士绅不得干扰，士绅们只好作罢。"

"光绪二年（1876）农历春节后，和约瑟第三次赶往邵武，这次是毕腓力同行。他俩在探花巷租的高宅住了下来，在摩怜永租的临街房产旁，继续寻找空地或房产，以便可以用来盖一所传教站。"

"林牧师在邵武的福州朋友，经常到和约瑟住处串门，姚鸿恩跑得更勤，和约瑟答应给他酬金和抽成，这对一个因为抽鸦片和赌博陷入经济拮据的曾经的大少爷来说，有着极大的诱惑力。姚鸿恩出身官家，后来游荡于街头巷尾，地面上的消息特别多，只要听说谁家死人，或者谁欠了债务，姚公子就会没脸没皮地找上门，东扯西拉一阵，绕着圈子问有没有想将房子变现的。"

福益华自报名邵武传教站医生的职位后，恶补了不少介绍中国的书籍，知晓了一些中国的文化习俗，但他还是不明白，欠债还钱，在东西方文化上都说得通，可死人怎么就要卖房了？

吴思明在邵武前后待了13年，虽然每年只有几个月，大部分时间在福州，但对邵武的风俗还是很了解的，他向福益华解释道："邵武这地方，人死不起。当地人崇尚儒家，嫁娶看重门第，生死遵循古礼。人死后，不能随便入土，农村先停灵于祠堂，城里南关放在下南寮，东关则停尸在王墓墩，西门和北门的送到登高山的西侧平地，待算好八字，选好日子，方可入土。这样一来，棺木、停尸、请风水先生、下葬，林林总总，需要好大一笔开支。不少人家平日就过得艰难，这么大的一笔开支，只能卖掉祖上遗产把白喜事办完，也不能让左邻右舍指着脊梁骨，背上不孝的骂名。"

"姚鸿恩的生意思路没错，不久，就谈下一处房产，位置也好，就在孤老巷里，一栋两层的小楼，房间为下三间、上四间，两端还有一个陡峭狭小的楼梯。中国的老式房屋还提供了住宿铺位于厨房，作为仆人的住处。"

"1876年2月15日，和约瑟、毕腓力与业主梁金增兄弟三人订立了永远出租契约。这为传教士提供了供两个家庭居住的暂时处所。接下来是修缮工作，和约瑟记录道：'中国工人从未见过一座西方式样的房屋，但他们按照我们绘制的设计图来修缮，并在林先生的监督指导下进行。他们从未见过门板和窗户，但是我们告知他们装修的措施，工人们则按照指示进行工作。'这栋房屋修缮时撤除了两端陡峭的楼梯，将楼梯改在中间上下，将中式的木板窗换成玻璃窗。不过，这些门窗还需从福州运来。邵武的木匠会做有格子的木窗，甚至更为复杂的雕花窗，但不愿做外面是斜格，一块小板压着一块小板，遮光同时防止蚊虫飞进室内的外窗。况且，窗是玻璃的，邵武的商铺谁也没有进过玻璃这种材料。于是，和约瑟不得不折回福州购买需要的材料。"

"和约瑟准备在邵武盖一所房子，这在当时开了一个先例，当时，外国人还只是在通商口岸盖房。在这之前，还没有哪个外国人被内地的官府允许在内地购买土地，建造房屋，并完全不受干扰地居住。和约瑟和我回到福州时，美国领事德拉诺先生告诉我们，这所房子正在建立一个非常重要的先例，他对此表示赞同。"

"1876 年 10 月底，和约瑟、吴思明、林刘祥及他的妻子和女儿，租了 3 艘船，每艘船上都有 8 个人，由于满载货物和门窗，拖船的过程漫长、缓慢、艰难，持续了 3 个星期，他们才赶到邵武并将房子最后的装修做好，并在新房度过了在邵武的第一个感恩节。"

"第二年春，和约瑟请了一位邵武人做中文老师，这位教师在接下来的夏天患上了肺结核，于秋天去世。过了一段时间，一个名叫张火钦的年轻文学学士来接替他的位置。这是一个富有感情、和蔼可亲、头脑敏锐、好奇心强的年轻人。他的父亲是邵武人，在火钦很小的时候就去世了，但他的母亲是福州以南一个地区的人，那里的居民在宗教上的花费比通常地方的人要多。这个家庭陷入了困境——在他即将被送去当学徒时，他的叔叔不愿这个聪明的孩子被耽误，就承担起教育他的责任。他进步很快，很早就获得了学位。"

"1878 年，我的一位病人愿意出让一块土地，这块土地就在我们的新房旁边，大家一下子信心满满，计划建造另一所更大的房子。

之后的几年，东关的穷人和突然遭遇事件急需用钱的当地人，陆续有人把房产、空地、菜园永租给和约瑟。1879 年，和约瑟主持兴建最早的东门福音堂（位于现东关小学最南端）。3 年后，东门福音堂落成，这是传道与住宿结合在一起的两层房子，下面是福音堂，一间房间用作诊室。这个福音堂受场地所限，面积太小，勉强容纳近百人，不临街，从孤老巷出入，房子结构比不上那种气势恢宏的正规教堂，但美部会邵武传教站点总算建立起来了。"

在福州圣教医院

福州于山西麓，圣教医院静静矗立。这座占地颇广的平房，格局清晰，前面并排着 6 间诊室，后面则是治疗室与病房。吴思明领着福益华踏入医院，径直走向最后一间诊室，找到了惠亨通院长。吴思明笑着对惠院长说："惠院长，这个年轻人可是要到邵武接你班的。和约瑟还在休假没回来，领事安排他先来您这儿实习！"

惠亨通脸上的肌肉瞬间活跃起来，声调也提高了几分："没问题啊！"吴思明离开后，惠院长看向福益华，温和地说道："你在这儿，就做我的助手吧。"

此后的 2 个月，福益华住进了医院。他紧紧跟随着惠院长，穿梭于各个诊疗室之间，认真学习如何诊断病情，协助处理各类医疗事务，还帮忙整理医疗笔记。在这些笔记中，福益华翻开了一段关于邵武医疗工作的往昔。

惠亨通医生与他的妻子安妮·惠特尼，于光绪三年（1877）从福州奔赴邵武。惠亨通在笔记中写道："我和妻子初到邵武，一直在住房一楼西边的一个房间里为病人看病。那是一个与传统中医医馆截然不同的西医诊室，仿佛是闯入这片古老土地的外来者。屋内的陈设简单朴素，靠墙摆放着一张略显陈旧的木桌，上面堆满了医书和病历，旁边的椅子上搭着我那件洗得有些泛白的白色大褂。木桌前方是问诊桌，上面摆放着听诊器、体温计和一些简单的玻璃器具。屋子另一侧是一张简易病床，铺着粗布床单，旁边的药柜里整齐排列着各种瓶瓶罐罐，里面装的是从美国进口的西药，在当时的山区，这些药品显得格外珍贵。"

福益华又翻到惠亨通于 1878 年向美部会提交的一份年度报告草

稿，上面的字迹已有些模糊，但内容依然清晰可辨："过去的 12 个月里，我医治了 2300 个病人。其中老病号 637 人、新病人 1663 人，男性 1476 人、女性 39 人，男孩 53 人、女孩 22 人，还有 73 人尚未归类。最常见的疾病有砂眼、疟疾、甲状腺肿、支气管炎、眼病、皮肤病、消化不良、肺结核、创伤、鸦片瘾和烟瘾、湿病、寄生虫病、淋巴结核、溃疡以及腿部静脉曲张等，共有 130 种不同病状。大量病人在 5—10 月采茶季节出现，每天人数在 1—50 个不等。当时没有任何治疗人体损伤的外科手术操作，也没有给病人使用合适的医疗用具。药品花费总值 10438 美元，而收入仅 141.47 美元。不过，这份善举确实打动了民众的心，赢得了他们的好感与感谢。"

"开始半年，医务传道主要是免费分发药品和为人看病。1877 年下半年，我将售卖书籍及解释教义与分发药品活动相结合。教堂里有些成员是鸦片烟鬼，他们在成为教友之前都接受过我的治疗，还有些人第一次来治病后就参加了教堂的周末礼拜。在洋圳坑，有个人起初在传教医生劝说下不肯与偶像断绝关系，后来被腰痛和噩梦困扰，拜佛无果后转而求助医生，最后放弃了所谓灵验的菩萨。可见，人们关注的是关乎切身利益的实际效果，不灵则弃。"

除了整理医疗笔记，更多时候，惠院长带着福益华接触各种病例。那些病例令人触目惊心，尤其是皮肤病和外科损伤的病人，而这些也将是福益华今后在邵武独自面对的挑战。从惠院长在邵武的医疗资料中，福益华了解到邵武常见的急性传染病有伤寒、鼠疫、天花、霍乱、痢疾、钩端螺旋体病，慢性传染病有疟疾、血丝虫病、麻风病、头癣病，其中疟疾的发病率高、流行范围广。

1879 年秋天，和约瑟不幸患上伤寒，西医当时没有特效药，好在惠医生采取支持疗法，再加上和约瑟夫人和雅致的悉心照料，以及和约瑟长年在外徒步锻炼出的良好体质，1 个月后，和约瑟基本恢复了健康。惠院长还记录了邵武 1883 年的小范围鼠疫流行和 1885 年的天花疫情。

1886 年，惠亨通因身体原因离开了邵武，正式调到福州，担任福州圣教医院院长和福州戒烟馆馆长。来到福州后，惠亨通在鼓岭盖了一栋不起眼的房子，他需要在气温适宜的地方休养，在邵武近 10 年的工作，当地的"湿气"损害了他的健康。1900 年，惠医生将鼓岭的房子卖给了在罗星港教书的美国年轻女教师——梅·波兹（中文名字贝敏智）。而梅·波兹到邵武后，婚房就是惠医生在邵武住过的那套房子，屋内部分家具还是惠医生留下的。

1886 年，在华医学传教士酝酿设立行业共同体——博医会，1887 年博医会成立时决定办一份英文杂志而非计划中的中文刊物。翌年，惠亨通倡议博医会出版中文季刊，形式与内容可仿《西医新报》，后来，惠亨通担任博医会主席。

惠院长告诉福益华，他离开邵武后，吴思明负责邵武的医疗工作。1888 年，吴思明正式调到永泰，此后邵武传教站便一直没有医生，这让擅长通过行医传教的和约瑟感到十分棘手。原本许多人是冲着惠医生、吴医生才入教的，如今船工、码头搬运工中许多原来已经接受洗礼的教徒也不再来做礼拜了。后来，和约瑟向美部会波士顿总部提出申请，要求尽快派一位医生到邵武。美国总部审查后同意了他的报告。

"邵武传教站已经多年没有医生了！"福益华从惠院长的话语中，感受到一种沉甸甸的责任与使命，他知道，邵武的病人正盼着他的到来。

闽江的处女行

在美国休假的和约瑟与妻子和雅致，一得知总部招聘的医生已经抵达，喜悦之情溢于言表，毫不犹豫地提前结束假期，远渡重洋从美国赶回中国。

在福州仓山的烟台山传教站，和约瑟终于见到了这位新同事。眼前的福益华，浓眉之下是一双深邃的眼睛、挺直的鼻子，头发顺着脸颊延伸至额边，配上浓密的大胡子，下颌线条刚硬平整，整个人散发着坚毅的气质。和约瑟快步向前，用力地拥抱了福益华，他内心深处强烈地预感到，这位充满朝气的年轻人，必将为他一手创建的邵武传教站注入新的活力，带来蓬勃生机。

1893 年 1 月 19 日，阳光洒在仓山烟台山码头，和约瑟夫妇与福益华登上了鸭嘴船，船工们大多来自江西贵溪。在闽江上，大部分船老大和船工都来自江西省，他们长期掌控着闽江的建溪、富屯溪等支流的船运。鸭嘴船和鸡公船，这些独特的船只，是他们祖先的智慧结晶。

此次从福州前往邵武，一路逆流而上，行程艰难。船老大为每只船雇了 8 位船工，行船时撑杆极为费力，船工们必须轮换作业；每当遇到险滩，更需要 6 人上岸拉纤。和约瑟租了 3 条船，其一满载着邵武稀缺的面粉、海产品、炼乳、罐头，以及年轻的福医生为邵武带去的药品；和约瑟夫妇与福益华则各乘坐一条船。

福益华乘坐的船，临开船时上来一位学生。这位钱同学来自邵武城郊，正在福州读书，此时已是腊月初二，他心急如焚，一心想要赶回邵武与家人过年。钱同学就读于教会开办的格致中学，英语是学校的主修课程，一上船，他便与福益华一见如故。

在闽江上的鸭嘴船

起初几天，船缓缓行驶在宽阔的闽江上。福益华与钱同学大部分时间各自沉浸在书本之中，偶尔也会聊上几句，分享彼此的见闻与想法。然而，过了南平三江口后，接连出现的险滩似乎点燃了钱同学的谈兴，他的话一下子多了起来。原来，钱同学的父亲是一位往来于福州和邵武的商人，期望儿子能在教会学校学好英文，说得地道，以便日后与洋行打交道更加顺畅。钱同学不负父亲的期望，英文成绩十分出色，此刻正好派上用场。福益华对邵武的山水、风俗充满好奇，接连抛出诸多问题，钱同学却难以一一作答。反倒是钱同学询问的关于美国的民主制度、工业制造、医学解剖等问题，身为耶鲁大学博士的福益华回答起来游刃有余。

钱同学上船前几天刚参观过福州马尾船厂，可他怎么也想不通，福建水师为何会在与法国水师的交锋中败下阵来。这个问题难住了福益华，也让钱同学闷闷不乐了好几个时辰。福益华看着小男孩流露出的朴素民族情怀，心中满是赞许。为了让钱同学从失落情绪中走出来，福益华提出请求，希望他每天能教自己 10 句邵武方言。钱同学一听自己能当方言老师，顿时变得兴高采烈。

学习中文本就不易，邵武方言更是难上加难。福益华发音艰难，夹杂着美国口音的含糊不清的邵武方言，常常逗得钱同学在船头捧腹大笑。

离开南平1个星期后，福益华一行抵达顺昌洋口。洋口距离邵武还有80英里，这里有和约瑟从邵武派来的基督教牧师。富屯溪自西向东缓缓流过洋口，河道宽阔，河床较深，水流平缓，十分便于船只停泊。从这里顺水而下，可直达南平、福州；逆流而上，则能抵达邵武、光泽。每天，河面上各类船只往来如织，鸡公船、鸭嘴船、麻雀船等穿梭其中，一派繁忙景象。

洋口教堂的张垂绅牧师早已在码头等候，迎接和约瑟与福益华的到来。张垂绅，字笏卿，邵武人，历经生活的坎坷，做过学徒，还曾信奉斋教，后来皈依基督教，成为美部会早期在邵武等地开展传教工作的得力助手。自1886年起，传教士们前往福州避暑时，总会带上他，让他担任沿河航行时的中文老师，协助与华人沟通交流。1890年，张垂绅来到洋口传教，他先在坑口渡头附近租一民房作为小教堂，积极开展传教活动，发展教友，并在此定居下来。在传教过程中，他敏锐地察觉到传教语言本土化的重要性，越是贴近民众生活的语言，越容易被接受。于是，他因地制宜，有针对性地开展福音传布工作，为传教事业打下了坚实的基础。

张牧师热情地带着福益华从新街走到三角坪，街道两旁商店林立，各类商号多达数百家。他们走进秦和祥雨伞店，挑选了几把雨伞；又来到皮革作坊，观看手艺人制作皮包；还前往陈大顺、林大利的铁器商号，欣赏琳琅满目的铁器农具和工具。

离开洋口后，船只依次经过罗星滩、猪母滩、雄鸡斗3个险滩，水面终于恢复了平静。福益华逐渐适应了船上的起居生活，船工在后舱的呼噜声再也无法干扰他的睡眠。钱同学正值青春年少，夜里睡在福益华身旁，身体散发的温暖，如同美国家中的壁炉一般。

　　一日，鸭嘴船在平静的水面上缓缓行驶了两个时辰后，站在船头的钱同学突然兴奋地大喊："邵武到了，快看！""不是还有几天路程吗？"福益华满心疑惑地问道。顺着船头的方向望去，只见一个清军的水上关卡映入眼帘，关卡上飘扬的龙旗格外醒目。岸上有一片房屋，看起来不过像一个普通村落，怎么看都不像是和约瑟所说的比洋口大得多的邵武城。"是水口寨呢！"钱同学脸上泛起了那个年龄段特有的腼腆笑容。

　　水口寨的清军要求来往船只靠岸检查。船老大见状，示意在此休息半晌，顺便购置些物品。福益华跟着和约瑟夫妇上了岸。他们漫步在水口寨的街道上，这里像极了美国的一个普通小镇，街道宽阔，大小相仿的商店一家挨着一家，每家商店都挂着各式各样的布幡，五颜六色的，上面写着中文店名。和约瑟转头对福益华感慨道："这里的店主来自中国各省，有着100多个姓氏。别看只是个村子，却汇聚了船工、米商、各类匠人，实在是神奇！"

　　沿途，和约瑟还带着福益华在拿口短暂停留。这里已经建有教堂，教堂用地还是汀州府的商人慷慨让出的，和约瑟每年都多次前来。拿口设有水马驿，仅仅码头就有9个，是邵武最大的集镇。附近的各类物品都会在此交易，甚至建阳县书坊刻板用的木板和印好的线装书，在拿口集市上也有专门的铺面经营。拿口的米市尤其热闹，众多来自福州的米商在此激烈竞争。集镇的最东头有几棵大樟树，据说种植于元朝。树下，横七竖八地摆放着一些石板，表面光滑平整。拿口教堂的甘雄飞牧师介绍道："这些都是码头搬运工睡出来的，夏天，他们赤裸着上半身在这里午睡，船来了就起身卸货，卸完货带着满身的汗珠又继续睡。"

走过石牌坊

　　历经21天的漫长行程，一行人终于望见了富屯溪北岸的灵杰塔。福益华得知，邵武城就在灵杰塔的身后。此时，钱同学郑重其事地立在船头，对着灵杰塔虔诚地跪拜。他满怀敬意地对福益华说："这是一座有灵性的塔，以前年年发大水，自从有了这座塔，一切都好多了。"福益华凝视着面前这位同时接受东西方文化熏陶的小男孩，心中暗自思忖："他长大以后会怎么样呢？是不远万里为基督献身，还是和众多中国人一样，依旧保持着原本的信仰？"

山路上的石牌坊

　　灵杰塔矗立在富屯溪的北岸，南岸则是上王塘码头。回溯清朝道光年间，这里曾是邵武大宗商品装卸船的主要码头。从这里乘船前往城里，距离不足10里，却有3处礁石群阻碍前行。后来，江西会馆和城里的一些商家出资雇佣石匠，利用火药炸掉了许多礁石，货运码头这才搬迁到了城里。如今，上王塘主要用于发放木排，码头上堆积着许多剥了皮的杉木。

　　在从福州来的水路上，福益华已然见识过木排的磅礴气势。排工们雄浑的号子声，伴随着滔滔的水流声在耳边回荡，木排在水流最为湍急之处起伏穿梭，惊险又壮观。他们乘坐的鸭嘴船只能停靠在洼处，等待木排远去后才能继续前行。

　　福益华踏上了码头，码头上有一条与河边平行的山路，这便是通往邵武城的驿道。福益华决定步行进城，在以往的行程中，每当遇到水流湍急的地方，他经常与钱同学上岸行走，速度通常比船工拉纤快得多。而和约瑟夫妇则只能留在船上，照看行李和物品。

　　这条山路实则是一条古隘道，并不崎岖难行，山也不高，不过两三百英尺。钱同学兴致勃勃地介绍道："这是官道，也就是通往建宁、南平、福州府的驿道，大家一般都是从城里往这边走。"说着，钱同学转身，指着刚刚下船的渡口对面的一条小路，接着说："从这里，经过一都、二都到黄坑，再往前走就是建宁的地界了。"

　　行至山口，几十个石制的牌坊赫然出现在眼前，正中分别刻着"贞节可风""贞烈千秋""贞孝双全""节孝流芳""冰清玉洁"等大字。"这上面写的是什么？"福益华好奇地问道。钱同学连忙回答："这是贞节牌坊！"此刻，钱同学又获得了一个当福益华老师的机会。这条路他父亲曾带他走过多次，还给他讲述了每个牌坊背后的故事，如今回想起来，这些故事无一不让人唏嘘感慨。有的女子年纪轻轻就遭遇丧偶之痛，从此孤苦伶仃，守寡一生，独自承受着生活的千辛万苦，死后才换来一座贞节牌坊的所谓"荣耀"；有的压抑着自己的情感与欲望，默默操持家务，含辛茹苦地抚养子女，尽心尽力地侍奉公婆，用一生的青春和自由，仅仅换得一块冰冷的牌坊；还有一些故事中，家族为了获取贞节牌坊带来的名誉和利益，全然不顾女子的个人意愿和幸福，强迫她们守节。

　　走过石牌坊，到了燕子山，半山腰的何姑庵香火缭绕，邵武城很清晰地展现在福益华眼前，城的轮廓就像一头朝西匍匐的松鼠，宽宽的尾巴甩在东城门外，这尾巴就是福益华将要居住的东关，不依山，却带着水。和约瑟夫妇和他们原来坐的船还在猴子滩和乌鸦滩之间的水道上慢慢地上行，拉纤的船工都快匍匐到地上了。他们刚刚下船的上王塘码头，又临时停了几艘船，也许船上的人和福益华一样心急，或者已经不能忍耐船如乌龟一样向上爬行的速度，在他们后面向邵武城走来。

福益华开始大步下山，邵武城近在咫尺。城区西头，太阳已经落在山尖。城墙内外炊烟袅袅，淡淡的烟，金黄的云，黑黄红相间的瓦，绿白相间跳动的溪水，拉着福益华和钱同学走进其间。这里，是中国邵武，它是福益华新生活开始的地方。

但福益华对邵武卫生状况之差，一点思想准备也没有。

这个国家和人民普遍没有现代学校的观念与设施，只有为古老科举制服务的儒家经典教育，而现代医院与医疗服务更是无从谈起；社会的正常人尚且如此，那些瞎眼的人、瘸腿的人、聋哑人、精神病人、麻风病人等就更为不堪……

邵武经济还停留在979年北宋建城时的水平，城乡饮水来源多为溪水，雨后污秽尽入，饮用这样的水常导致病疫流行。寄生虫病很多，其传播大多是由于粪便处置不当。家家的厕所大多是一个大缸、木桶或挖一个大坑，上面没有盖，只架两块平行的木板。一到夏天，粪便里的蛆虫层层叠叠，繁殖出来的苍蝇蚊子难以计数，居民没有防蝇用具和防蝇习惯，很容易让苍蝇把细菌带到厨房和饭桌上。绝大部分人家很少肉食，三分之一家庭要把鸡蛋换成生活必需品。城乡房屋大部分是土墙，猪、马、牛、羊、鸡等牲畜与人同居。乡村交通极不方便，山路崎岖，河岸泥泞，仅能容牛、独轮车等代步工具通行。医生极少，求医需行数十里，费去半日时光。遇急症，多为时间、空间所耽误。妇女生产率甚高，但因不谙疾病知识及卫生方法，婴孩往往夭折。

城区由于人口聚集，卫生状况更令人担忧。除了大户盖有厕所，其他居民用的是木制马桶，没有运粪车，只有菜农挑着粪桶上门收集。许多住家，若没有等到农人，便将粪便往路边水沟一倒，再在水沟里舀点水，用竹刷子刷上几圈，两三个来回，就了事了。家养猪鸭的，圈门是半开的，大街小巷常能看到几头猪悠闲地甩着短短的尾巴，七拱八闻在路上觅食，兴致高时留下几堆排泄物。城里运货的牛车马队，不紧不慢从街上走过，后队的牛马把前队落在路上粪便踩溅得到处都是。

正因为环境卫生极差，城乡急性传染病——天花、鼠疫、霍乱时有发生。福益华在邵武的 40 年内，数次遭遇鼠疫，每次横行数年。痢疾遍布城乡，年发病数千人。地方慢性病疟疾流行非常广，时间长，发病率极高。疟疾主要是间日疟和恶性疟。间日疟为原虫感染导致，表现为典型周期性寒战、发热、出汗、退热，症状隔日发作，发热时穿不住衣服，寒战时盖两层被子也觉得冷。恶性疟比较凶险，患者临床表现比较严重，一般寒战期不明显，发热期可持续 36—48 小时。不少疟疾患者同时要忍受疟原虫、恶性痢疾和极度疲劳等各种痛苦，福益华和他的美国同事同样没有幸免。

骑骡子的两个美国小伙

　　1893 年 2 月 18 日，福建邵武城，滴水成冰，年味渐浓，街头巷尾弥漫着爆竹烟火气息。福益华跟随和约瑟，辗转 21 天，从福州乘船抵达美部会在邵武的传教站。这块土地，是邵武本地人最早卖给美部会的地产。

　　在传教站，一个与福益华年纪相仿的美国小伙兴奋呼喊："布里斯，哈罗！"他叫嘉高美（英文名米尔顿·伽德纳），1889 年与妻子玛丽一同来到邵武，担任宣道师，主要负责培养中国牧师。

　　夜幕拉上了，这注定是两个身在异乡的小伙的夜晚。

　　传教站位于东关进贤街东头，外面炮仗声不断，福益华回想起一路在鸭嘴船上与山水相伴的漫长旅程，心中感慨万千。玛丽在厨房忙碌，地道的家乡风味让福益华倍感温暖。

　　餐后，嘉高美带福益华来到早已收拾好的二楼房间，热情地说："这就是你的家！"两人坐在惠亨通医生留下的维多利亚风格的沙发上，分享着彼此的故事。嘉高美询问福益华的中国名字，得知"福益华"的含义后，不禁拍手叫好。他们兴致勃勃地交流着邵武的风土人情和美国的时事新闻，直到巡夜的更夫敲响三更锣。嘉高美突然问："福，你想学中国官话还是邵武本地话？"福益华一时愣住，嘉高美笑着建议："你还是和我一样学邵武话吧，这里的人都讲本地话，我可以把我的中文老师介绍给你认识。"

　　嘉高美于 1889 年初来到中国福州，不久便被派往邵武传教站。同年 12 月 21 日，他买下东门外进贤坊（现东关小学位置）的屋店及空地，作为美部会在邵武的重要据点。由于邵武地势复杂，山高路远，雨天道路泥泞，嘉高美购置了一头骡子，这头骡子成为他出行的得力伙伴。

在邵武，骡子是重要的交通工具。当时，从东关、北门、西门码头外运的物资，如西南方向的稻谷、大埠岗的连纸、肖家坊的茶叶、和平的夏布、桂林的笋干和金坑的红菇等，多靠人力肩挑，运输艰难。骡马帮因此兴起，他们穿梭在崇山峻岭间，虽不知这行业起源于何时，但清末时邵武骡马运输业最为兴盛，像城关邱家，几兄弟都从事此行业，家中骡马成群。一匹骡马通常可驮一担（150斤）米，一人能赶三匹骡子，他们从农家收购粮食，运回城卖给米行，赚取差价，比单纯收取运费盈利更高。

骡子脾气温顺、力气大且聪明，深受邵武人喜爱。在山间行走，骡子能连续劳作半天。更神奇的是，在马车道上，赶车人有时会因疲劳在车上睡着，骡子却能自动拉车原路返回城里。遇到行人和牛群，骡子会主动靠边，避免事故，待对方通过后再回到路中继续前行。

没过几天，嘉高美带福益华到城西邱家，帮他以合理价格买下一匹骡子。福益华在美国骑过马，骑骡子对他来说并不困难。他轻松跃上骡背，缰绳轻拉，骡子虽有些倔强，但新打的铁掌在鹅卵石路面敲击出清脆声响，仿佛在演奏一曲独特的乐章。回到传教站，嘉高美在骡马房为福益华的新伙伴腾出空间，福益华兴奋地给骡子取名"杰奎琳"。

福益华住的房间曾是惠亨通医生的，家具齐全，他便买

下这些家具。惠医生原来的诊室在福音堂内，因教徒增多且长期无医生坐诊，已改作他用，福益华只好将从福州带来的药品暂放在宿舍。没有固定诊室，福益华就骑着骡子四处行医，这与本地中医出诊方式截然不同。邵武城里和东关有许多知名中医诊所，中医到乡下看病，患者家属需雇轿工抬医生，还得先奉上点心，生怕有所怠慢。而福益华不愿坐轿，只要有病人家属上门，他就骑着骡子前往。闲暇时，他也喜欢带着"杰奎琳"围着城墙散步。

邵武城墙始建于明朝初期。朱元璋称帝后下令各地修筑城池，邵武第一任知府周时中，浙江龙泉人，决定用砖或石筑城，放弃元朝三合土垒城的方法。邵武附近山体多为黄土壤，石头采集困难，周时中选择用砖。

砖分红砖和青砖。红砖烧制容易，但表皮易脱落、怕水泡，不适合筑城墙；青砖起源于西汉宣帝时期，东汉末年始广泛用于重要建筑，防水性好，通风性佳，耐磨损，能吸附室内水分，在江南古建筑中应用广泛，中国人认为青砖更为尊贵。

青砖烧制工艺复杂，主要原料是黏土，需加水调和、挤压成型，再入砖窑焙烤至 1000 摄氏度左右，用水突然冷却，使黏土中的铁不完全氧化；而红砖自然冷却，工艺简单。

周时中决定城墙下部用条石，上部用青砖叠砌。邵武虽有烧瓷工艺，但烧砖技术有限，他从老家龙泉请来技工，在邵武城上游药村旁姚家村一带山谷地发现优质黏土，这里被称为"窑上"，与四都烧青瓷的窑上村同名。

烧制城砖需要大量黏土、水和柴。黏土需捣碎、日晒雨淋分解，水洗过滤成泥浆，沉淀后由水牛反复踩踏，制成 2 尺长、1.2 尺宽、6 寸厚的土坯，晾干后入窑烧制。窑上紧邻富屯溪，水源充足，背靠杨梅岭，柴火丰富，且有大片河滩地用于制坯和晾晒。周时中沿富屯溪北岸垒砌百口大窑，征用百头水牛和数百劳工，在龙泉技工指导下烧

明城墙樵溪门

制青砖。烧好的城砖用竹筏顺流而下，运至万年桥旁或北门樵溪楼码头，再用骡车运至修筑处。

　　历经数十年，从周时中到张文昱知府，邵武明城墙终于建成，周长1338丈8尺。西城墙东侧是清军小校场，北城墙内侧是府衙和县衙后门，东城墙外是热闹的东关进贤街，南城墙外是稻田。北面富屯溪如天然屏障，西、南、东面的护城河深17米、宽11米，加上城墙高度，在冷兵器时代易守难攻，邵武因此被称为"铁城"。

　　此后，福益华骑着骡子，背着药箱，跟随嘉高美走乡串村。他们往西到古山村，往南到南板桥、大埠岗，往东过朱山村、莲花山到洋圳坑。这些乡村每隔5天有集市，福益华就在集市坐诊。很快，邵武城区和周边圩市的居民都知道，铁城有两个骑着骡子外出的美国人，一个是络腮胡的嘉牧师，一个是大胡子的福医生。他们的身影穿梭在古老的城墙下、蜿蜒的山路上，成为邵武历史中一段独特的记忆，见证着东西方文化在这片土地上的碰撞与交融。

中文老师"石先生"

1889 年，嘉高美初抵邵武，在和约瑟的牵线下，找到了一位中文老师。在《邵武四十年》一书中，这位老师被称作"石先生"，这是小爱德华取的化名，其真实姓名为姚时雍。姚时雍祖籍福州闽侯，太平天国运动之后，随父亲迁居邵武。他和弟弟姚时叙皆毕业于福州格致学校，后来兄弟俩一同参加乡试，双双中举，姚时叙更是考中贡生，相当于"准进士"，在当地传为佳话。

嘉高美对姚时雍的学问和为人十分钦佩，福益华来到邵武后，他便热情地将姚时雍推荐给了福益华。姚时雍家位于城里忠孝路——也就是现在的五四路南关教堂旁，家境颇为富庶。姚时雍的父亲姚汝霖是邵武最早皈依基督教的信徒之一，福益华到邵武时，姚汝霖正在嘉高美负责的神学学校学习，同时还协助和约瑟打理东关教堂的事务。

大年初二，福益华带着精心准备的礼物前去"石先生"家拜师。礼物是邵武富屯溪上游龙斗圩生产的球糖，包装纸则是二十都产的外山纸，这些颇具当地特色的礼品，承载着福益华对新老师的敬重。从传教站到姚时雍家的路程并不遥远，可沿途的巷子却七拐八弯，宛如迷宫一般。福益华不禁心生疑惑，向嘉高美问道："邵武城里为何不修建直直的道路呢？"嘉高美解释道："不只是邵武，附近的光泽、建宁、泰宁等城皆是如此。城里的道路曲折蜿蜒，一旦敌人攻进城来，由于对街道不熟，守军便能很容易地进行反击。"福益华听闻，不禁对中国古人的智慧连连点头称许。

嘉高美每周都会多次前往老师家，已然轻车熟路。一路上，他充分展现出宣道师的口才，向福益华介绍着邵武的街巷。他说进贤街是城里最宽阔的道路，能够并行两辆马车。可随后，他们却走进了连一辆马车都难以通过的和平巷，嘉高美介绍道，这条巷子与邵武的一个分县——和平的名字一模一样。在广宁巷与永隆巷的巷口，嘉高美指着南边几棵大樟树后的房子说："这是邵武的社平仓，里面储存着几千石粮食，以备灾年救济百姓之用。"穿过信义巷，嘉高美眼神示意对面一个用木栅栏围着、竖着黄色龙旗的广场，说道："这是清军的小校场，左边那座青砖大院，便是老师的家。"

姚时雍的家是一栋典型的三进式建筑。走进大门，天井正中央摆放着一口大缸，屋顶内侧坡的雨水从四面流入天井，这便是所谓的"四水归堂"，寓意着聚财。大厅两侧是东西厢房，大厅的板壁前，摆放着一张八仙方桌，左右两边各有一把太师椅，墙的正中央挂着中堂字画，上面写着姚家的祖训"承前祖德勤和俭，启后孙谋读与耕"，彰显着姚家的家风与传承。

嘉高美与老师极为熟稔，没打招呼便带着福益华径直走进了家门。大厅里空无一人，嘉高美大声呼喊："姚老师……"姚时雍在后院听到声音，便知道是不拘小节的嘉高美来了。他转身出来，看到嘉高美身旁还站着一位陌生的美国青年，便猜到这就是嘉高美前几天提及的想要跟他学习中文的福医生，连忙抱拳说道："怠慢，怠慢！"

待客人落座后，姚时雍才坐下，直接用英文问道："福医生，你是想学正音话（官话），还是邵武方言呢？"福益华还没来得及回答，嘉高美便抢先说道："先生，他和我一样。"

姚时雍接着用英文介绍道："邵武与江西交界，从语系来讲，属于赣南语系。但此地交通不便，客家人众多，县境内便有发音不同的多种方言。比如金坑话，与江西抚州话最为相近；还有和平话，在大埠岗、和平、肖家坊一带流通；在你们去过的水口寨，人们说的是洪墩话，那里主要是原来屯田军士的后代；而邵武县城区和附近的水北乡村，说的则是地道的邵武话。"

福益华听后，不禁有些发蒙。姚时雍接着问道："福医生，你打算先学习邵武话的哪些内容呢？"福益华这才回过神来，说道："先学能与病人交流的内容！"姚时雍点头笑道："你和嘉高美不一样，他一来就要求我教他如何用邵武话读《圣经》。"

姚时雍是个极为务实的人，他对福益华说："我最近也没什么要紧事，这样吧，我有空就去东关教堂。要是有病人来，我帮你翻译；要是需要出诊，我陪你一同前往。要是没有病人看病，你就跟我学习方言。"姚时雍的英语口语颇为不错，福益华听着毫无障碍，连忙问道："老师，那我需要付您多少学费呢？"姚时雍看着福益华，直爽地说："福医生要是不见外，我们来做个交易，你跟我学中国话，我向你学西医。"福益华脑子转得飞快，立刻答道："完全可以。"说着便伸出了右手，姚时雍紧紧握住，还摇了又摇，两人就此达成了默契的约定。

姚时雍和妻女

2月的邵武，年味儿依旧浓郁，来找福医生看病的就五六人，基本都是和约瑟这些年发展的基督教信徒，这也让福益华有了大量的时间学习邵武方言。他反复翻阅姚先生上课时自己做的笔记，还时常在卖菜的街头巷尾驻足停留。那些挑着新鲜青菜售卖的农人感到十分奇怪，这个高鼻子的美国人什么也不买，就像根棍子似的站在菜摊旁，全神贯注地听他们与路人讨价还价，还不时翻着眼睛、摊开双手。他们不知道，福益华这是在进行方言的语境练习，试图从日常生活的交流中掌握最地道的邵武话。

　　嘉高美到分堂巡视回到东关后，如果先遇到福益华，就要被缠住好半天。这可把嘉高美急坏了，他一路紧赶慢赶，满心想着回家就能立刻与玛丽亲热，却被福益华这个哥们儿缠住，也不知道要耽搁多久。福益华总会拿出小本子，叽叽喳喳地问个不停，有些问题连嘉高美也摸不着头脑。毕竟福益华学习的重点是生活方言，而嘉高美平时最为熟悉的是圣经上文字的邵武方言。

　　姚时雍则是一位认真负责的好老师，即便正值过年期间，他也隔三岔五地安排时间给福益华上课。在他眼中，福益华学习邵武话就如同从事医生职业时一样认真。当然，他也向福益华借了几本原版医学书，遇到看不懂的地方，便虚心地向福益华求教。就这样，在邵武这片土地上，姚时雍成为东西方文化交流的桥梁，让福益华和嘉高美在语言与文化的学习中，逐渐融入了当地的生活，也让西方的医学知识开始在邵武这片古老的土地上生根发芽。

东关的男"接生婆"

阳春三月，邵武城迎来了最美的时节。富屯溪两岸，柳树抽出了嫩绿的新枝，在微风中轻轻摇曳，仿佛在向大地诉说着春的温柔。溪畔的水草鲜嫩润泽，城墙上垂下的迎春花肆意绽放，金黄的花朵热烈地拥抱着春天，整个世界都仿佛被大自然重新装扮，焕发出勃勃生机。

在这万物复苏的季节里，生命的奇迹也在不断上演。邵武，这个以客家人为主的区域，在农耕时代，"多子多福"的传统观念深入人心。每个乡村都活跃着一群特殊的人——"接生婆"。她们有的家学渊源深厚，传承着古老的接生技艺；有的是因为自己生育经验丰富，见过几次接生过程，便有了勇气上阵；还有的在大户人家帮衬过多次接生，凭借着聪慧的头脑，很快上手，做起事来干净利落；甚至有这样的情况，原本请的接生婆没能及时赶到，产妇无奈之下自己接生，没想到这一经历传开后，她竟也被人请去帮忙接生。

在过去，接生婆被称作稳婆，属于"三姑六婆"之列。其中，稳婆和药婆可算得上是现代医护人员的雏形，在"六婆"之中，她们所从事的职业备受敬重。然而，这些接生婆大多靠经验行事，遇到顺产自然应对自如，可一旦碰上胎位不正或孕妇出现其他状况，由于缺乏严格培训，往往就会束手无策，只能在心里默默哀求老天爷保佑。

福益华就是在这样危急的情况下，被人请到产妇家中，成了最后的希望。那是惊蛰时分，姚时雍先生正在给福益华上着方言课，一位满脸焦急的男子匆匆找上门来。他的妻子难产，情况危急。在西城门附近的一所土房子里，福益华见到了疲惫不堪、痛苦万分的产妇，以及在一旁急得团团转却毫无办法的接生婆。姚先生认识这位接生婆，她在城里小有名气，正是她建议产妇家人去请洋医生的。原来，她曾听一位从福州来的稳婆说过，许多难产的情况，稳婆无计可施时，洋医生一来，产妇就能顺利生产。可这次，她遇到了难题，眼前这个婴儿的头出奇地大，她接生10多年，从未见过这般情况，心里认定这是个怪胎，甚至用蟒蛇皮扎在孕妇的肚子上，试图以此化解危机。

然而，这位接生婆没有学过人体解剖学，也未曾接触过各类医学文献，对婴儿在不同情况下可能出现的症状一无所知。而福益华毕业于美国顶尖的耶鲁大学医学院，在那里，他接受了最优质的医学教育，耶鲁的医学专业在美国本土大学中首屈一指。福益华仔细查看后，很快判断出婴儿患有严重的脑积水，头颅已经变形。如今，只有敲碎婴儿的头骨，才能挽救母亲的生命。

姚先生迅速将福益华的诊断用邵武话传达给产妇的家人，言辞恳切地说道："孩子是保不住了，当务之急是保住大人。"在征得产妇丈夫的同意后，福益华开始了紧张的手术。他在胎儿的头上小心翼翼地开孔抽水，然后一点一点地敲碎头骨，取出胎儿的尸体。姚先生在一旁协助，让旁人取来一块蓝布，将胎儿裹好，交给了接生婆。

左邻右舍得知消息，纷纷赶来，远远地围在路口张望。屋里的人看着产妇的脸色逐渐红润起来，眼中满是感激，都把敬佩的目光投向了福医生。产妇的公公，这位一家之主，郑重地给福益华深深地鞠了一躬，以表达内心的无尽感激。

福益华从未经历过如此惊心动魄的场面，他深知，若不是自己及时赶到，这对母子恐怕都将命丧黄泉，给这个家庭带来无法承受的痛苦。回到传教站后，和约瑟了解了事情的经过。作为传教站的负责人，他明白年轻的福益华需要适当放松，便要求他在星期天前往水晶山休息。姚时雍也有段时间没去水晶山了，欣然决定一同前往。

福益华和姚时雍才在水晶山住了一晚，第二天午时，一位老人神色匆匆地找了上来。他焦急万分地喊道："救救我女儿，如果你不救她，她就没命了。"福益华赶忙问道："你的女儿在哪里？"老人回答："在她丈夫家里，靠近泽心。"水晶山距离泽心有 11 千米，福益华曾和嘉高美骑着骡子去过那里几次。

福益华需要回城里取医疗器械，他让姚先生先陪老人前往。看着眼前这位 70 多岁的老人，福益华心中满是感慨，若不是救女心切，老人又怎会跑这么远来寻求帮助。

下午，福益华骑着杰奎琳从城里匆匆赶往泽心。到了泽心，老人和姚先生早已在那里等候。没走多远，天色渐渐暗了下来，老人在路边的村庄买了照明用具，便心急如焚地自顾自往前走。一到夜里，骡子的视力不如人，杰奎琳的速度明显慢了下来。

山路愈发崎岖难行，狭窄的小道经过春雨的不断冲刷，变得泥泞不堪。福益华在前面艰难地走着，老人举着灯笼，小心地照看杰奎琳。在下山的路上，杰奎琳一个不小心，差点失足掉下山崖，福益华的心提到了嗓子眼。

终于下到山底，月亮已经高高地挂在了头顶。前方出现了灯光，原来是先行一步的姚先生带着几位年轻农民打着灯笼前来迎接。此时，杰奎琳的蹄子已经受伤，年轻的农人将小骡子安顿在就近的村子，然后背着医疗器械，快步在前面引路。

半小时后，他们终于到达了目的地。尽管已是夜深人静，但半个村子的人都被惊动了，纷纷出来围观。

胎儿的腿先露了出来，福益华医生凭借着精湛的医术，用手和器械小心翼翼地将胎位慢慢转正，让头部向下。在福医生那充满鼓励的蓝眼睛注视下，产妇鼓起勇气，开始了艰难的努力。终于，婴儿伴随着羊水呱呱坠地，福医生轻轻拍了拍他的后背，婴儿"哇"地大哭起来，这清脆的哭声瞬间传遍了屋内外，屋里屋外那些一直提心吊胆等候的人，终于松了一口气，脸上露出了欣慰的笑容。

孩子出生 3 个星期后，那位父亲来到邵武，给福医生带来了一只肥大的鸭子。在邵武农村的贫苦家庭里，这无疑是一份极为厚重的礼物。福益华无法拒绝，因为他知道，这是一位父亲最真挚的感激，承载着一个家庭对他的深深敬意。他又想起那个赶路的夜晚，一路上他一次次问老人："还有多远？"老人总是坚定地回答："快了！"这简单的两个字，不仅是对路程问题的回应，更是对希望的执着坚守，在福益华的心中留下了难以磨灭的印记。

水晶山与灵杰塔

5月，邵武城被梅雨季节温柔包裹，却也暗藏着逐渐攀升的暑气。传教站的东南方向，菜地与农田交织成片，田头地脚处，化粪池与堆肥星罗棋布。随着天气回暖，南风频繁吹拂，那混杂着各种刺鼻气味的空气，一阵又一阵，毫无顾忌地涌入传教站。

和约瑟在这股气味中，已然度过了10多个初夏。邵武城里的夏日，炎热与潮湿交织，此时气温已蹿升至35摄氏度。他满心忧虑，实在不愿再看到传教站有人因中暑而离开。柯为良医生（英文名奥斯古力）的身影，总是在他脑海中挥之不去。1880年8月，柯为良医生在福州不幸中暑离世，这如同一块沉重的石头，压在和约瑟心头，成为折磨他多年的心结。

和约瑟一直盼着能寻到一处空气清新、离城又不远的地方，盖一栋房子，逃离这令人不适的气味。直到1885年，吴思明医生的发现，让这个愿望有了实现的可能。灵杰塔对面富屯溪南岸的那座山，进入了他们的视野。在当地教徒的多方奔走努力下，山主蒋氏兄弟最终将这片祖产永租给了吴思明与和约瑟。次年，他们便在山顶盖起了2栋用于度夏的房子。

蒋氏兄弟的这份永租契约，如今静静地躺在福建师范大学历史系资料室，见证着那段过往：

立永远租出山场契约字人蒋有亮、世明、必善等，原有祖手遗下山场一处，坐落邵武县东路十八都同青村后苗竹拨出山场一片。东边计阔五十二弓，西边计阔三十四弓，南边计阔七十一弓，北边计阔四十二弓。以上四界，俱以载明：四界之外，皆与蒋姓等山场相连，所有岭路概系相共。今因合族需银应用，公同商议，托中永远租与美国美部传道会教士吴思明、和约瑟等名下，近前永远承租为业。当日经中三面议定，永远租价洋银八十二两正厘，立约之日，一并交足，未欠分。其山任凭美部会吴、和等永远管业，悉从其便建造房屋居住或作讲堂，世明等自收永远租银之后，美部会和、吴等自应永不纳租，世明等本系价足心愿，不敢言找言赎，亦不得别生枝节。此山场系本族祖手遗下，与外姓俱无干碍，并未重张典他人财物情事，有来历不明，世明等门应出头抵当，与美部会和、吴等毫无干涉。正行交易，明租明承，二比甘允，各无返悔。今欲有凭，立永远租契三纸为据。

　　本日蒋世明等实收到美部会吴、和等永远出租契价洋银八十四两正，所收是实。光绪十一年（1885）五月十五日。立永远出租山场契约字人：蒋永福、有良、有善、有居、有金。

　　这片山场，在《邵武四十年》中，小爱德华称它为水晶山，它静静地伫立在同青溪与富屯溪交接处的西南方向。然而，当地人却有着不同的称呼。当他们看到蒋家将山场卖给洋人，洋人还在山上建房长住后，便形象地把它叫作鬼子岭。

　　夏天如期而至，和约瑟极力劝说福益华到山上居住。起初，福益华满心拒绝，毕竟往返山路麻烦，还会让病人久等。但经不住和约瑟再三坚持，加之姚先生也表示愿意一同前往，福益华最终答应下来。而嘉高美夫妇早已是这个季节水晶山的常客，此番自然也一同前往。

　　5月的水晶山，宛如一幅生机蓬勃的画卷。山脚临水之处，竹林摇曳生姿，竹叶在风中沙沙作响，仿佛在演奏一曲自然的乐章。山的西南坡，杉木林立，其间一条农人踩出的小道蜿蜒而上，宛如丝带缠绕山间。路边，金樱子花肆意绽放，那一片片洁白的花朵，在翠绿枝叶的映衬下，宛如繁星洒落人间，然而花枝上却长满了尖锐的小刺。福益华好奇地打量着这些花，问道："这叫什么，有毒吗？"姚先生笑着解释："邵武人叫糖果子花，学名金樱子，可以吃的。用这个花和地瓜粉或小麦粉一起，放点糖，做成煎饼，味道可好了，还能去湿气呢！"

"湿气？"入夏以来，这是姚先生提及最多的词。福益华试着用邵武方言重复"湿气"，发音却带着几分别扭："涩性？"邵武地处武夷山南麓，雨量丰沛，山林茂密，湿度极大。福益华从美国带来的湿度表显示，大部分时间湿度都在80%以上。

山腰处，毛竹林旁，近百棵杨梅树郁郁葱葱，枝头上挂满了青涩的果子，密密麻麻，挨挨挤挤。姚先生先用英文介绍："杨梅，喜阴耐寒，可以泡酒。"接着又用邵武话重复几遍。福益华一边走，一边摇头晃脑地跟着复诵邵武话，那认真又略带滑稽的模样，逗得嘉高美仰天大笑，玛丽也忍不住咯咯笑出声来。

登上山顶，映入眼帘的是两栋已经建成的房子。一栋是和约瑟夫妇长期居住之所，另一栋则供其他度夏的传教士使用。山顶四处，白绿相间的石头裸露在外，在阳光下闪烁着细碎的光芒，这便是萤石。邵武拥有丰富的萤石矿资源，去鬼子岭和洋圳坑的路上，以及和平、肖家坊一带，都能觅到它们的踪迹。和约瑟望着眼前靠

和约瑟与吴思明在水晶山盖的度夏房子

着富屯溪、白石遍布的山峦，心中满是诗意，便给它取了个名字——水晶山。

1886 年，和约瑟在修建屋子时，还打出了一口井。井水清冽甘甜，好似有着独特的魔力，留住了和约瑟一家。此后，除了寒冷的冬季，春夏秋三季，和约瑟都在这水晶山上度过。水晶山紧邻富屯溪，漫山遍野生长着古阔叶树。每至闷热的夏季，这里的气温便比东关传教站低 2—3 摄氏度。相较之下，东关不仅潮热难耐，还处处弥漫着令人作呕的恶臭。

1910 年，美国《纽约周报》上刊登了一张水晶山的照片，照片里几栋房子错落有致。下方的英文注释翻译过来是："右边是和约瑟牧师的家，左边是传教士夏令营，位于邵武附近的水晶山上。"

在水晶山上，福益华在姚先生的严格督促下，将大把时间投入到邵武方言的学习中。每天清晨，当第一缕阳光轻柔地洒向大地，他总会久久凝视着河对岸的灵杰塔。他曾向姚先生打听，得知这座塔建于

灵杰塔

明朝万历年间，由郡丞万尚烈筹资兴建，共有 7 层。姚先生说："七层塔，合意救人一命，胜造七级浮屠。"可"浮屠"是什么意思，福益华反复询问，却始终没能完全理解。

无论是旭日初升的清晨，还是夕阳西下的傍晚，阳光总会温柔地倾洒在灵杰塔上，塔身的倒影长长地落在平静的溪水中，随着水波微微荡漾，如梦如幻。福益华常常望着这一幕出神，他仿佛看到阳光正轻柔地抚摸着这座古老的塔，心中满是羡慕，渴望自己也能站在古塔旁，与它一同沐浴在阳光之下。

时光匆匆，金樱子花转瞬即逝，杨梅却渐渐由青变红。6 月，采杨梅的季节如期来临，这也是邵武的涨水季。雨水常常连绵不绝，有时地面还未干透，便又迎来昼夜不停的大雨。屋檐下的瓦沟里，水花肆意翻腾，仿佛在演奏激昂的交响曲。更多时候，天空像是被撕开了一道大口子，暴雨如注，仿若天河之水倾盆而下。转瞬之间，水晶山上下山的小路就变成了汹涌的水沟，山涧中黄浊的水流裹挟着草木，奔腾咆哮。同青溪迅速上涨，淹没了山脚，大片稻田被无情吞噬。富屯溪的水位也一尺一尺地攀升，平日里清澈宁静的富屯溪，此刻化作一条暴躁的巨龙，在河道里横冲直撞，肆意冲刷着南北两岸。

灵杰塔在暴雨的洗礼下，却愈发显得精神抖擞，宛如一位威风凛凛的镇妖将军，屹立不倒。说来神奇，仿佛是灵杰塔发威了，不久后天便放晴，洪水也节节败退。被雨水冲刷后的山路，褪去了泥泞，露出坚硬的地面。福益华似乎从灵杰塔的身上，看到了一种神秘的灵性。回想起在来邵武的水路上，在延平府、顺昌，后来在光泽，他都曾见过类似的塔。原来，这些都是当地人为了镇住洪水、祈求平安，修建的精神寄托——"镇妖塔"，它们承载着人们对美好生活的期盼，静静诉说着岁月的故事。

孤老巷与福音堂

夏天悄然落幕，福益华从水晶山搬回了城里。在山上居住时，每日往返路途实在耗费精力，将近 2 个小时都耽搁在路上。富屯溪边虽有近道，可每年洪水肆虐，那条路根本无法骑行。无奈之下，他只能骑着杰奎琳穿过福山旁的小径，途经洋上村，抵达水尾后，将杰奎琳交给照顾骡子的男孩，再与姚先生一道上山。

如今不用再每日辛苦奔波于路途，福益华接诊的时间充裕了许多。夜晚，也会有病人登门求诊。更多时候，他被人请至家中，去医治急诊患者或是老病号。

大半年的时间转瞬即逝，东关的百姓都知道来了一位美国医生，大家都亲切地称他为福医生。福医生医术精湛，许多病症都能妙手回春，还常常免费送药，收取的诊费也十分低廉。走在进贤街上，开始有路人客客气气地向他作揖点头。东关的居民只要看到他骑上骡子，后面跟着身着长衫马褂的姚先生，就知道福医生要出诊了，迎面碰上的都会客气地问候一声。挑担的、赶车的，平日里大家都会给他们让道，可一旦遇到福医生，这些人都会停下脚步，让福医生骑着骡子先行通过。

福医生像游医一般骑着骡子四处看病的日子并未持续太久。年底圣诞节过后，福音堂腾出了原来存放圣经书籍的房间，供福益华用作诊室。这座福音堂始建于 1882 年，就位于孤老巷口，只需往里走几步便能到达。

孤老巷是一条狭窄的胡同，宽度不足 6 尺，长度却有 300 多米。除了中段丁姓和胡同底黄姓两栋房子有厅堂和厢房外，其余房屋全是低矮的平房。这些平房用土坯垒墙，泥瓦下只有瓦条，没有瓦板，窗户仅有一两尺见方，许多门又矮又窄，仅一人多高，扛着东西进门时，得小心翼翼地弯下腰。孤老巷的住户，不少是初到东关落脚谋生的乡下人和外地人，衙门官员称他们为流寓人口。

走出孤老巷，穿过三四十米深的窄窄码头巷，便能抵达东关最大的码头。码头由石块砌成，这些石块硬度极高，并非采自附近山上，因为周边山头全是风化石。石块泛着些许青白之色，在西北方向40多里的上坪村旁才有这样的石山。清晨，码头附近的人家会来这里担水，时常能看到半大的男孩，挑着小号水桶，一趟又一趟地往返。妇女们则在临水的石台阶上，拿着木槌用力拍打着沾满泥尘的衣裤。她们手上忙碌着，嘴里也没闲着，你一言我一语，唠着街里巷外、这家那户的家长里短，尽是些最八卦的事儿。

孤老巷和周边其他小巷的居民，大多是码头搬运工。船主的货物一到，在巷口一吆喝，搬运工们便拿着扁担和绳子从家里迅速出来，不用跑远，一点都不耽误时间。码头工把货物卸在码头，或是送到货主指定的地方，活儿一干完，屁股上的泥尘还没拍干净就到家了。

码头的活儿都是重体力劳动，搬运工们容易受外伤，也常患痨病。福医生的诊室在孤老巷里的福音堂，对这些工人来说，看病极为便利，真正是近水楼台先得月。工人在码头干活时一旦刮伤碰伤，不再心急如焚，几步路就能赶到福医生的诊所。福医生处理伤口时十分认真，还会给予心理暗示安慰，不停地说："你到我这里来，就不用担心，问题不大。"

孤老巷位于城墙外进贤街的最东头，居住着许多孤寡无助的老人。他们大多身患慢性病，无亲无故，常常要依靠大户人家的施舍，或是领取社仓定期发放的谷子才能勉强维持生计。起初，这条巷子并没有名字，后来住了这些无依无靠的老人，不知是谁给它取了孤老巷这个名字，大家都觉得十分贴切，便慢慢叫开了。

孤老巷里的残疾老人，还常常用两块竹片和一支竹筒作为打击乐器，随处演唱一种近似"莲花落"的音乐。表演时，老人们运用手腕的力量，巧妙地控制竹板的开合、击打速度和力度，营造出马蹄声、风雨声等各种丰富的节奏效果，大大增强了表演的节奏感与趣味性。说唱时，他们采用邵武民众熟悉的方言土语，唱词押韵且通俗易懂，贴近生活，能迅速拉近与观众的距离。表演者通过清晰的念白讲述故事背景、人物关系等关键信息，再用富有韵律的唱腔渲染情感、营造氛围。比如在讲述民间故事时，会先用念白交代故事的起因和发展，再以唱腔抒发人物的喜怒哀乐，让观众沉浸其中。他们主要在春节和其他节假日走街串户，上门演唱，乞讨一些大米、钱物等。

福医生的诊室开张后，总有一两个老人拄着硬木拐杖，站在门口却不进去。等排队的病号都看完了，福医生起身走到门口，用还不太熟练的邵武方言问道："有舍（事）吗？"老人回答得很干脆："毛（没）有！"

这一幕恰巧被姚时雍撞见，姚先生对孤老巷这些人的情况了如指掌，便向福益华解释道："他们是巷子里的，想找你看病，可没钱，又不好意思开口。""噢！"福益华用力点了好几下头，笑着对门口的老人说，"你们看病，我和惠医生一样，不收钱。"

起初，巷子里的老人像是有人安排好了似的，每天来一两个到福医生的诊室。他们也不再像刚开始那样在门口干站着，出现的时间总是恰到好处。福益华刚给最后一位病人拿好药，喝口水，休息不到一会儿，来看病的老人就到了。看完病，拿好药，老人们必定千恩万谢，脸上满是感激之情。

10月的邵武，中午气温依旧较高，早晚却开始凉爽起来。孤老巷的南面是一大片稻田，稻子是高秆品种，每株稻子犹如一丛小树，间隔1尺多。稻穗已经成熟，稻粒饱满得仿佛要把黄色的外壳挤破，露出诱人的身姿。农民们已经开始为收割做准备，田里的水被放干，踩上去有点松软，但不至于陷下去，能留下清晰的脚印。

　　临近年底，福益华开始在诊桌上撰写给福州美部会的医疗报告。报告的主要内容是，从刚来邵武时每天只有三五个病人，到如今每天能接诊二三十个病人，这期间取得了很大的进步。

　　不仅病人数量增多了，福益华也渐渐熟悉了这里的人们。走在街巷中，总有店主或住户热情地打招呼："些（吃）了？"他答："些（吃）了！"在这一问一答之间，福益华感觉自己已经像半个邵武人了。

　　他在给总部的报告中写道："这里的地方病，春夏时节最让人头疼的是疟疾，当地人叫打摆子……还有麻风病，虽然传染性极强，但由于居住和医疗条件的限制，病人得不到最基本的救治，福音堂旁边的孤老巷里就有10多个麻风病人。"落笔时，福益华又想起最初见到这些病人时的情景：低矮的房间，用板凳架起的床，病人蜷缩在床上，脸上满是伤疤，眼神无力又苍凉。福益华看到这一幕时呆住了，几乎像一尊泥像般一动不动，是姚先生把他拖了出来，即便到了门外，他的目光还久久不肯从那场景中移开。

　　之后，福益华每隔一段时间，都会到这些麻风病人的住处巡诊，帮助他们清理创口，用含硫黄的药膏涂抹在皮肤病变处，再用干净的纱布包扎。但麻风病传染性实在太强，福医生最担心的还是病菌的扩散。

　　过年前，外出近1个月的嘉高美终于从洋口教区归来，福益华拉着嘉高美走进了位于北门功德坊的县衙。知县高淑勋看到这两位不速之客——美国人上门后，问明来意，也十分果断，确定将东关河对岸、万寿山东侧废弃的清军兵营作为麻风病人的隔离所。数年后，这个山头（现在故县林场的后山）被周边的老百姓改称为麻风山。

　　麻风病人被隔离后，福益华查阅了自己带来的书籍。西药书籍中介绍了砜类药物（氨苯砜）可治疗麻风病，医学研究发现砜类化合物对麻风杆菌有一定的抑制作用，但这种药物还在试验阶段，目前也没有其他更好的药物用于治疗。福益华于是将目光转向中医。中医此时已经在使用大风子及其相关方剂，中医认为大风子是治疗麻风病的重要药物。

刚到邵武时，毕业于耶鲁医学院的福医生，对城里的中医诊所并不看好。这些诊所，门口挂着木匾，或者竖着布幡，店面很小，和他的诊室差不多大。

姚先生深知福益华的心思，知道他在钻研麻风病的治疗方法，也明白他想从中西医结合的角度来攻克难题，便建议他到中医诊所去走走，毕竟中医治疗麻风病有着各家独特的方子。

为麻风病人走访中医世家

邵武，作为福建八府之一，地处福建北大门，其军事战略地位至关重要，自古以来便是驻军重镇。宋朝时，邵武建制为军，驻军有万人左右。此后，驻军数量虽逐步减少，但清朝时期，邵武府仍设有左、右二营，驻军人数维持在1500人上下。这些驻军来自五湖四海、不同民族，他们的到来，将各地域不同民族的医术引入邵武，为这座城市的医学发展注入了多元活力。

明洪武年间，回族将领杨赟兴被授邵武府指挥使，他从山西太原带兵进驻邵武。随军回民医生长期征战、外屯戍边，积累了精湛的外科技术。来到邵武后，他们巧妙地将外科医术灵活应用于内伤杂病的治疗，同时虚心学习当地中医经验，深入钻研历代中医典籍。回医擅长多种疾病的诊治，疗效显著，为邵武的医学领域增添了独特的色彩。

福益华初到邵武时，这座城市已多年没有西医的身影。城里的中医，大多为世代传承的医家，门面规模不大，坐诊中医仅有30多人，然而邵武县人口却有27万，医生数量严重不足。这导致大部分人生病时难以请到医生，只能依靠草药土方治病。一旦遇上疑难杂症，有些人甚至迷信符水治病，或是请巫师作法驱除鬼邪，结果往往延误了最佳医疗时机，白白送命。

正如和约瑟在给福州总部的报告中所提到的，邵武是一座包容不排外的城市。在福益华之前，惠亨通医生在邵武行医数年，并未受到当地中医师的排挤。究其原因，邵武中医界声名远扬的邓旒功不可没。邓旒，书坛（今胡书）人，出生于1774年，著有《保赤指南车》一书，书中对儿科杂症及麻痘治疗的阐述极为详尽，深受邵武中医界的推崇。嘉庆年间，邓旒远赴广东学习西方传入的种痘术，而后在邵武一带大力推广应用，为当地的医学发展做出了重要贡献。

据华中师范大学图书馆资料记载："惠亨通医生与中医频繁交流接触，部分中医开始向西医学习，陈明旺便是其中的典型代表，并且他还皈依了基督教。"陈明旺家住邵武洋圳坑，是大竹一带颇有名气的中医。同治年初，莲花山盛产茶叶，陈是当地大姓，陈明旺受族人委托，多次前往广州售卖家乡茶叶。在这期间，他偶然接触到接种牛痘的技术，敏锐地意识到这是对抗天花的有力武器，于是潜心学习西方防治牛痘病毒和接种疫苗的医术。此后，这项技术成为他重要的收入来源。

惠亨通医生在邵武行医时，陈明旺因率先采用接种疫苗的西医技术，在邵武东区备受欢迎。当他得知美国医生住在东关，几次萌生进城拜访、深入了解西医知识的想法。然而，坊间流传着教会诱拐人们进入传教士处所，将人体器官切割用于制药等骇人的谣言，让他心生顾虑，打消了念头。直到多日后，在亲戚的辟谣和引荐下，他才终于拜访了惠亨通医生。此后，他进城愈发频繁，成为惠医生诊所的常客。在与惠医生的交往中，陈明旺被其传授知识时的热心周到所打动。在当时，技艺是手艺人的生存之本，医药知识更是中医的私人财产，想要学习，必须像租用土地或雇人劳动一样，拜师付费。而惠医生的慷慨大方，与传统观念形成鲜明对比，令陈明旺由衷钦佩。

1888年，和约瑟开启了对邵武周围地区的探索之旅，陈明旺医生全程陪同并协助工作。和约瑟在记载中写道："在洋圳坑……陈明旺医生由于职业缘故，经常走访这些山脉另一端的村庄，为我们详细解释了居住在这里的居民的性格特征……这个春天，我们邀请他带我们参观走访这些村庄，陈愉快地应允了。"

福益华来到邵武后，有幸结识了陈明旺。此后，只要福医生前往拿口一带行医，陈明旺总是毫不犹豫地放下手中的活，全程陪同。后来，陈明旺还介绍自己的亲戚陈嘉太跟随福益华学医，福益华有空时也会前往洋圳坑的门诊分所施医送药，为当地百姓带去福音。

在姚时雍的陪同下，福益华开始了对城区名中医的拜访之旅。城里最负盛名的中医药馆当属邓旒的曾孙邓避非所开。邓避非运用曾祖父《保赤指南车》中的方子治病，疗效显著，他还于1880年对该书进行增删整理，重新翻印。此后，闽北各县各乡以及上海、福州等地都有收藏，邵武民间甚至出现手抄临摹的版本，医家药店更是人手一册，足见其影响力。

邓避非的医馆位于小东门，与孤老巷距离不过几百米。一走进医馆，首先映入眼帘的是一张古朴的木质柜台。柜台上，笔墨纸砚摆放整齐，线装的《保赤指南车》和其他医书随意却又有序地堆叠着，书页微微泛黄，散发着岁月的气息，仿佛在无声地诉说着中医知识的源远流长。柜台上的青花瓷瓶里，几支干枯的艾草静静伫立，散发着淡淡的草药香气，为医馆增添了几分古朴的氛围。自然，桌上少不了那杆极小的秤，上面刻着细分到"钱"的准星，精准地衡量着药材的分量。

柜台后面，是一排高大的药柜。药柜上密密麻麻地排列着一个个小抽屉，每个抽屉上都工工整整地写着药名。轻轻拉开一个抽屉，一股浓郁的药香扑鼻而来，仿佛打开了一扇通往中医药世界的大门。

诊所的里间，摆放着一张古朴的诊桌和几把椅子。诊桌由当地厚重的楠木制成，桌面被擦拭得黄亮，岁月的痕迹在它身上留下了独特的韵味。诊桌上，一套精致的脉枕静静等待着与患者手腕的亲密接触，它是中医诊断病情的重要工具。旁边的墙上，挂着一幅人体经络图，字画的墨色已经有些黯淡，但依然清晰地展示着人体经络的奥秘。

在诊所的角落里，还摆放着一个小小的药炉。药炉上的火苗轻轻地跳跃着，发出微弱的"呼呼"声。药炉里熬煮着的中药，"咕嘟咕嘟"地冒着泡，浓郁的药香弥漫在诊所的各个角落，让人仿佛置身于一个充满神秘气息的医药世界。

姚先生向邓中医说明了来意，邓中医这段时间也听闻了福医生起死回生的接生故事，对这位美国医生几战成名的事迹早有耳闻，心中仰慕已久，正有结识福医生的念头。看到姚时雍带着福益华上门，他连忙把两人请进内室。姚先生在中间担任翻译，一个中医，一个西医，相谈甚欢，不知不觉聊到城里的午炮响起，才惊觉时间飞逝。

中医问诊蜡像

午后，福益华一行转到了和平巷，来到了清真寺旁边的杨鸢旂医馆。杨鸢旂是清贡生，曾在上海为官，即将调任到安徽任知县时，因母亲生病返回邵武。此后，他一边在拿口学堂任教，一边为母亲治病。母亲病愈后，他的医名大振，还收徒多人，其中刁福寿、徐明来后来成为民国时期的名医，各自撰有多册医著。

第二天，姚先生又带着福益华来到了沙文莹的中医诊所。沙文莹是回族人，清庠生，以医为业，他博览群书，尤其精通仲景学说，在选方用药上颇有心得。他自用理中加石膏汤治疗霍乱吐泻，拯救了许多人的生命。

几天下来，福益华走访了 10 多家中医诊所，向各位中医师讨教治疗麻风病的办法。虽然没有得到治疗麻风病的具体方子，但这一番走访让他对中医有了全新的认识。他回来后对姚时雍感慨道："他们不是巫医，是祖祖辈辈传承下来的医术，用的是随手就可以采到的草药。"

中医，确实如福益华所说，博大精深。以疟疾为例，中国人早就在医学经典《黄帝内经》中对这种由蚊子传播的疾病进行了描述。当世界其他地方使用南美的金鸡纳树干提取物奎宁治疗疟疾时，中国医生则有自己的独特药物——与蓟草同科的青蒿。邓医生就常以生长在湿润的河岸边沙地、山谷、林缘、路旁的黄花蒿为药治疗疟疾，尽管疗效不像奎宁那样立竿见影，但也展现了中医独特的智慧和价值。

福益华到邵武的第一个夏天，就亲身见识了疟疾的厉害，也终于理解了邵武人为什么把疟疾叫作"打摆子"。在疾病发作时，他高烧难耐，没过几个时辰，又全身发冷，不停地打抖，即便裹着冬天的棉被也无济于事。刚开始那几天，他只能虚弱地待在屋里，躺在床上，深切地体会到这种病的不容轻视，因为许多人都因此失去了生命。

福益华从福州带来的西药，夏天已经补充了一次，可到年底，又所剩无几。与中医可以随时就地取材补充药材不同，他的药品需要从遥远的大西洋彼岸购买，经过几个月的长途运输，才能抵达他手中。没有药品，就如同战士手中只有武器却没有弹药，在疾病面前束手无策。而且，经过长途运输，西药价格不菲，福益华在用药剂量上不得不谨慎。加上福州总部对赠药的比例把控得越来越严格，早已不像惠医生在邵武行医时那样，因传教工作处于开拓阶段，大部分药品可以免费赠送。福益华深知，自己可以向中医学到很多实用的东西，比如消毒水，就可以用适量的盐水或当地人生产的烈酒替代，这也是他在探索中西医结合道路上迈出的重要一步。

知县高大人

邵武府，下辖邵武、光泽、建宁、泰宁四县。府衙坐落于城的西北，一旁有座华严寺。这华严寺所属的佛教华严宗，是佛教中国本土化后的一个独特教派。与其他教派大多将寺庙建于深山大岭不同，华严宗偏爱在繁华闹市，且临近衙门之处建寺。华严寺的住持，更是长袖善舞，极为擅长与官府周旋往来。

邵武县衙位于城北樵溪楼旁，比起府衙，少了那份气派，门前既没有 600 年树龄的古樟树，也不见高大巍峨的牌坊。在府衙眼皮子底下的县衙，行事自然要低调些，知县高淑勋对此心知肚明。尤其是在涉及外国人事务时，他更是格外谨慎认真。和约瑟在邵武传教多年，没少与高知县打交道。邵武传教站几次购置土地，过程颇为烦琐，高大人总是在关键时候亲临现场，出面协调。新入教的教徒碰上自己解决不了的难题，常常找到和约瑟，恳请他向县衙求助。一来二去，知县高大人与传教士和约瑟渐渐熟络，也算是有了交情。

和约瑟在邵武一待就是 20 多年，早已深深融入这片土地。他不仅能说一口流利的邵武方言、官话，还精通汉文，最让人惊叹的是他写得一手漂亮的小楷，端端正正，笔锋间透着古韵，不知情的人还以为是商铺里坐堂老先生的手笔。高知县初到邵武，就听衙门里的人说起传教士中有这么一位"汉文通"，心中不禁生出几分钦佩。

和约瑟对汉人的礼俗有着浓厚的兴趣，这份尊重和好奇让他身边的中国人倍感温暖，都愿意与他结交为友。他从一位商人那里听闻高知县的夫人即将临盆，便赶忙叮嘱福益华出诊不要走远，以防有突发情况需要帮忙。

彼时的福益华初来乍到，对邵武的人际网络和社交规矩还很陌生。除了那次和嘉高美一起找高知县解决了麻风病人的隔离场所问题外，他几乎没再与官场中人有过接触。听了和约瑟的交代，他虽嘴上应承，却没太放在心上。

春节将至，进贤街上的店铺纷纷行动起来，一家家将门板桌椅搬到码头台阶，妇女们手持一种名为节骨草（学名叫木贼，可作药用）的植物，用力擦洗门板。这节骨草表面粗糙，去污能力极强，经它擦拭，门板桌椅很快就变得洁白如新。福益华刚从码头旁一户人家看病出来，看到这神奇的一幕，心里直犯嘀咕："要是姚先生在就好了，就能问问这草叫什么，怎么这么厉害？"福益华正自言自语着，嘉高美匆匆忙忙赶到码头，催他赶紧回诊所拿医疗器械，说是和约瑟让他去给知县高大人的夫人接生。

"哪个高大人？"福益华刚一问出口，嘉高美就双手捂脸，无奈地说道："唉！还能有哪个高大人，就是知县啊！他老婆要生了，听说你有化难产为顺产的本事，这不，专门派师爷到传教站请你上门呢。"

福益华知道再耽搁下去，嘉高美又得唠叨个没完。他赶忙回到诊所，拿上医疗包，跟着师爷前往北门樵溪楼旁的县衙。知县家就在县衙后院，院子里摆放着鼓、锣和许多鞭炮。福益华对这样的场景并不陌生，邵武人有着自己独特的接生习俗，产妇生产时容易精疲力竭，为了让产妇打起精神，人们要么打鼓敲锣，要么燃放鞭炮，同时也寓意着驱除鬼怪。

师爷带着福益华走进产妇的屋子，只见一位中年妇女正拿着一把剪刀仔细擦拭。师爷介绍道："这是稳婆。"师爷是浙江人，口音浓重，福益华虽没完全听懂，但也明白妇人的身份和职责。这稳婆果然经验丰富，屋外天寒地冻，产妇屋里却放着一个大桶，有仆人不断往桶里添加开水，热气瞬间弥漫整个屋子，温度升高，产妇也能感觉舒适一些。

福益华戴上手套，摸了摸产妇的胎位，发现并无异常，便随师爷到偏房坐下。师爷招呼人送来4碟菜，热情地请福医生随意吃点。福益华上午看了10多个病号，在码头刚歇口气就被叫来县衙，肚子早就饿了。他吃得急切，又不太习惯用筷子，夹菜时总是夹不稳，饭菜弄得满桌都是。这时，姚时雍也赶到了。嘉高美担心福益华听不懂邵武方言，特意通知了姚时雍前来。

饭刚吃到一半，产妇的叫声突然一阵紧似一阵，福益华知道产妇要生了，赶忙放下碗筷。师爷见状，拱手做了个请坐的手势。姚时雍在一旁解释道："师爷的意思是，如果稳婆应付不了，再请福先生出手。"福益华这才明白，自己是备用的，等稳婆实在没办法了，才轮到他上场。

在邵武待了一年，福益华跟着姚先生学到了不少当地的人情世故，平日里和嘉高美走街串巷，也耳濡目染了许多礼节。他定了定神，继续用餐。仆人又端上几碗菜，给姚时雍也准备了碗筷，两人不慌不忙地吃了起来。

终于，产妇屋里传来孩子响亮的啼哭声。福益华站起身来，脑海中浮现出在耶鲁医学院上课时，一位言谈富有哲理的老师说过的话："孩子出生的第一声哭啼，是生命旅程的起点，标志着一个新生命的正式到来。这哭声不仅仅是肺部开始工作的信号，也是孩子对这个世界最初的感知和回应。"

高大人满脸喜色地从产妇屋子出来，再三向福益华作揖致谢，并从下人手中接过早已准备好的红蛋，放在福医生手心。红蛋还带着温度，福益华微微咧嘴，露出一丝笑容。姚先生赶忙向高大人道贺，毕竟这可是知县大人的第一个儿子。

师爷将福医生单独送出大门时，悄悄塞给他一包东西，说是知县的一点心意。福益华正要推辞，师爷却说这会儿事情多，还要和姚先生商量事情，说完便作揖退进了门里。

　　福益华回到传教站，嘉高美早已在门口等候，迫不及待地打开福益华从县衙带回的布包，里面有红糖、喜蛋，还有 6 块银圆。福益华一脸疑惑地说："我什么也没做，知县为什么要送这么多东西？"嘉高美一本正经地回答："这是中国的礼！他是知县，更要带头遵循礼数！"

　　福益华听得似懂非懂，心里想着还是问姚先生吧。第二天中午，好不容易等到姚先生来诊所，福益华看完最后一个病人，便拉着姚先生问道："知县是官员，为什么还要给我银圆呢？"姚先生耐心地慢慢解释道："你在邵武接生很有名气，知县请你去，给了他很大的面子。知县夫人心里踏实了，所以才顺产，知县这是在表达他的感谢之情啊！"

　　福益华又一次真切地感受到了邵武独特的人情往来。在邵武的这一年里，许多病人付不起药费，但过了十天半月，或者更久之后，总有人带着几根笋、几棵菜或是几个白果上门，态度诚恳地请他收下，这些看似微不足道的礼物，却承载着邵武百姓质朴的情感和深深的谢意。

民办的"寄信局"

传教站坐落在进贤街的街尾，东面和南面被大片的菜地、果园与稻田环绕。白日里，田间劳作的农人、码头搬运的工人，以及从三公桥进出的挑夫、独轮车夫，都会从传教站前经过，人来人往，热闹非凡。到了夜里，夏秋季节时，街上仍有不少路人；可一到冬日，太阳早早落下，夜幕迅速笼罩大地，富屯溪溪面上便刮起阵阵刺骨寒风，许久才会有缩着脖子、紧裹外套的行人匆匆路过。

嘉高美忙于陪伴玛丽和儿子，姚先生倒是常常过来，与福益华小坐片刻。其余时间，福益华大多只能独自待在屋里。他时而翻阅在姚先生监督下自制的方言卡片，更多时候，是靠阅读医学书籍杂志来打发时光，或是整理病案。邵武的冬夜漫长而湿冷，气候着实糟糕。好在传教站是砖墙建筑，不像街上许多人家是杉木搭建的板房。福益华几次夜里出诊，看到病人在透风的房子里冻得瑟瑟发抖，他包好药递给病人家属后，总会忍不住叮嘱一句："再加床被子。"尽管姚先生早就告诉过他，这些人家根本没有多余的被子。

在寂静的夜晚，福益华也会思绪万千，想起远在太平洋彼岸的家乡，回忆起在耶鲁大学的求学时光，脑海中还会浮现出在开往中国船上相识的女医生布里斯，她有着如同雅典娜般美丽的面容。福益华心想，要是她被派到福州，现在他们或许就能相伴在一起。

时光在忙碌中悄然流逝。有一对兄弟，范师贤和范师圣，他们是嘉高美的学生，一有空就缠着福益华，恳请他在业余时间传授医学知识。征得嘉高美同意后，范家两兄弟跟随福益华学习了近两年，掌握了一些西医基础知识，也学会了诊疗一些常见病症。后来，范师贤前往泰宁朱口传教，租下当地人黄至延的房屋作为临时教堂，教堂面积

123 平方米，堂内还附设了一所女子小学和一个诊所。范师贤的女儿范美英担任学校教师，主要教授圣经相关内容；范师贤自己则在诊所行医看病，凭借所学，很快打开了局面。

范师贤、范师圣这批学生毕业后，嘉高美的神学班又招收了一批新学生。嘉高美全身心投入，用心地给几位即将成为牧师的邵武人讲解圣经。与此同时，玛丽为嘉高美生下了第二个儿子，福益华再次担当起"接生婆"的角色。

姚时雍跟着福益华在诊所学习医术已有数年，他上手极快，不仅负责拿药，还能独立诊治一些小病。后来，他在城里四角亭开了一家药店，从他每次提及西药铺时满脸的笑意就能看出，生意相当不错。一件件喜事接踵而至，福益华在给家里的信中，不吝笔墨地讲述着自己在邵武的工作点滴，介绍他结识的朋友，还提到邵武人尊敬地称呼他为"福先生""福医生"，每当写到这些，他的心里就会涌起一股暖流。

在给家人的信中，福益华多次提到二十都。1893 年夏天，他第一次前往二十都，下山后在信中写道："夏天的二十都宛如天上诸神居住的仙境，美得令人赞叹不已……"再次前往二十都时，他又写道："二十都就像一部优美的长篇小说，夜里凉爽宜人，即使是中午的炎热也不会让人感到窒息。竹林中有蜿蜒的小道，一旁是峡谷和适合攀登的高山，有时漫步一英里左右，有时攀登 1000 英尺甚至更高。安息日是一个重要的节日，人们带着自制的酒水从一个村庄走到另一个村庄，村民们也踊跃参与这些活动。当我们夏天在那里的时候，宗教仪式也变得格外愉快。他们在玉石坪中心村落建了一座礼拜堂。"

福益华寄往美国的信件，由民信局委托的船主到传教站收取；从美国寄来的信件以及采购的药品和其他物品，同样由船老板送上门。民信局最早出现在明朝永乐年间，是私人经营的机构，主要业务包括投递信件、包裹以及办理汇兑。它由宁波商人首创，到了清朝同治、咸丰、光绪年间，全国大大小小的民信局多达数千家，其机构遍布国内以及国外华侨聚居地，形成了内地信局、轮船信局和侨批局（福建话中"信"发音为"批"，所以侨批局即侨信局，专门为南洋侨民服务）。规模较大的民信局会在商业中心（如上海）设立总店，在各地设立分店和代办店，各民信局之间还会联营协作，从而构建起了庞大的民间通信网络。福州的民信局在洪山桥设立总店，在烟台山设有分店。福州的美国人信件，先交福州工部书信馆投寄，到上海后再交法国客邮寄往美国。民信局作为私人机构，分布较为松散，完全依靠信誉和口碑经营。

到传教站取信和送信的船主姓赖，他家有 3 只船，祖籍江西。一来二去，他很快就和福医生熟络起来。要是姚时雍也在，赖船主就会聊起他的祖先。原来，他的祖先是邵武的军士，1409 年跟随郑和下西洋，从江苏太仓刘家港出发，抵达今越南、马来西亚等地，回国途中到过锡兰山，1411 年 7 月回到福州港。进贤街上的太保庙，就是邵武跟随郑和第三次下西洋的军士和船夫修建的。太保庙位于传教站西侧靠河边的位置，正对着富屯溪。船工每次出行前，都会到庙里点上几炷香，虔诚地祈求三保公保佑平安。福益华曾去过这座庙，他耐心地观看船工们的祭拜过程，也十分理解船民们的心情。船民大多在岸上没有房屋住宅，船就是他们的全部家当。

邵武的船主要有鸭嘴船和鸡公船，宽度大多在两三米，平日里船民一家就住在船上，吃喝拉撒都在这狭小的空间里。往来福州和邵武的商人，途中也会与船家吃住在一起，商人睡中舱，船家睡尾舱。让福益华感到好奇的是，船民家不满 10 岁的男女小孩，除了冬天，春夏秋三季都是全身赤裸，最多只穿条短裤。他们在风雨中、烈日下玩耍，皮肤被晒得黝黑发亮，眼睛却格外明亮，而且出奇的健康，几乎无病无灾。

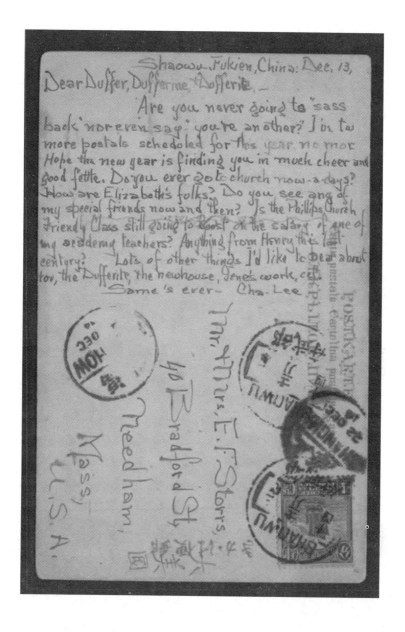

　　然而，民信局的命运随着 1896 年的政体改革开始走向终结。朝廷创办"大清邮政"，撤销驿传，设立邮传部。第二年，福州总局和罗星塔局成立。1901 年，在北门李家园设立邵武邮政局，称为"大清邵武邮政局"，隶属于福建省福州总局邮界。1902 年冬，福州总局侯事陈能光从福州出发，经邵武前往江西益阳河口，组织邮线。邵武邮政局在东关码头巷的巷口设立了代办点，从此，穿着深蓝色印有"大清邮政"字样坎肩衣的邮差取代了赖船主，成为信件传递的新角色，也标志着一个旧时代的结束和一个新时代的开始。

曾金基真名叫冯金祺

在《邵武四十年》一书中，曾金基这个名字多次被提及。书中有这样一段描述："在他的学生中，无人能出曾金基之右。这位年轻的学生极为聪慧，且十分讨人喜欢。爱德华（福益华）称他是天生的医生，从未见过有谁包扎绷带能如他这般娴熟。他有着一双魔术师般的手，动作灵巧又轻柔……"

曾金基究竟是谁呢？姚时雍成为福益华的首位学医学生后不久，福益华又迎来了一位名叫曾金基的学生。事实上，曾金基是化名，他的真实姓名是冯金祺，来自洪墩濠坊村。中华人民共和国成立后不久，濠坊改名为河坊。此地处于富屯溪支流桃溪的冲积平原，坐落在小山墩之上，四周皆是烂泥田，村子仅有通往水口寨的一个出口。桃溪从村子北边流入富屯溪，富屯溪的水位随季节涨落，滋养着濠坊的田地，这里的田肥沃无比，人一脚踩下去，深陷没腰，村民耕种时需带着特制的板块，这与洋圳坑一带的田地颇为相似。

回溯历史，汉朝时濠坊村周边的田地还是一片沼泽。据《桃溪冯氏族谱》记载，隋代开皇年间，为安抚南蛮之地，防止土著叛乱，隋文帝杨坚派遣兵部尚书冯世基将军率领 10 万兵马南下，镇抚蛮夷，开发荒僻之地。局势平定后，冯世基将军下令将兵马屯驻在闽北重镇邵武。12000 名士兵在冯世基将军的指挥下，于桃溪开垦荒地，沼泽逐渐变成了水田。为纪念冯世基将军的功绩，这些士兵的后人在濠坊村西头修建了将军庙，塑造了赵子龙及冯将军的神像，每年农历九月初一都会举行隆重的祭拜仪式，同时还会举办热闹非凡、轰动四乡的抢酒节。

濠坊的烂泥田众多，蚂蟥也随之泛滥。村民在田里劳作时，不一会儿，双腿就会爬满蚂蟥。等上了田埂，得一只一只地把蚂蟥剥下来，腿上的血要流淌一会儿才能止住。冯金祺祖上留下了不少田产，即便雇了人帮忙，他仍坚持每天下田耕作。30岁那年，冯金祺患上了一种名为"鳃鱼管"的腿病，患病的腿肿得比正常人的腿粗了一倍。他在水口寨找了好几个郎中医治，不仅未见好转，反而延误了治疗。

濠坊村是和约瑟沿着富屯溪东下传教的一个站点。福益华来到邵武后，也跟着和约瑟在濠坊村停留过。村里有十几个人信奉基督教，其中一位是冯金祺的长辈，他称呼其为婶母。婶母是一位虔诚的教徒，为人热情好客，和约瑟每次路过，都会到她家歇脚。婶母见冯金祺的腿病愈发严重，便对他说，城里东关有个美国医生，治好了许多疔肿和脓肿的病症。冯金祺听从了婶母的建议，前往城里找福医生。福医生查看了冯金祺的腿病后，起初考虑为他截肢，但转念一想，还是决定先尝试保守治疗，便让冯金祺留下来接受医治。

冯金祺在城里没有住所，福益华安排他睡在传教站厨房的仆人铺位，治疗期间让他帮忙做些杂务。冯金祺在濠坊村的家中就喜爱种植花草，看到福医生和嘉高美居住的小院子有些杂乱，他便主动清理杂草，还自作主张种上了不少杜鹃、迎春花、地瓜花和月月红。每次治疗换药时，福医生总是全神贯注，不急不躁，还会轻声细语地和他聊天。冯金祺看着和蔼可亲的福医生，常常走神，心里想着：要是能成为像他这样的人该多好。半年过去了，冯金祺的腿病竟然康复了，他深感神奇，被病痛折磨许久的自己，终于摆脱了痛苦。

冯金祺

冯金祺即将离开福医生，他让弟弟金海带来一笔钱作为治疗费，可福医生坚决不肯收下。福医生说道："你帮忙做了这么多杂务，我也没付给你工资，就当作两清了，这样行吧？"冯金祺听后，心中百感交集，脱口而出："福医生，您能收我为徒吗？"福益华听到冯金祺的请求，虽感到有些突然，但内心十分高兴。冯金祺如此勤快，又读过私塾，确实是学医的好苗子。

得到福医生的应允后，冯金祺回到濠坊村，将祖上留给他的田产委托村里的凌云书院管理，并立下字据，田产收入归书院所有。随后，他返回东关，专心跟随福益华学医。

村里的凌云书院由冯可参先生创建，邵武的名人上官正曾在此讲学，书院在邵武东区和顺昌一带颇具名气。冯金祺的父亲是私塾先生，他自幼在父亲开办的私塾里跟读，受家庭熏陶，熟读"四书五经"。家中田多，受周边环境影响，他做事勤快，手脚从不闲着。

说来也巧，冯金祺与福益华同岁，只是大几个月，且两人都尚未成家。冯金祺住在传教站，诊所离传教站仅百十步路。每天，在福先生还未到诊所时，冯金祺就已将诊室收拾得干干净净，坐在门口认真翻看医书，等待新一天的工作的开始。

不到1年时间，冯金祺就成了福医生的得力助手。福益华准备进行外科小手术时，无须吩咐，冯金祺就已将手术器械准备妥当。福医生开出的药方，冯金祺也能认出上面的英文，并按照品种和剂量准确配药。

只要稍有空闲，冯金祺就盼着姚先生过来。他不好意思总是打扰福医生，而姚先生是他的师兄，所以一见到姚师兄，他就问个不停。他拿出老家洪墩山上制作的毛边纸，上面用毛笔工工整整地写着英文药品名称，姚先生每讲解一个用途，他就迅速记录，留下只有自己能看懂的毛笔字，字迹大小不一、歪歪扭扭，写完还会不好意思地对姚先生咧嘴一笑。

转眼间，冯金祺跟随福益华已经两年。弟弟冯金海每隔三五个月就会带着侄儿来看望伯伯，冯金祺就在居住的厨房里陪着侄儿嬉笑玩耍。福益华见冯金祺如此喜爱孩子，便问他："冯，你们中国人讲，不孝有三，无后为大，你怎么还不成家呢？"冯金祺没有直接回答，反倒反问："福医生，您怎么还不给我找个师母呢？"

福益华一时不知如何作答。他身处邵武，身边又没有合适的美国女性，谈何找师母呢？这些情况，冯金祺自然并不知晓。不过，福益华倒是察觉到徒弟看上了一个女孩，她就是张垂绅牧师的女儿。有几次，这位名叫张友凤的女孩到诊所帮父亲拿药，和冯金祺聊得很是投机，还不时捂着嘴笑个不停。女孩离开后，冯金祺的目光还久久追随着她。

福益华心想：要不要把这层窗户纸捅破，将张牧师的女儿介绍给冯金祺呢？虽说两人年龄相差 15 岁，但在中国民间，"老夫少妻"的情况也并不少见。邵武像张友凤这般年纪的女孩，大多裹着小脚，也就是中国人所说的三寸金莲。无论城里乡下，贫穷还是富裕，女孩从小都要裹脚，否则长大后难以嫁出去。张牧师是个孤儿，自幼受尽旁人的冷眼，却凭借自身努力，终于拥有了一份热爱的职业。他十分开明，从没让女儿裹脚，还送她到福州女校读书。如今，女孩刚毕业，年方二八，正是待嫁闺中的年纪。

福益华向张牧师提及此事，牧师回去后直截了当地对女儿说："福医生做媒，想把你嫁给他的徒弟。"友凤回答得更为干脆："等他的徒弟出师吧！"

这样的答复，让福益华感到十分兴奋，冯金祺更是欣喜若狂，学习起来也愈发用心了。

东关教堂和医院

福益华有了得力帮手冯金祺后，诊所的秩序焕然一新。冯金祺推行了叫号制度，病人一到诊所，便找他领取写有阿拉伯数字的纸条，依照数字顺序依次看病。如此一来，病人无须再围在福医生身旁，诊室也不再拥挤混乱。然而，面对每日四五十号病人，这个诊所实在显得过于狭小。福益华在给福州美部会的报告中，不止一次地请求下拨经费，以建造一所医院。前来就诊的，不仅有来自邵武府下辖的四县的病人，甚至建宁府的建阳、崇安，以及江西抚州府的资溪、黎川等地的患者，也不辞辛劳，翻山越岭，赶了几天山路前来寻医问药。有些病人还得在邵武寻觅临时住所，以便隔三岔五找福医生复诊。

福医生的忙碌，让和约瑟暗自欣喜。这些病人中，许多人出于感激之情，会前往近在咫尺的教堂或礼拜点聆听牧师布道，听进去了，便会接受洗礼。福益华来到邵武传教站后，东关和小东门一带的居民前往福音堂做礼拜的人数明显增多，旧的福音堂已完全容纳不下。和约瑟不断向福州美部会申请资金，以建造一座新的福音堂。

邵武传教站的工作引起了美国波士顿总部的关注。1896年圣诞节前1个月，福州美部会下拨了两笔款项，一笔用于建造教堂，一笔用于建造医院。耶鲁大学的图书馆资料记载："福益华意外获得两笔捐款，康涅狄格州沃特伯利的公理会第一和第二教堂为医院寄来了180美元。"嘉高美和福益华这对好友欣喜若狂。

整整2个月，两人每日都在福益华的屋子里忙碌到深夜。他们时而写写画画，时而热烈讨论，嘉高美说话时手舞足蹈，福益华则慢条斯理。冯金祺知道，他们在讨论教堂和诊所的事宜，这是两人多年来最大的心愿。

教堂和医院的用地由和约瑟负责落实。教堂的用地没有问题，这几年陆续永租了十几块相连的土地，位置就在进贤街的东段。福益华打算把医院建在教堂对面，那里原本有一所房子，在1857年毁于战乱。和约瑟找到业主商议，业主不太愿意出租，即便东关姚牧师出面说合，也未能成功。福益华不愿放弃，带上姚时雍，又找来张牧师，经过几天的软磨硬泡，终于打动了业主。业主最终松口："看在福医生的面子上！"并在永租契约上签下了名字。

新教堂位于进贤街南侧，占地面积1000多平方米，落成后可容纳三四百人。教堂由嘉高美负责建造，福益华负责监工。嘉高美在邵武已待了8年，负责神学院的事务，培养华人牧师。他性格开朗，与邵武府衙、县衙的官差关系熟络，还跟着和约瑟拜访了周边县府所在地的众多士绅。福益华这四年间，诊疗了万余名患者，从姚时雍那里了解到不少民间风俗。在规划新教堂时，他们对房子的高度达成了一致意见，大门正墙上的十字架，并非高高耸立，而是直接与屋顶相连 。 这样一来，无论是从燕子山还是登高山俯瞰城区，教堂都不会显得过于突兀。教堂的大门必须是拱门，墙体采用青砖建造。两人将想法向和约瑟汇报后，正在挥笔写毛笔字的和约瑟在二十都生产的连史纸上写下一行楷书：木秀于林，风必摧之。

新教堂和医院同时开工，工人顿时紧张起来。泥水匠大多来自邻省江西，他们都没有建造过跨度超过10米的大堂。嘉高美亲自绘制了图样，交给小东门的铁铺师傅，在水北街定制了10多个石墩，又与木匠师傅商量，到上王塘码头寻觅百年以上的老杉木，用作教堂大厅内的立柱和连接木梁。大门所需的青砖，原本是在溪对岸故县砖窑烧制的，货物送到工地后，福益华发现青砖表面有不少小气泡，便将这批砖退回，改到水北街的窑上村订货。福益华常常绕着明城墙走上一圈，在几处咸丰年间太平军用炸药轰出的城墙豁口处，散落着一些长满青苔的城砖，轻轻刮去苔藓，在没有破损的青砖表面，能清晰地看到刻有监制与工匠的名字。他认为，教堂大门要美观，必须使用富屯溪上游窑上村烧制的砖。

新教堂的屋顶，嘉高美采纳了福益华的建议，采用了中国建筑的挑檐设计。为了赶在圣诞节前让新教堂顺利竣工，福益华将修建医院的工人调到教堂工地。

1897 年 12 月 24 日，进贤街比春节还要热闹。赶在平安夜前，新教堂正式启用。和约瑟邀请了府衙和县衙的一众官员，汉美小学唱诗班的学生也排练了许多节目。建宁、光泽，及泰宁朱口教堂的负责人，洋口、拿口的牧师，城里几百名教民以及附近的居民都前来庆贺。

东关新福音堂

当晚7点，东关教堂的姚汝霖牧师宣布仪式开始。唱诗班的孩子们在风琴的伴奏下，用天籁般的歌声将众人带入一种庄严肃穆的氛围。福益华看着嘉高美将十指轻轻按在胸前，仿佛在接受来自天主的祝福，眼眶不禁湿润了。这一幕被冯金祺看在眼里，记在心中。

女子唱诗班

在一旁，年方二八的姑娘张友凤目光在三人身上流转。她的父亲与和约瑟坐在最前排，母亲因裹着小脚行动不便，未能前来，她便带着5岁的弟弟张国辉来教堂凑热闹。

她的目光落在冯金祺身上，父亲曾说过准备将她许配给这个人。冯金祺足足比她大15岁，不过，她恰恰喜欢年长许多的男子，就像她的父亲，虽然比母亲大很多，但从不居高临下，而是以知天命、谦让包容的态度为人处世。在福州读书时，福建最早接受西式教育的同宿舍女子之间，闲暇时难免会交流理想中的夫君。张友凤毫不掩饰地表明："找我父亲这样的！"

从福州女校毕业回来快半年了，她开始关注这个住在传教站的濠坊人。她向城里老家在洪墩的同龄女子打听，得知濠坊人是北方军垦士兵的后代，性格强悍。她不禁暗自思忖，冯金祺会不会也是如此？与父亲的性格完全相反？张友凤思绪飘远，等回过神来，才发现原本牵着的弟弟国辉不见了踪影。这可把她急坏了，全然不顾台上和约瑟正在讲耶稣诞生的经文，大声呼喊起来："小辉，小辉……"

礼拜堂后面的人纷纷回过头。冯金祺听到张友凤的喊声，急忙跑过来询问："小辉怎么了？"张友凤没头没脑地嚷道："不见了！"冯金祺让张友凤站在原地别动，自己赶忙跑到教堂门口，询问值日的人是否看到张牧师的小男孩。值日的说，好多孩子围着圣诞老人走到教堂右边空地要礼物去了。冯金祺赶过去一看，小辉也在，正缠着圣诞老人，手里已经拿着一顶圣诞帽。冯金祺一把抱起小辉，走进教堂。看到小辉，张友凤腿一软，半瘫在地上。今天教堂人这么多，自己怎么能让弟弟脱离视线呢？她看着冯金祺，眼神中半是感激，半是埋怨。

新年到了，福益华的医院复工，工人很快完成了封顶和简单装修。1月18日，医院开业，这是外国人在福建内陆开办的第一所医院，取名为邵武东关圣教医院。同年，英国圣公会在莆田北门开始建造兴化圣教医院，美以会两年后在福清龙田镇创办龙田妇孺医院。

嘉高美告诉福益华，他准备带着夫人和孩子回国休假，这是他们到邵武后第一次休假。算上在福州的日子，嘉高美夫妇在中国已经待了10年，美部会批准他们回国一段时间。而且，再次回到中国后，嘉高美将不再回到邵武，而是在福州负责培训华人牧师。

福益华为嘉高美感到高兴，他可以携妻带子回国，嘉高美的父母一定欣喜万分。可反观自己，连将来结婚的对象在哪里都不知道。父亲已经离开他和母亲两年了，是嘉高美陪着他度过了人生中最痛苦的那几个月。弟弟查尔斯先把父亲的死讯通知了嘉高美，让他在合适的时机告诉自己；是嘉高美在他刚到邵武时，主动拉他搭伙，玛丽每天准备可口的饭菜；是嘉高美与他一起骑着骡子来到二十都的山脚，爬上陡峭的山坡，一同欣赏那醉人的山色；是嘉高美和他共同努力，盖起了新的教堂和医院，实现了彼此的心愿。

临走前的几天，嘉高美和福益华一同前往邵武城边的登高山、福山和万峰山。天公作美，阳光温暖，光线极佳，极目远眺，目力可达10里之外，他们居住的传教站老房子轮廓清晰。嘉高美兴奋地指指点点，向福益华讲述着他在这条街、那个巷曾经发生的故事。

福益华心中有些伤感，原来10年的时间竟如此短暂。嘉高美已经是两个男孩的父亲，他实现了自己的愿望，盖起了方圆200里最大的福音堂。从山顶俯瞰下去，福音堂沐浴在阳光之下，静谧而安详，后面几棵樟树的树冠如云朵般茂密。富屯溪东关的七八个码头停泊着几十条船只，卸货的、装船的，人来人往，一片繁忙景象。

春天即将来临，浅浅的溪水很快就会奏响潺潺的序曲，接着迎来汹涌的主旋律。但去年年底有些干旱，从山的北端传来消息，崇安境内的崇阳溪已经断流。于是，山那头出现了许多挑工，担着百十斤做好的红茶，在东关码头装船，运往福州。

嘉高美离开邵武的前一周，福益华提议在他们住的房子东北侧栽种一棵柿子树，留作纪念。柿子树在邵武有着丰富的寓意，"柿"与"事"同音，果实圆润饱满，寓意事事如意；其果实红彤彤且多果成串，象征红红火火；此外，柿子树生命力顽强，寿命长，代表长寿安康。这既是两兄弟对彼此的祝愿，也是福益华和嘉高美对这片土地上人民的

嘉高美

祝福。这棵柿子树种在福益华与嘉高美住所东北侧，这里原来是李家

的菜园，土地十分肥沃。历经百年风霜，这棵柿子树至今依然果实累累。历代的东关小学师生都不会忘记这棵柿子树曾经带给他们的快乐，提到母校，一定会想起这棵柿子树，春天萌发的新芽，夏天浓密的树叶，秋天橙红的果实。后来，东关小学每年柿子成熟时，都会举办柿子文化节，祝愿中美两国人民的友谊"柿"代相传。

福益华和嘉高美住的房子

嘉高美带着一家人在邵武上船的那天，和约瑟带来了福州美部会的意见，说是可以安排福益华也回国休假。这对福益华来说，无疑是天大的喜讯。原本他需要在邵武待满6年才能回美国休假，如今突然提前了1年，他既意外又欣喜。

他需要妥善安排好一切，尤其是医院的事务，他不希望因为自己的离开，新落成的医院就关门歇业。他已经带了3个徒弟，其中一个回光泽开西药店了，冯金祺虽然勤劳，但跟随他的时间较短，还需要磨炼。最早跟他学医的姚时雍已经能够独当一面，姚时雍在城里忠孝路开的西药店生意十分红火。福益华决定在他休假期间，由姚时雍照看诊所。

福益华留下了足够的常用药，尤其是治疗邵武一带最为流行的地方病——疟疾用的奎宁。他请人在医院门口医师的牌子上用中英文添上 2 行字：姚时雍，药剂师；冯金祺，助理药剂师。这等于向每一个来医院的人宣告，姚时雍拥有开处方和发药的全权；冯金祺在姚时雍不在的情况下，也可以开出常见病的处方和发药。

诊所的事情交代完毕后，福益华拜见了邵武读书人常常提及的名人朱书田。朱书田在去年的福建省拔贡生考试中荣获头名。福州几所书院想聘请他，但朱先生还是回到邵武，担任邵武正音书院院长。福益华来邵武已经 5 年多，在姚先生的辅导下，方言说得十分流利，但前辈和约瑟的官话及邵武话都十分精通，这让福益华感到有压力，也促使他开始学习官话。

邵武的正音书院，于 1729 年在北门宝严坊创建。书院延师教习，聘请语音标准、学问渊博者担任教官，教授当地士子规范的官话，为当地士子顺利应试提供帮助，也培养他们日后出省做官时通晓官方语言、顺利办理公务的能力。

正音书院创办初期，因"奉文设立"，动用官银维持日常开销，国家每年按师生名额核拨"膏火"费，即办学经费。然而到了乾隆后期，建阳、浦城、延平、武夷山、政和等地的正音书院纷纷裁撤，这股裁撤之风也影响到了邵武。不过，令人欣慰的是，当时的邵武官员和乡绅邑民们，在"膏火"、修缮费用紧缺时，有钱出钱，有力出力，为邵武的正音书院不断注入生机，使其一次又一次起死回生，延续命脉。至道光年间，福建省各县的正音书院均已相继停办，唯有邵武的正音书院尚存，但也已改为教习诗文，"正音"名存实亡。1858年，太平军攻陷邵武城，正音书院遭到焚毁。太平军撤离后，书院虽得以重建，但办学经费极其短缺，无法恢复教学。至 1877 年，县令王金城从全县税契中以每契价一两提取一钱二分的办法筹集办学经费，再度将书院兴办起来。1893 年，福益华刚到邵武的那年，知县高淑勋还捐助了自己的薪俸用以办学。

朱书田在宝严寺接待了福益华，此时正音书院已搬到这里，收有学生 100 多人，主要是城乡大户人家的子弟，其中不少是准备科考的学子，衙门里的师爷和其他公差也会前来听课。

福益华想利用回国休假来回漫长的海上时间阅读几本官话入门书籍。朱书田和福益华都是邵武的名人，两人交谈甚欢，时而用方言，时而说英语，兴致高昂时，朱书田还会下意识地说官话，可看到福益华一脸茫然的表情，便不好意思地抱拳道歉。临走时，朱书田将自己编写的官话入门书送给福益华，并一直送他出了山门。

福益华还与张垂绅牧师花了一星期的时间，走访了黄茅墩的十几户土地权属者，准备办一所男校。

福益华前往孤老巷转了转，看到几个老病号蜷缩在漏风的屋子里，既没有炭火取暖，也无人照顾，生命就在一声声无奈的呻吟中渐渐消逝。福益华给他们留下了一些药品，并交代他们有事可以到诊所找姚时雍和冯金祺。

谷雨时分，富屯溪的水逐渐丰盈起来，码头又恢复了熙熙攘攘的景象。福益华坐上了前往福州的鸭嘴船，嘉高美已经帮他买好了回国的船票，时间就在 2 周之后，他不能再耽搁了。南下的船顺风顺水，不到 1 个时辰，邵武城便消失在山水之间，唯有淡淡的炊烟缠绕着薄薄的云层，一路追赶着水面上的船只。

庚子年的"教民"矛盾

福益华怀着复杂的心情踏上家乡的土地，前来接站的家人中，那个熟悉的身影已然不在，父亲在两年前便已离世。远在万里之外的他，只能将丧父之痛深埋心底。如今归来，父亲的画像依旧挂在老地方，脸上透着开拓者的坚毅神情。福益华跪拜时，看着画像，发现自己的长相竟有百分之八九十与父亲相似，这让他在悲痛中感到一丝安慰。

休假的时光如白驹过隙，转瞬即逝。福益华深刻地意识到自己离开祖国太久，新的知识如雨后春笋般不断涌现，他迫切需要深造。于是，他来到哈佛攻读研究生，主攻产科和眼科。邵武地区难产的情况屡见不鲜，他渴望了解哈佛医学院在这方面的最新研究成果，以便更好地服务邵武百姓。此外，他还虚心向眼科教授请教，学习如何处理邵武普遍存在的沙眼及其并发症的手术问题。

就在他准备返回工作岗位时，疟疾再次无情地侵袭了他的身体。母亲心疼不已，坚决要求他完全康复后再走。福益华也察觉到，父亲离世后，母亲明显苍老了许多。他向教会委员会如实叙述了自己的情况，请求在美国多停留一段时间。得到许可后，他前往纽约和费城的两所医院继续学习。对于一位长期在中国山区工作的医生来说，这样的进修机会弥足珍贵，他得以接触到最新的医学资料，还能向教授们请教疑难病例的处理方案，这对他的医术提升大有裨益。

福益华在进修期间，1899 年初，美部会将宓蕴玉（英文名露西·比曼）医生派往邵武，一同前往的还有她的妹妹宓蕴德（英文名佛兰西斯·比曼），妹妹负责学校的工作。

1900 年，岁在庚子。彼时，基督教的牧师和天主教的神父已深入中国腹地传教多年。凭借与北京清政府订立的条约，他们在地方享有特权，踏入衙署便比当地官员高出一等。而当地人一旦入教成为教民，也能享有传教士的某些特权，比如在衙门无须下跪，涉讼时胜诉的概率较大。一些地痞流氓趁机入教，仗着教会的特殊地位欺压普通民众，这无疑激化了民众的排外情绪。

北京的义和团运动如星火燎原，迅速蔓延，影响了许多省份。这年农历六月二十八，是光绪皇帝的生日，邵武城奉命张灯结彩，家家户户陈设香花，灯火辉煌，彻夜不息。恰逢田公祖师诞辰，不少地方设坛迎神，弹唱南词，男女老少云集，热闹非凡。然而，农历二十四日夜晚，一场意外打破了这份祥和。南门教堂华人传教士梁金荣之妻在街头闹市与人口角，不仅不收敛，反而放刁耍泼。梁金荣听闻后，不问青红皂白，竟大肆谩骂，口出狂言："你们胆子不小，居然敢欺负到我教士头上，非将你们这班人送官府严办不可！"

梁金荣的蛮横无理彻底激怒了民众，他当场被打得狼狈不堪，从屋顶逃到邻居家中躲藏起来。愤怒的民众找不到梁氏夫妇，便将怒火发泄到附近的天主教堂，将其全部捣毁。接着，东门外基督教堂和医馆也未能幸免，门窗被拆毁一空。知县吴廷桢闻讯赶来制止，可轿子刚到东门，就被拥挤的人群挤碎，他无奈之下只好徒步返回衙署。当地参将全山、哨官周铭新、千总周赞虞虽也赶到现场，但面对如潮的人群，他们也无能为力。

此时，和约瑟和其他美国人早在初夏就前往福州鼓山避暑了，留在邵武的只有天主教神父。神父惊慌失措，慌忙投奔参署请求保护，参署参将却不敢收留。无奈之下，神父只好从诗话楼城脚下（现东门木器厂背后）沿水沟逃到城外溪边，高价雇船逃往福州。

事后，群情激愤，商民连日罢市。驻军杨管带率队弹压，知府管元善和知县吴廷桢沿街劝说，10余日后市面才恢复正常。不久，参将全山被撤职，知县和知府也均调离邵武，该案交由新任官员处理。

新任知府程祖福亲自前往福州，向美国领事赔礼道歉，并赔偿基督教23000两白银，天主教6900两白银。

福益华听闻邵武城发生的"庚子事件"后，心急如焚，立刻收拾行李，购买了前往福州的船票。临行前，母亲没有像七年前那样絮絮叨叨，只是叮嘱他下次一定要带儿媳妇回国。

福益华在旧金山登上了前往中国福州的客轮，没想到和约瑟及女儿和珠琍也在同一艘船上。福益华第一次见到和珠琍时，她还是个稚气未脱的中学生，如今再见，她已出落成一个亭亭玉立的大姑娘。若不是和珠琍主动伸手打招呼，福益华几乎认不出她来。在船上，两个年轻人一同在甲板上散步，感受海风的轻抚；一起站在船头，眺望远方的大海；还一起玩游戏，相处得十分融洽。和约瑟看在眼里，忍不住问福益华："我女儿怎么样？有没有考虑？"福益华明白和约瑟的意思，为了避免造成误会，他直接回答道："我没有那样的想法。"和约瑟听后，不免有些失落，这是和珠琍长大后他第一次为女儿做媒，他对福益华在邵武5年多的表现十分认可，觉得这是个不可多得的好小伙。自从妻子和雅致患病，福益华便竭尽所能，不仅给美国专家写信请教，还专门到福州配药。在妻子生命的最后时光里，也是福益华和他陪伴在侧。如今，和雅致已长眠于福州公墓4年，在烟台山那片能看到海的墓地里，和约瑟特意选择了一个能听到海浪拍击岩石声音的位置，因为他知道，夫人喜欢热闹，不愿独自静处。

福益华并不知晓和约瑟心中的这些想法。但有一点他与和约瑟是相同的，那就是都十分关心邵武教堂和医院的命运。事情的大概经过他已有所了解，只是他弄不明白，听说是天主教徒惹的祸，为何基督教的教堂和医院也遭了殃？和约瑟心里更是不满，早在1873年他第一次到邵武租房时，本已和房主谈好价格，却因天主教神父的挑唆，他和同伴只能扫兴而归。从那以后，和约瑟对同一城里的天主教人士便心存芥蒂。天主教教堂位于城区东南角，基督教福音堂在东关进贤坊，两家平日里基本不来往。这种状况直到福益华来到邵武才有所改观。天主教在邵武没有医生，神父和修女有时会到东关诊所看病，福医生比年长的和约瑟更为大度。如果病人不多，他会热情地把神父或修女留下，请他们品尝自己研磨的咖啡。每当这时，他总会听到几声惊叹和感谢。在异国他乡能喝到如此正宗的巴西咖啡，而且研磨方式地道，用水也纯净无比。福益华总会自豪地告诉他们，这水是从10里外水晶山上打来的。

和约瑟和福益华到达中国后，在福州逗留了许久。他们多次申请立刻回到邵武，却一直未得到美国领事的准许。美国领事没有得到福建总督的保证，因为总督自己也不确定邵武是否还会发生类似的事件。和约瑟和福益华便给在邵武的姚汝霖牧师写信，询问城里的情况。姚牧师很快回信，称："这只是一次偶然的事情，邵武境内的基督教教民状况都好。"信件转交给领事后，领事终于同意他们前往邵武。

1901年3月，和约瑟父女、宓师姑姐妹和福益华一行5人从福州坐船返回邵武。路过顺昌洋口时，大家下了船，这里是邵武传教站的一个主要传教点，张垂绅牧师在此开展了卓有成效的工作。正如他在写给和约瑟的报告中所说，洋口传教站没有遭受什么损失。

进入邵武地界后，众人心中都有些忐忑不安，不知道前方等待他们的会是什么。

船只终于在东关码头停靠，姚汝霖、姚时雍、冯金祺、李云程等人早已在岸边等候。福益华一眼便看到了码头上竖立的礼制牌，上面刻着四句话："少避老，去避来，轻避重，贱避贵。"在这样一个注重礼度的地方，却发生了福益华最不愿看到的事情。

落成仅3年的新教堂主体虽未受损，但门窗全部被人撬走；医院只剩下一个门，里面的物品被洗劫一空；水晶山的农舍全部被毁，水井也被掩埋。姚时雍提议大家都到他城里的院子去住，和约瑟却没有同意。此时已经开春，天气转暖，位于进贤街的传教站住所清理一下也能居住，无须搬来搬去。

过了几天，新的知县来到传教站，礼节性地转了一圈后，告知和约瑟："程知府已经答应让赔偿的钱尽快到位。"

和约瑟年近花甲，体力和精力大不如前。而福益华正当年，离开邵武快3年了，浑身充满干劲。他同时负责教堂、医院和住所3处工地的重建工作，要安排一大帮工人，考虑上百种材料的采购和使用。医院这边还好有姚先生和冯金祺帮忙，但听说福医生回来了，仍有病号找到工地求医。

3项工程先后完工，福益华终于可以松口气了。这时，他才注意到最近冯金祺工作时有些心不在焉。福益华感到十分奇怪，这可不像冯金祺一贯的做事风格。

在医院的诊室里，福益华直接询问冯金祺。冯金祺这才道出缘由："友凤答应婚礼放在农历四月初六，也就是我36岁的生日。"福益华听后欣喜万分，这可是他做的第一个媒。姚先生曾说过："人这辈子，至少要做成一次媒，才算是修成正果。"他觉得自己很幸运，第一次介绍就促成了这段姻缘，忍不住脱口而出："牛！"他们俩都生于中国的乙丑年（1865），属牛。冯金祺能把心爱的女人追到手，即将步入婚姻的殿堂，确实很"牛"。

福益华不禁想起这次离开美国时母亲的叮嘱，要他带一个儿媳妇回去。他又想起了第一次来中国的轮船上让他心生好感的那个女生，当时他因不敢表白而错过了机会，如今人家已结婚。而这次从美国休假回来在福州逗留期间，他又遇见了一位女孩，他满心期待能尽快再次见到她，心中涌起一丝甜蜜的期待。

罗星港的女教师

1898 年，福益华回国休假期间，一位从美国多安学院毕业的女孩来到中国，在福州罗星港女校任教。她，便是那个让福益华怦然心动的人。

福益华从美国返回福州时，同行的除了和约瑟父女，还有福州男校的校长李曼·皮提。当他们抵达码头上方的华南女子学院时，传教士中的单身女性纷纷来到女子学院的前廊。她们一方面期待着与老朋友李曼·皮提重逢，另一方面也渴望结识新的女伴，以及优秀的单身医生福益华。

校长李曼·皮提领着和珠琍、福益华走上前廊，将 6 位女士一一介绍给他们。其中，宓蕴德和宓蕴玉在邵武工作，另外 4 位女士分别是埃拉·牛顿、艾尔希·伽来斯、简·步郎，还有贝敏智。和珠琍得知宓蕴德姐妹也在邵武工作，立刻拉着宓蕴德热聊起来。

在 6 位单身女传教士的注视下，福益华心里有些慌乱，生怕自己的心思被看穿。因为在从美国回来的一路上，他心里只想着两件事：邵武的医院怎么样了？下船后，一定要好好留意，看看有没有适合结婚的对象。

不过，仅仅几秒钟，作为医生固有的镇定与自信便又回到了他身上。他礼貌地与每位女士打招呼，表达着认识她们的喜悦。

和珠琍很快成为众人谈话的中心，她兴致勃勃地向这些离开美国两三年的女传教士讲述着各种八卦新闻。福益华被晾在一旁，而这正合他意，他得以在不引人注意的情况下，近距离观察这些在他休假期间来到福州的女传教士。他早已下定决心，要尽快找到可以结婚的对象。在邵武工作的宓蕴德姐妹，不是他理想的结婚对象；而在福州的

这4位女传教士，他一眼扫过之后，目
光便停留在了贝敏智身上，这个女孩对
他有着特别的吸引力。此时，太阳快要
落山了，贝敏智小姐的身后是一闪一闪
耀眼的阳光，福益华望着她，很快就被
阳光晃得迷了眼。

在等待领事同意回邵武的日子里，
福益华在年会上结识了耶鲁大学的校友
哈巴斯，哈巴斯在罗星港负责宣道。当
哈巴斯邀请福益华去罗星港时，福益华
毫不犹豫地答应道："明天就有空！"

贝敏智

原因无他，那个特别吸引他的女孩就在罗星港。

在哈巴斯家的第一次晚宴上，福益华见到了贝敏智。那天，她身
着紫色连衣裙，她的出现和装扮让福益华又惊又喜。然而，福益华天
生不善言辞，面对喜欢的女性，他绝不敢主动出击。倒是贝敏智落落
大方，热情地给福益华介绍她工作的女校以及罗星港的情况。

晚餐结束，来接贝敏智的是她的仆人，这完全打乱了福益华的计
划。他原本打算送这位迷人的女士回家，路上聊聊各自的亲人，说说
自己的母亲，再提及母亲对他婚姻的担忧，从而顺势说出自己想要履
行对母亲的承诺的想法。从贝敏智的神情中，他已经察觉到她对自己
有着一定的赞赏。

1901年农历四月初六，冯金祺与张友凤举办了西式婚礼，姚汝
霖牧师主持，福益华担任证婚人，和约瑟、姚时雍以及濠坊冯金祺的
亲戚都参加了婚礼。

几天后，福益华找了个借口，称要从福州进些药品，实际上鼓岭
也需要医生，他要去福州。经和约瑟同意后，他在东关码头上了船。
半个月后，邵武传教站的同事们也都来到了福州鼓岭，夏天已然来临。

　　整个夏天，福益华和福州教区的维拉德与比尔德住在鼓岭的一栋房子里。

　　福益华满心满眼都是罗星港教书的那个女孩。比尔德知道福益华还是单身，十分热心地将福州未婚的女传教士逐一介绍给他。从比尔德口中，他得知贝敏智喜欢打网球，而打网球恰好是福益华在耶鲁大学上学时的拿手运动项目之一。于是，福益华在鼓岭租了一块地，鼓动比尔德拉着贝敏智一起出资建了网球场。如此一来，他便有了与贝敏智正常接触的理由，进而有机会向她表白。

鼓岭网球场

　　网球场建成后，作为出资人之一的贝敏智也时常来练球。福益华每天都泡在网球场，只为等待贝敏智的出现。在与贝敏智对打时，福益华总是巧妙地让她在一番努力后赢了自己，随后说出一连串的赞美之词。贝敏智赢得并不轻松，却也十分开心。按照计划，福益华本应试着单独约贝敏智去海边散步，或者请她下山到福州城里逛逛，可这些"台词"，他始终没能说出口。他害怕遭到拒绝，不敢确定这位年轻的女教师是否真的喜欢自己。

　　离开鼓岭前夜，比尔德邀请了许多单身女传教士到家中吃饭，贝敏智自然也在受邀之列。在传教委员会的人员安排中，未婚女性的数量总是远远多于男性，这使得男性传教士相对容易找到伴侣。在这场以未婚女性居多的聚餐中，福益华显得格外安静。即便最后是他负责送贝敏智回家，却依旧没能说出特别的话。

就这样，福益华带着遗憾离开了福州。回到邵武后，一旁观察的宓蕴德姐妹时常拿他的表现开玩笑。

福益华已然习惯了她们的调侃，虽有些无奈，却也无力反驳。的确如她们所说，他不像嘉高美那般主动，尤其在喜欢的女孩面前，总是过于被动。但从福州回来后，要处理的事情太多了，许多病人都在等着他。

东关医院有冯金祺帮忙盯着，姚时雍的西药店生意十分繁忙。冯金祺虽然新婚，却仍像从前一样准时出现在医院。他在西关溪东边的一块地上建起了自己的新房，开始独立生活。变化较大的是张友凤，她婚后与新女性的形象截然不同，甚至比小脚女子出门的次数还少。和珠琍来到邵武传教站后，见父亲在水晶山的住房已被毁坏，便劝说和约瑟不要再住在山上，还在进贤街最东头，传教站永租的一块土地上建造一栋新居。妇女诊所的施工还算顺利，用的是福益华训练过的那批修缮教堂的工人，他们技术娴熟。随着时间的推移，一项项维修工程相继完工，福益华也将精力转移到了医疗工作上。

福益华回国休假时，在美国的 3 所医院进修，带着在邵武遇到的诸多问题向美国的老师们寻求答案。这些努力很快有了成效，在他新收治的一些病人身上得到了体现。他收治了大量眼科病人，开始进行白内障手术；还指导在医院实习的学生按照最新的治疗手段处理各种病例。

白天，福益华总是忙碌不已，到处都能看到他的身影。到了晚上，整理完病例，面对空荡荡的房间，他却感到烦躁不安。夜深人静时，他常常思念着在福州罗星港教书的那个女孩，两人相隔两地，他不禁担忧，不知会不会哪一天失去她。

带着"马娘"回邵武

1902 年 6 月，弟弟查尔斯的来信打破了福益华原本的计划。信中，查尔斯告知他自己已订婚的喜讯，这让福益华决定不再按原计划年内不去福州，不久后，他便与和约瑟一同前往福州。在福州传教站医院停留了半个月后，他们来到了鼓岭。

在鼓岭，福益华惊喜地发现，嘉高美一家刚从美国归来。两兄弟已数年未曾单独相聚。在嘉高美鼓岭的家中，无须嘉高美询问，福益华便迫不及待地谈起了贝敏智。平日里语言简练的他，此刻变得格外啰唆，翻来覆去地描述着贝敏智的楚楚动人与温文尔雅，滔滔不绝地说了一整晚。嘉高美看着被爱情彻底点燃的福益华，深知兄弟是真心爱上了这位女教师。临走时，他笑着捶了福益华一拳，大声说道："快追啊，伙计！成了，我给你主持婚礼！"

兄弟的鼓励成了福益华求婚的强大动力。一天晚上 9 点多，外面下着雨，福益华毅然出现在贝敏智家门口。贝敏智开门的瞬间，不禁怔住了。福益华没有丝毫客套与迟疑，单刀直入地问道："我来是想问你，是否愿意嫁给我？我的工作必须留在邵武，而你在这边。"

第二天，贝敏智让男仆送来一张信纸，上面只有一个字："Yes！"

福益华以最快的速度前往上海购买结婚戒指，嘉高美则帮他筹备了其他所有物品。9 月 22 日，婚礼在嘉高美家中举行，嘉高美作为男主人主持了婚礼。福州的美国领事带来了官方的祝福，那祝福词听起来极像证婚词。

婚礼后半个月，到了回邵武的日子。福益华携妻子踏上归程，沿着闽江一路北上，同行的还有和约瑟父女以及宓蕴德姐妹。

回家的感觉无比美好。一路上，贝敏智和福益华轮流朗读

《简·爱》。福益华喜欢坐在船头，挺直脊背，捧着那本微微泛黄的《简·爱》，用低沉而富有磁性的声音朗读："那天，出去散步是不可能了。其实，早上我们还在光秃秃的灌木林中溜达了一个小时……"他的目光随着文字的韵律起伏，读到紧张处，语速不自觉加快，语调也微微上扬。

坐在船舱里的贝敏智，双手交叠放在膝上，全神贯注地盯着丈夫的神情，为简·爱的遭遇揪心。待福益华读完一个章节，他抬起头，目光中满是眷恋与温柔，看向贝敏智。贝敏智默契地微笑，接过书，用她温婉又带着一丝坚毅的声音接着读："我向来不喜欢远距离散步，尤其在冷飕飕的下午。试想，阴冷的薄暮时分回得家来，手脚都冻僵了，还要受到保姆贝茜的数落……"她的声音随着微风在河面散开，与潺潺的流水声交织在一起。在这段航程中，他们就这样轮流诵读，沉浸在夏洛蒂·勃朗特描绘的世界里。

福益华每天还要高声朗读德国诗人荷尔德林的诗，荷尔德林是他最喜欢的诗人，其诗充满了对自然、人性、神灵等主题的深刻思考与独特感悟。在闽江的江面上，他从未如此尽情地大声朗读过。

贝敏智坐在船舱里，看着自己的夫君，未承想婚姻生活竟能如此改变一个人，他原本是那么安静、内敛。

进入富屯溪流域后，溪水变得湍急。10月，正是"放排"的好时节，船行不远，便能看到细长的木排顺流而下，仿佛从天际飘来。艄公的号子先传入耳中，如一阵疾风在前哨呼啸，随后长长的木排大军便接踵而至。福益华告诉贝敏智，水上漂的木头是杉木，这是中国人最为喜爱的木材。这种树形似铁杉，但针叶更长，末端坚硬尖锐如荆棘。富屯溪两岸的山上，杉木漫山遍野，树干笔直，枝繁叶茂如伞盖。

接着，福益华将从和约瑟那里听来的知识讲给贝敏智："邵武府有个不成文的习俗，家里有小孩出生，亲友前来祝贺时，礼物中会有杉树苗。父亲要把这些树苗栽种在自己的山地里，至少要种百十棵。等孩子18岁成年嫁娶时，家长就把已经成材的杉木砍下，剥去树皮。成百上千的杉树被砍伐下来，夏天时，木头里的水分迅速蒸发，每根木头长约7英尺，然后人们将其扛在肩上，每根重达120到160磅，沿着蜿蜒的山路上下搬运，途中需缓慢而频繁地停下来休息，从山上运到山下的溪流边，再顺着小溪流漂到富屯溪旁。放排的工人将两米左右的木头每十多根排成一排，每根钉上竹钉，放上一根直径10厘米左右的杂木，捆扎固定，四五排相连，顺流南下，在福州台江码头拆排。"

放木排是一项极其危险的工作，富屯溪险滩众多，木排头尾较长，几个木排连在一起，放排工操作稍有不慎，撞上礁石，杉木便会散落水面，瞬间漂得无影无踪。如此一来，放排工不但拿不到工钱，还要赔偿部分损失。

在富屯溪上，还不时能看到逆流而上的运盐船只。盐运船体积庞大，南平、洋口、邵武是重要的集散地。盐船主要是江西人发明的鸡公船和鸭嘴船，载重量大，能够装运200到300担食盐或其他货物。但每只船需要更多的船工，过险滩时岸上还需15至20名拉纤的工人。拉纤的绳子是用竹丝制成的，遇水不会增加重量。顺流而下的，基本是米船，从洋口一路北上，顺昌、水口寨、拿口的码头都停泊着装稻谷的米船。米船下行时通常结伴而行。福益华告诉贝敏智："富屯溪上有抢劫的土匪，在靠近顺昌的一处险滩，叫鸡公嘴，溪的正中央有几块巨大的石头，土匪就躲藏在那里，等米船靠近，便开枪扣船，交钱才放行。"贝敏智问道："你遇到过土匪吗？"福益华笑着说："他们不要我们这样蓝眼睛白皮肤的外国人，他们说我们是魔鬼，不能惹！"贝敏智瞧着福益华那半咧开的嘴，便猜到他后面的话都是编造的。

10月24日，正值霜降节气，福益华一行在东关下河街的码头下船。贝敏智刚踏上码头的石台阶，一群人便向他们走来。其中有一位抱着婴儿、眉目清秀的年轻女子，她恭恭敬敬地来到贝敏智面前，微微弯了一下腰，轻声细语地说道："师母！"贝敏智立刻反应过来，福益华在船上跟她提过，徒弟冯金祺最近喜添贵子。

码头巷是一条不长的石巷子，每一个台阶都是用富屯溪里的鹅卵石铺成的。经过河水的冲刷和路人脚掌的打磨，台阶上的鹅卵石光光亮亮。码头巷不长，走上几十个台阶就到了进贤坊，左拐不远便是福益华的住所。和约瑟已经搬进新房子了，父女俩走在前面，一路上，不断有人和他们打招呼。面容姣好的贝敏智紧紧地挽着福益华的臂膀，福益华一脸喜气，不停地和人点头示意。街两边商铺的老板都探出头来，目光落在一身裙装的贝敏智身上，相互询问：这个女的是谁？难道是福医生的"马娘"？

这是贝敏智第一次走在邵武东关街上，在之后的28年里，她不知来来回回走过多少回。但她一定记得这一次，她成了这条街的焦点，所有人的目光都集中在她身上。冯金祺的妻子张友凤怀抱孩子，寸步不离地跟在后面。贝敏智很是奇怪，小脚的女子怎么能走得这么快？她回头认真地瞄了一下这位年轻女子的脚，宽大的裙边却将一切都盖住了。

直到第二天早上，贝敏智才好奇地问福益华："亲爱的，冯先生妻子的脚？"福益华笑着解释道："噢，邵武的女人也不全是小脚，待会儿你到街上看，从太阳出来的方向挑着担子过来的女人都是大脚。她们都是住在二都的畲族女人。不过，城里的女人基本都是小脚，冯先生的妻子是张牧师的女儿，张牧师一直就没让她裹脚。""嗨，那她就是新女性！"贝敏智高兴地说道。她想起了在福州罗星塔的女学生，她曾执着地劝导学生不要裹脚，每天都苦口婆心地劝说，以至于这些寄宿学校的女孩子们都不好意思了，为了这位漂亮又固执的老师，纷纷放开了紧裹的双脚。

　　福医生从福州带回一个漂亮"马娘"的消息，很快就在城里传开了。10年来，当地人最早见到的是满脸大胡子、骑着骡子的福先生；之后，看到的是诊所里身穿白大褂、挂着听诊器、蓄着山羊胡子的福医生，或是在教堂、妇女诊所等工地极会讲价的美国监工福益华。那个天天和福医生形影不离的嘉高美牧师离开邵武后，福医生总是独自一人在街上行走。听东关街上见过福医生"马娘"的人描述，福医生的妻子皮肤白得像洋粉，走路轻飘得像云朵，眼睛像是棕色的玛瑙。而和约瑟的女儿和珠琍以及北门的美国人两姐妹，眼睛则是深蓝深蓝的。

　　"马娘"，是邵武人对自己老婆的特称，据说这个称呼源自元初。当时，蒙古大军攻下邵武城后，屠杀了幸存的男性居民，将城里的女人集中在一起，每个人用一块布盖住，然后由官兵轮流挑选，每人只有一次挑选机会。挑选的官兵只能听天由命，挑好了抱到马上才能打开裹住头的布。有的挑到年轻漂亮的，便兴高采烈，策马狂奔。有的挑到老妇，便哭天喊地，在马上大叫："娘啊！"旁边的人听了，以为他叫"马娘"。从此，"马娘"就成了男人对婆娘的称呼之一。

　　福益华在邵武生活多年，自然知道"马娘"的意思，也晓得不少人私下里叫贝敏智为福医生的"马娘"。时间久了，周边的人老指着贝敏智，说着她听不懂的方言，有一个词反反复复出现，让贝敏智印象深刻，那就是"马娘"。贝敏智学着发音问福益华："马娘是什么？"福益华笑了，拉长了音调解释说："漂——亮！"和所有女人一样，贝敏智满意地接受了这个答案。

　　贝敏智到邵武后，朱书田先生前来拜访。福益华介绍说，这是邵武最有名的学者。贝敏智用英文与朱先生交流，表示想请朱先生推荐一位方言老师教她邵武话。不久，朱先生便派来了正音书院里姓晁的学生来辅导贝敏智。这位方言老师比姚时雍的英文基础更好，又年轻，主要采用现场或实物教学的方式，通过营造语言环境来增强贝敏智的记忆。

最早中学——汉美书院

在闽北邵武的教育史册中，汉美书院无疑占据着举足轻重的地位，它是美国人在邵武兴办的时间最早、规模最大的中学项目。

回溯历史，美国人初抵邵武，率先开办的是小学，对外以模范小学之名示人，聘请的校长是张济士。和约瑟初到邵武的那 3 年，传教与办学的进程充满坎坷，整整 3 年，正式入教者仅有 3 人。后来局面得以扭转，除了行医布道产生的影响，所办的模范小学也功不可没。模范小学起初专为基督徒和中国事工者的子女而设，教授英文以及西方科学知识。史料明确记载，模范小学堪称外国人在福建内陆创办的第一所小学，然而其办学条件极为简陋，只能附设在东关旧的福音堂内。

美部会档案如实记录下了早期办学时的艰难处境："学校位于一个大楼阁之上，楼下便是几个中国家庭的住所。小孩的哭闹声、鸡飞狗跳的嘈杂声，还有从厨房升腾而起的熏人烟气，这便是当时的真实写照。"如此恶劣的环境，让教师和学生都难以忍受，和约瑟不得不着手寻觅新的办学场地。由于学校是寄宿制，宿舍的安置和资金的筹备问题接踵而至，令和约瑟焦头烂额。好在最终福州美部会总部伸出援手，不仅解决了资金难题，还从福州选派了大学毕业的老师前来授课。1897 年底东关教堂落成，次年诊室搬迁至教堂对面的圣教医院，模范小学这才有了较为像样的办学场所。

东关教堂顺利建成后，福益华敏锐地察觉到教育发展的需求，提出除了持续办好模范小学外，还应考虑创办一所中学。因为模范小学的学生毕业后，深造之路极为有限。当时邵武的孩子在私塾结业后，除了参加科举、前往几所书院读书，几乎没有其他继续提升的途径。

福益华认为，邵武的美国人应当牵头创办一所全新的中学，教授数学、自然科学和英语，以"书院"为名。这一提议迅速得到了嘉高美的鼎力支持，和约瑟也表示赞同。于是，在邵武的美国人齐心协力，开始谋划创办闽北的第一所中学。这所中学计划面向邵武府四个县招生，目标是打造成与福州文山中学相媲美的学府，毕业学生能够保送到福州格致中学继续深造。

和约瑟在与远在美国的朋友夏立士夫人通信时，提及了创办中学的计划。身为虔诚基督教信徒的夏夫人，当即表示愿意捐款 5000 银圆，助力新校舍的建设。

不过，创办一所中学需要宽敞的场地。和约瑟、福益华召集了姚汝霖、张垂绅、甘雄飞、姚时雍等人共同商议。福益华的西医学生姚时雍率先提议，要建就要选一个全新的地方，并且带头捐出了第一笔款项，其他人也纷纷对姚时雍的提议表示认可。

新校址的理想之选自然是在教堂附近。但护城河里的进贤街已然没有足够大的空地用于建造新校舍。明朝开挖的护城河东关段在清朝经历了一次改道。原本它平行于东城墙，深 10 米，宽 12 米，富屯溪的水从登高山旁引入西护城河，流经南护城河后，转而流入东护城河，最终在行春门下汇入富屯溪。到了清道光年间，境内人口大幅增长。随着码头从原来的上王塘迁至东门外，邵武府衙组织人力对东护城河进行改道。护城河不再从城墙东南处呈 90 度拐弯，而是取 45 度向东北方向延伸，在拐弯处新建了紫云桥，在护城河改道后与富屯溪即将交汇的地方，建造了一座吊桥，名为登云桥。

清咸丰年间，太平军 3 次进驻邵武，进贤坊的不少民房惨遭毁坏。但此后东关的码头不断扩建，发展为 3 个大码头和 4 个小码头，进贤坊也变得愈发繁华热闹。登云桥内被毁民房的地基成为众人争抢的"香饽饽"，购买者大多是境内的乡村大户，进贤街也由此从民街摇身一变成为官街。街道两侧的旧房，原本是一层的瓦房，没过几十年，就纷纷被改建成两层小楼，一层用作商铺，二层作为住家，还带有飘出的阳台，颇具大户人家小姐阁楼的韵味。临街铺位一旦出现空缺，立刻就会有人上门签约。这里的店铺，许多都采用前店后坊的经营模式。

进贤官街的新房主们，个个都颇具社会地位。靠近行春门的几栋房舍，分别属于姚家和黄家；有陈生美的金店，金店对面是广富顺商行；接着是邓文松兄弟的米行，他们家在东门富屯溪旁拥有东关最大的水碓；之后是江西人曾根元的油鞋店，每日都有船工前来光顾；位于街中段的是江家的水酒店，后来江镇南对父亲的制酒工艺加以改良，积极探索创新，成功打出了"青州轩酒库"的品牌；公盛京果店所在的房子是在邵武的江西人合股购置的，从事京果生意的时间最为长久，规模也最大，邵武附近几个县的商人都在此地进货；新教堂对面是福州人的百货商店，后面是福州会馆；教堂旁边是意成厚绸缎庄，对面则是圣教医院；故县的丁大年（丁超五族兄）在兴化会馆旁购置了两栋房子，开设了酱油作坊；进贤坊最东头是江西南城人开办的茂发厚布店，采用前店后染坊的经营模式，资金有 2 万多银圆；进贤坊拥有店铺数量最多的是李云程家，进贤坊大约一半的土地原本是李家的果园。

和约瑟、福益华对这些情况了如指掌，新校舍只能选址在西溪以东紫云桥外一处名为黄茅墩的地方，此地旧称王墓墩。明末清初时，这里长满了芦苇。每到特定季节，便有不少人前来，挑选那些茎秆挺直、坚韧且已成熟干燥的芦苇，用剪子一根根剪断，去除叶子和杂质，保留干净的茎秆，按照长短、粗细大致分类，拿回家在屋顶或院子里晒干后扎成小把，用于清扫灶上或桌上的灰尘，或剪成高矮相差不大的，把下面部分排成扁扁的三角形，扎成可以用来打扫屋内外的茅扫把。

到了清末，王家的后人移居外地，王墓墩这块地迎来了多个新主人。既然不再属于王家，便有了新的地名——黄茅墩。黄茅墩的一些空地搭建起了许多茅寮，用于存放东关一带尚未到入土时间的灵柩。按照当地风俗，家里有人去世后，要聘请风水先生根据死者的生辰八字和忌日，推算出何时才能移灵入土。这种风俗起源于何时已无从考证，但邵武县志中有"葬泥风水，有停枢数十年不葬者"的记载。

黄茅墩的土地面积有 20 多亩，若要将学校办成邵武府四县规模最大的中学，还需要永租一些田地和果园，否则学校的占地面积不仅不规则，也不利于后续的扩大发展。

福益华与东关人张垂绅牧师对黄茅墩土地的权属展开了详尽调查。发现土地业主有 3 家农户，还有祖师会、圣人会、关帝会、田公会的 16 个会众，其他田地、果园和空地分属十几户人家。

福益华回国休假期间，和约瑟带着从福州带回的法国红酒和美国本土生产的闹钟，前去拜访知县吴廷桢，表明了准备在东关新办一所中学的来意。吴廷桢是广东人，举人出身，对教育事业满怀热忱。听和约瑟说明后，他十分欣喜，两人相谈甚欢，交流了几个时辰，吴廷桢还邀请和约瑟在县衙共进晚餐。

第二天，吴廷桢就向知府管元善呈报了基督教要在东关办中学一事。管元善从台北府知府调任邵武府，后又担任泉州知府，在任期间政绩卓著，尤其是在教育领域。听完吴廷桢的禀报，管元善喜出望外，立即召来同知，责令他负责落实教会永租黄茅墩土地的相关事宜。吴廷桢见知府如此重视此事，便让主簿带上户册，径直前往东关基督教传教站。

邵武的祖师会、圣人会、关帝会在城乡拥有众多会众，田公会所祭拜的祖师，又称田公元帅，是邵武民众重要的信仰对象。田公祖师的原型被认为是唐代著名乐师雷海青。安史之乱期间，雷海青被安禄山俘虏，他坚守气节，拒绝为安禄山演奏音乐，最终惨遭杀害。唐玄宗返回长安后，感念其忠义，封他称号，此后历代皇帝不断对其加封。到了南宋时期，由于有他显灵率领天兵天将杀敌的传说，又被加封为天下兵马都统大元帅。他显灵时，天上帅旗的"雷"字被云朵遮住上半部，只显出"田"字，故而被称为田公元帅。田公神诞日为农历六月二十四日，邵武之后发生的"庚子教案"也正是这一天。

吴廷桢吩咐主簿唤来里甲长，将在黄茅墩有土地的户主全部传唤至县衙。他打着知府管大人的旗号，说明了基督教要办学院一事，言辞中透着强硬。这些平民百姓此前也听闻教会要永租他们的土地，有的原本打算借机索要高价，如今见官府直接介入，尤其是管大人关注的事情，哪敢再生事端，纷纷答应准办。

美部会给出的地价颇为合理，仅仅 10 多天的时间，所有 19 户都在契约上签字画押。这份契约保存至今，详细记录了土地交易的各项信息：立断卖墩地基契字人宁细秋、王让仁、宁细荀，祖师会官文贵、陈大乃、张问渠、吴应、郑朝仁，圣人会范铿、陈寿生、孔用中、曾火根、宁兴旺，关帝会陈煌、冯细保、李大冬、赵本兴、官硕，田公会李小个子等，今因需银应用，情将已祖众手置有乾（墩）地基合共一大片，坐落东门外紫云桥上黄茅墩，地名大团，前至陈大乃、郑朝仁莱四为界，后至宁家嫩前石路为界，左至官路为界，右至黄茅墩直路为界，兹将四界内各份地基丈尺列后……（此处省略详细丈尺内容）内樟树并杂树在内，议明樟树不许砍去。官硕墩地一片，以上四界内各份地基概行断卖。先问房亲人等，俱各不愿承交，次托中引到邵武美部会福音堂近前断买为公产。当经中三面言定，时值断价衡量每丈地基洋银五圆，合共得受洋银四百八十一圆。立契之日，交足无欠。自断卖之后，任凭美部会清基架造，永远照契管业，各卖主不得阻霸异说，并不得言找言赎。倘有上手来历不明，不涉美部会之事，各卖主自行抵对。此系正行交易，并无逼勒贪谋瞒昧等情，二比甘允，各无反悔。今欲有凭，立断卖埕地基契字为据。本日各卖主实收到美部会断价洋银四百八十一圆，所收是实，书押同后。光绪二十五年（1899）十二月初二日。立断卖埕地基字人：宁细秋、王让仁、宁细荀，祖师会官文贵、陈大乃、张问渠、吴应、郑朝仁，圣人会范铿、陈寿生、孔用中、曾火根、宁兴旺，关帝会陈煌、冯细保、李大冬、赵本兴、官硕，因公会李小个子。中引人：陈原子、陈大乃、官文贵、冯细保、郝元王、虞培、张应兴、王让仁、陈寿生、宁细个。代笔：张筠卿（代笔之人正是张垂绅牧师）

这份契约是最早的汉美中学地契，地块位于东门外紫云桥东面的黄茅墩，订立于1899年。参与立契的业主众多，占地面积较大，除双方"议明樟树不许砍去"外，还规定"任凭美部会清基架造"。这是美部会与邵武民众永租或断买的第九宗土地，也是面积较大的一块地。

冯金祺作为了解内情的人，预料到学校建成后，这一带必然会繁荣起来，便在吊桥外购地建房。江西布商余汉章直接在吊桥对面护城河边购置土地，盖起了面积300多平方米的商铺，采用前店后坊的模式，利用护城河的水染洗从江西运来的布料，流动资金有两万多银圆，远远超过其他商家。一些在邵武的清军武官，也在原来无人问津、临近三公桥的路边买地建房，城里一些人家也开始陆续在此购置产业，很快便形成了一条街。县衙请正音书院朱书田给这条街取名，朱书田推脱不过，顺口说道："过了进贤街，遵道见三公。"后来，这条街便一直被称为遵道街。

拟办汉美中学的土地在1899年底得以解决，夏立士夫人的捐款也在1901年到位。1901年福益华回到邵武，立即着手安排黄茅墩的地面清理工作。1902年，贝敏智随福益华来到邵武时，汉美书院所在的黄茅墩场地已平整完毕，主体施工的重任落在了福益华的肩头。

　　汉美学院的设计方案迅速确定下来。和珠珂小姐在大学攻读的是建筑专业，福益华和她在建筑书籍的插图中，为学校大楼选定了独特的样式。房子的外观别具一格，形似汉字"井"，共3层，可容纳200多名学生上课和住宿，充分考虑到建宁、泰宁、光泽和邵武乡村的学生需要住校的实际情况。

　　福益华负责签订合同并监督施工。在邵武盖三层楼房属历史上第一次，许多材料邵武无法生产，福益华列出后，安排了外购，好在使用量大的青砖、木梁、石灰可以本地生产。通过新盖东关教堂和医院，福益华手里有了一批江西的泥瓦匠、木匠、漆匠，这些工人手艺进步很快，福益华没有再从福州请技术工人。

　　整个工程花了整整2年的时间，终在1904年11月竣工。

　　位于学校正中央的汉美楼大方气派，一直是汉美学校的主楼和标志建筑。从这栋楼走出去的学生，后来成为20世纪40年代以后邵武知识分子的主体，取代了原来清末民初的士绅阶层。很可惜的是，1944年，协和大学搬迁至邵武在汉美中学原址办学时，汉美楼一层不知何因起火，毁于火灾。

　　汉美学校的学生来自许多不同的地方，讲着各种方言。福益华主持了最初的入学考试。一个聪明的男孩在听写部分写得非常差，以至于人们担心他可能无法通过。但福益华认为，他的方言是他失败的原因。因此，一个来自同一地区的优秀学生被要求帮这个学生做练习。后来这个小学生在听写方面做得很好。

　　1904年12月18日，美国人多察理（英文名查理·莱森德·斯托尔）到邵武。多察理来自美国新罕布什尔州，毕业于阿姆赫斯特，在耶鲁进修神学，汉美学校竣工开学后，他担任第一任校长。在邵武待过10年的嘉高美陪着他一起来到邵武，住在传教站东门的房子里。

1904 年落成的汉美楼

福益华得意地带着好久不见的哥们儿嘉高美参观了汉美楼，这是他的杰作。一层是男生宿舍，二楼是教室，三楼是图书室。两人又是彻夜长谈，回忆起新盖东关教堂、医院的种种不易和之后成功的快乐。

多察理任校长后，决定让汉美学校仿美国中学学制，须六年毕业。课程设置主要为英文、数理化及西方科学知识等学科，还有宗教教育。

和约瑟与福州教会总部协调，邵武汉美学生毕业后成绩优异者可以被输送到福州格致、英华等中学，之后继续到大学深造。

学校开课时从福州学院聘请了一名中国人，他是中文专业的毕业生。同时，拆除了一所影响学生活动的旧中式旁屋。第二年，邵郡中学堂开学后，有传言说，官府不会承认传教士学校的毕业生，这吓跑了那些不是来自基督教家庭的学生。因此，到 1907 年，汉美学校只有 40 名学生。学校原本打算依靠更多的学生来支付额外教师的工资，然而银价上涨又使董事会支付教师工资的实际价值大打折扣，这让学校维持起来非常困难，也无法救济困难的孩子。

　　福益华后来住的房子与汉美学校只有100多米的距离，他给家里写信提到汉美中学的孩子："你们有没有见过一个贫穷、成长迅速的男孩？他穿着两年前穿的旧衣服，袖子比手腕高出3英寸，裤子底部比脚踝高出6英寸。这样的孩子很好地代表了我们邵武男孩。"这些男孩，有不少家庭条件比较艰苦，但学习非常勤奋，汉美学校所设置的数学、物理、化学和英语课程，帮助他们打开了与私塾教育不一样的天地，与任何竞争对手学校都截然不同，填补了一个其他学校无法填补的空白，并满足了一个巨大而迫切的需求。

　　1914年参照中国教育部令，汉美中学改为高等小学3年制，中学4年，由于设置了高小，学生人数大大增加。1924年设立校董会，加紧购地扩充，依据新学制改革，中学采用三三制，附设高级小学。

　　到1926年，学校已有学生1160名，因学生增加，新盖理化室、雨盖操场、学生宿舍等建筑，成为当时闽西北最大的中学。

汉美男校师生

　　邵武历史上的许多名人，如市志上记载的丁超五、张国辉、朱柏等都是汉美中学毕业的。丁超五在北伐战争时期担任国民党福建省筹备委员会主任。张国辉是张垂绅牧师的儿子，福益华接生的，后来在北京政府任外交官。朱柏，字寿仁，因他信奉基督教，取名约柏；1885年出生于邵武城郊朱山村，敦实好学，15岁考取府学秀才；废科举后，先后就读于邵武汉美书院和福州格致书院；1910年在格致书院毕业后，回到邵武受聘于汉美书院，任英文教师，与福益华妻子贝敏智曾是同事。1938年协和大学搬迁邵武时，朱柏被聘为教授。

乐德女子中学

光绪二十八年（1902）至三十四年（1908），邵武传教站内有 3 对特殊组合：父女、姐妹与夫妻。和约瑟、和珠琍父女，前者负责教堂和男校，后者任教于男校，还以北门为据点，用母亲之名开办"和雅致妇女圣经学校"；福益华与贝敏智夫妻，福益华负责医院及各项项目建设监工，贝敏智担任女校班主任，同时也在男校教授英文；宓蕴玉、宓蕴德姐妹，宓蕴玉忙碌于女子诊所，宓蕴德则主管女校。

1899 年，宓蕴德初到邵武，在北门创办女子学校，起初只是一所小学。1904 年秋，宓蕴德与姐姐因在邵武服务近 6 年，回美国度长假，女子学校便交由贝敏智一人负责，此时福益华成为当地唯一的西医。为方便即将临盆的妻子工作，他们搬到北门，其大女儿茹丝就在女子学校楼上的小房间出生，那天是中国的下元节，孩子重 8 斤。贝敏智坐月子直至 12 月 10 日，那天恰逢福益华生日。其间，女子学校的学生纷纷前来探望，带来老母鸡、鸡蛋、糯米酒和球糖（红糖，形状像小球）。聊天中，福益华询问女学生小学毕业后的打算，许多女生渴望继续深造，却因无法前往外地，期望能在本地读中学。

彼时，邵武正音书院院长朱书田已被聘为女校教师。朱书田是北门人，在功德坊和宝严坊一带颇具威信。他探望贝敏智时，福益华与之交流女校学生的想法，提出创办女子中学。朱书田本就觉得功德街大不如前，也有在此办校以兴旺此地的念头，两人不谋而合。

创办女子中学谈何容易。汉美男校位于东关外黄茅墩，场地问题易解决；但女子中学计划办在北门，这里人口密集，在城里人口集中处"收购"房屋和空地，即便在当下也是难事。女校位于功德街，贝敏智坐月子期间，福益华每日在此街转悠，用方言与附近居民交谈。

　　清咸丰以前，功德街是城区民众举行道教与佛教仪式的场所，佛教场所有规模宏大的宝严寺、历史悠久的嵩山寺，道教场所有赞化宫、道隆宫、普惠王庙。邵武人大多源自中原，许多习俗沿袭中原文化，祖先迁徙时多在赣南停留，经多次辗转才定居邵武，因此祭拜文化复杂，白喜事比红喜事更讲究，城乡庙宇道观遍布。城区中，功德街香火最旺。然而1857年，太平军三月初一围城，初五破城，杀了不少男丁，功德街庙观遭洗劫，神像尽毁，宝严寺、赞化宫被改为女馆，青年和中年女性被集中于此。

　　太平军分男营女营，严禁男女混杂，攻下城市后按军队制度管理，将青壮男女分别编入男馆女馆。女馆充任军中杂役，官绅家妇女多在"绣花馆"做女红。1855年后，太平天国允许军官士兵娶妻，设媒官，将女馆中15至50岁人员登记造册，抽签配给男官兵，如"丞相配十二女，国宗配八女，余以次递减，无职务者，配一女"。邵武城陷时，正值分配政策实施后，许多妇女怕被编入女馆，自杀者众多。这场洗劫，却为女子中学在北门功德街落脚提供了契机。

　　在旧礼教影响下，女子地位极低。华东师范大学图书馆资料记载："生女之事，满是糟糕与悲伤。邵武有种迷信，要求孩子出生与受孕房屋相同，这常给准妈妈带来极大困难。若因火灾等不幸被迫离家，无人收留，甚至猪圈都不让进。邵武虽罕见杀女婴现象，但有其他处置方式，比如两个有儿子的朋友会交换婴儿，当作媳妇抚养。"邵武女子极少上学，"女子无才便是德"是民间信条。不过明末清初，大户人家办私塾也让女孩就读；清末，一些开明士绅送自家女孩去福州女校，影响了社会风气。福益华提出办女子中学，首先得到朱书田等部分城乡士绅支持。

　　宓蕴德、宓蕴玉从美国休假回邵武后，福益华和贝敏智与之交流创办女子中学的想法，并告知和约瑟也十分赞同。宓蕴德非常高兴，抱着茹丝亲了好几口。宓蕴德长相漂亮，深蓝色眼眸闪闪发光，为人随和友善，大家都喜欢她，女校学生亲切地喊她宓师姑。她外柔内刚，认准的事绝不半途而废。既然办女子中学的难点是土地，且主要在功德坊，宓蕴德便全身心投入其中。遇到与房主协商不下的情况，她就请朱书田撮合；哪块地契约未签，她就三番五次上门，她如水般的性格让房主难以拒绝。

汉美男校成立 2 年后，女子中学最后一块土地正式签约。两所学校创办之时，恰逢官方废科举办新学。1905 年 9 月 2 日，清政府发布"上谕"，宣布"自丙午（1906）科为始，所有乡会试一律停止。各省岁科考试亦即停止"，同时在全国推行新学。1905 年，邵武府创办邵郡中学堂（现邵武第一中学），校址在试院，知府张兆奎选朱琰为监督，后改设堂长制，朱书田任堂长，在职期间附设师范讲习班一期，随后邓畿接任，属府治最高学府，统收邵武、光泽、建宁、泰宁四县学生，学制 4 年。福益华提出创办女中，时机恰到好处，得到邵武官府大力支持。福建师范大学历史系资料室保留的几份乐德女中地契契约档案可作证明：

　　给照：钦加协镇卫特授邵武城守营忝府兼带驻邵福税右军中营练兵洪为给照事。照得案查北市宝严坊嵩山寺右边上隔壁，向有营房地基一大片，坐北朝南，东至嵩山寺隔壁直巷为界，西至罗宅地基为界，南至官街为界，北至本园横墙基址为界，计直深二十一丈七尺，横八丈五尺。兹有美部会女学堂与该地毗连，函请承租架造，愿年纳帖租等情。据此查该女学堂亦系为地方培植人才义举，自应准如所请，合行给照为此。照仰该会遵照。遵予照依前开界址承租架造管业，亦不得帖外侵占民业。议定每年交纳营中地基帖租洋银四员正，冬成送辕输纳，以资造报，不得增减。倘日后或有顶脱与人，应即来辕报明，以照慎而杜冒混。禀遵毋违，须至执照者。照给邵武美部会准此。光绪三十三年

（1907）三月廿三日。

契：立租地基议约字人邵武美部会业主朱开泰等，原因邵武美部会女学堂左边与嵩山寺化僧炉厕所毗连，有碍卫生。会中欲将该地一片，直计十二丈七尺，横计三丈五尺，并连连朱宅助归该寺地基一片，直计十四丈四尺，横计三丈五尺，合计方积九十四方丈，东至嵩山寺直墙为界，西至美部会地基为界，南至美部会租来武营地基为界，北至城脚下本墙基为界，以上四界之内，尽行租与美部会，以便扩充学舍。当经议定，预缴租价银二百员，以六十年为限，至限满后美部会续租，每年仍应纳地租银三员，地方公用。于去年十二月间经邑绅朱振彪、朱书田、李云鸿等三十余人佥禀，府宪将租价银二百员内拨六十员归嵩山寺主持僧达聚，以搬移化僧炉厕所等费，以十员归业主朱开泰，其余尽行充作地方公益。蒙府县批准，甚为公允。由各绅公同业主与美部会立租地基议约字三纸，彼此签字。以两纸呈府县宪存案，以一纸发给美部会收执管业架造。俱各依允，后无异说，立此存照。宣统元年（1909）八月念六日。立租地基议约字人：业主朱开泰，邵武美部会。依口代笔人：张星耀。

由此可见，兴办女子中学这一"义举"，得到邵武县邱县令、县守军长官、士绅朱振彪等30余人认可，他们在教会置产过程中发挥重要作用。尤其是士绅朱书田等30余人呈府县批准，并公同业主与教会立契，这与其他地方士绅联名反对教会置产的情形截然不同，一个重要原因是他们或家人多是福益华曾经诊治过的病人。

同年春，女校动工建设。1年后，两层教学兼住宿大楼落成开学，学校取名为乐德女子中学。耶鲁大学图书馆基督教中国使团报告记载："宓蕴德负责的女子寄宿学校，有50—60名寄宿生，年龄从9—23岁；22名女孩在这一年内与教会联合，近30个城市和村庄的代表加入了学校。学生们似乎都准备好在自己家里和遥远的村庄里以基督教的方式工作。和珠琍小姐不在时为妇女开设的圣经课程由贝蒙特小姐负责，在车站场地的不同地方举行了会议。芬克小姐进行了挨家挨户地探访，她的经历使她非常坚定地相信在家庭中传播福音的作用。在一个基督徒女人的帮助下，她拜访了这些家庭。播下这么多好的种子后，虽然不会马上看到明显的结果，但好结果肯定会随之而来。"

乐德女子中学学生最多时有 200 多人，学生来自邵武府下属的建宁、泰宁、光泽，培养出一批思想与传统封建意识截然不同的新女性。有的继续深造，投身北伐军；有的成为独当一面的商铺老板；有的成为乡村接生婆。福益华常给女中学生上医学课，很受欢迎，许多女中学生后来成为护士。

乐德女子中学建有老师办公室和宿舍，是栋西式两层小楼，位于教学楼东北方。宓蕴德和姐姐宓蕴玉在此居住 20 年，之后回国。1938 年协和大学搬迁至邵武，林景润校长在此楼居住 8 年。1950 年11 月，中共邵武县委从协和楼搬到此楼，其如今仍是中共邵武市委办公楼。

见证岁月交织的协和楼

贝敏智初至邵武，在传教站 1876 年修缮的老房子里度过了 5 年时光。这 5 年间，福益华整日忙碌于东关医院的扩建工程，同时肩负着汉美中学与乐德女中建设的监工重任，每天还要为几十位病人诊疗。即便如此，每逢周末，他总会带着贝敏智在城里或近郊漫步。

每年开春，城里有钱人的家眷习惯出城踏青，出行多乘坐两人抬的竹轿。然而，福益华和贝敏智却难以适应那种晃晃悠悠的感觉，他们更钟情于徒步探索这座城市。明城墙是他们每晚散步的必到之处，而到了周末，登高山和福山则成了他们常去的地方。

登高山坐落于城西，站在山上可俯瞰全城，山上留存着诸多明朝风格的建筑。不过，让贝敏智印象最为深刻的，当属纪念宋朝诗人严羽的沧浪阁。沧浪阁下方是西门码头，河中央排列着一排石墩，那是当地人一次次与大自然顽强抗争的见证。福益华曾向妻子讲述，明朝时这里曾多次建起横跨富屯溪的大桥，可每年农历五月的洪水，就像凶猛的巨兽，对突兀横亘在水中的石桥发起无休止的攻击。石桥虽历经搏斗，最终还是不敌洪水，瞬间分崩离析。贝敏智见识过洪水的恐怖，连续几天大雨过后，河水瞬间变得浑浊，水量猛增，咆哮着翻滚，仿佛要将一切吞噬。福益华居住的地方（现东关小学）位于地势低洼的东关，洪水漫上岸后，码头被淹没在水底，旁边临水的特色吊楼摇摇欲坠，许多房子被淹了一半。但这里的居民似乎早已习惯，他们没什么贵重家当，卷起铺盖，带上做饭的锅，便前往城里地势较高的亲戚家暂避一两天。

福山在城区东南角不远处，站在福山顶向北眺望，汉美学校隐匿在大片稻田之后，汉美楼与和约瑟的新居格外醒目。福山是邵武早期的寺庙所在地，元朝时，寺庙长老性冲在寺前的绣球山上修建了翠微阁。元朝时期邵武考中的 3 个进士中，名气最大的黄清老曾带着大批书籍，隐居于此，潜心研读古代经史、诸子百家和诗词。此后，翠微阁成为邵武官宦士人、文人墨客交流聚会的理想场所，站在阁中，邵武城全貌尽收眼底，富屯溪宛如一条玉带，在落日余晖中蜿蜒舞动。

福益华还带着妻子前往水北，游览了窑上、养马洲、越王台，还在大校场策马狂奔。大校场是清军驻邵武左右营集中训练的场地，占地几百亩。贝敏智兴奋不已，这里让她想起父亲开垦的农场，同样有许多高头大马。她 10 多岁时就能在没有马鞍的烈马上驰骋，福益华曾为大校场的官兵看过病，这次他为妻子挑选了一匹马，贝敏智轻松跨上白马，在场的清兵看到外国女人骑马的飒爽英姿，都不禁愣住了。

在故县，福益华向贝敏智介绍，这里是邵武最早的县城，起初只是一座兵营，后来官兵有了家眷，商家陆续入驻，集市逐渐形成，便有了烟火气息。尤为特别的是，900 多年前的宋朝，这里出了 2 位著名的政治家——李纲和黄潜善，他们都官至宰相，后来邵武的其他乡村还出了 2 位副宰相。

距离故县不远的宝塔山，在文字记载中被称为灵杰塔。中国许多城市的河流旁都有类似的塔，传说它们具有镇河妖的作用。福益华指着与灵杰塔一水之隔的水晶山，深情地对妻子说："传教站在水晶山曾盖有两栋房子，我刚到邵武的那几年，夏天都是在那里度过的。清晨，当太阳刚刚升起，灵杰塔被温暖的阳光环绕，美极了。中国人说灵杰塔有魔力，不仅能镇妖，还能驱散游子心中的郁闷。无论离开还是归来，它都静静矗立在那里守望。现在我明白了，你就是我心中的灵杰塔，给我带来慰藉和安宁。"贝敏智沉醉在丈夫的柔情话语中，也深深陶醉于这青山绿水之间。每一次游览周边古迹，她都能感受到中国历史的悠久，邵武这片曾经的南蛮之地，竟也有着如此深厚的文化底蕴，这与她在美国的老家截然不同，她小时候生活的地方原本荒芜一片，父亲是第一代拓荒者。而如今她和福益华居住的房子东、南边皆是稻田，夜晚，稻田里的蛙鸣宛如催眠曲，伴人入眠；清晨，富屯溪畔牛羊的叫声又将人从睡梦中唤醒。

在北门女校，他们迎来了大女儿茹丝的诞生，那是一个清晨，晶莹的露珠还挂在草尖。茹丝的五官像极了贝敏智，和约瑟父女得知喜讯后急忙赶来，传教站许久未曾有这般喜悦之事了。张牧师和冯金祺一家也带着一对精致的银手镯前来祝贺，手镯上两条龙缠绕着银圈，十分精美。贝敏智惊讶地问道："真漂亮啊！这是从哪里买的？"张友凤拉着她的手，用流利的英文解释道："这是东关街上蒋银匠打的，他家手艺是祖传的。"一旁的福益华忍不住插话："冯，一定要带我去认识一下这位蒋大师，我要给我女儿打一个指环，这是我们家的传统！"

茹丝开始学走路时，冯金祺的儿子玉珊已经3岁，不久后，冯家的老二玉衍也出生了。两家孩子年龄相仿，贝敏智和张友凤的往来也日益频繁。茹丝2岁那年，传教委员会拨给福益华2500美元用于建造一所新房子。和约瑟的新居建在进贤街东头，已经入住好几年了，旁边还有几块传教站永租的土地，他希望福益华把房子建在附近，福益华欣然应允。但在选择具体地块时，福益华有些犹豫不决，便征求贝敏智的意见。贝敏智实地查看后，当即拍板选择北面那块地，因为它更靠近医院，与医院之间仅隔着西关溪，清晨的薄雾中，总能看到妇女在溪边漂洗着衣物。

西关溪实际上是一条人工护城河，清朝初期改道后，与东城墙呈45度角，它从城西引入富屯溪的水。尽管这段护城河位于城东，但当地民众依旧称它为西溪，大概是因为它源自西城区，蕴含着饮水思源之意。

福益华决心建造一所坚固耐用的房子，即便他们终有一天会离开邵武，这所房子也能长久留存。贝敏智则将所有闲暇时间都投入到房子的细节设计中，每当茹丝入睡，夫妻俩便开始讨论。贝敏智很快便绘制出草图，她还翻阅了大量能找到的杂志，精心挑选橱柜和床铺的样式。在一楼的客厅，他们设计了邵武所有房子中第一个壁炉，就连和约瑟的新居都没有。

房子开挖地基那天，福益华和贝敏智早早来到现场。张友凤穿着整齐，从自家操坪跑了过来，手里拿着水果、酒和香烛等物品，说道："我看过日子了，今天可以动土！你们等一下，我们先拜一下土地公。"

建造房子所用的青砖是水北窑上村烧制的，那是邵武质量最好的砖块；窗户上的玻璃、钉子、腻子购自福州；门把手、榫锁、挂衣钩子、木螺钉、铰链以及壁画则是从美国海运而来。邵武的雨季从 4 月持续到 7 月，在这个季节，除了砌墙、上梁、盖瓦，其他施工项目都不太适宜。福益华在邵武的 13 年间，传教站的所有工程项目几乎都由他负责，从最初的勉强应付，到如今对设计、出图，以及寻找泥工、木工、漆工，挑选砖瓦、木材等工作都驾轻就熟，传教站的同事们都对他佩服不已。有一次，冯金祺对旁人说："我师傅话不多，内秀。"福益华偶然听到后，找机会询问冯金祺，冯金祺解释一番后，福益华觉得他说得确实在理，自己确实挺"内秀"。"内秀"之人做事往往安静且细心，有时贝敏智还未开口表达想法，福益华便能心领神会。通常夫妻在做一件事时，难免会意见不合，而福益华夫妇的意见却出奇地一致。

这座小楼中间设计了走廊，夫妇俩认为两家人一起居住较为合适，这样不会造成空间浪费。宓蕴德姐妹看到福益华夫妇的设计后，也采用了相同的布局。施工、装修以及布置新房的过程持续了很长时间，福益华夫妇却乐在其中，毕竟建造爱的巢穴是一件无比幸福的事。以至于同时施工的 2 栋小楼，宓蕴德姐妹都已搬进新居，福益华夫妇还在为地板的选择反复斟酌。

地板最初就确定选用杉木，因为邵武人对杉木极为推崇。在当地，死者为大，人到一定岁数，便会为自己准备杉木材质的棺木，家具也大多以杂木为框架，杉木为面板，地板更是基本采用杉木，它不仅防潮，而且人走在上面，夏天不觉得烫，冬天也不觉得凉。然而，一般的杉木材质偏软，这让福益华十分苦恼。

不久后，福益华前往府衙出诊，无意间发现师爷房间的地板也是杉木制成，但其颜色偏红，硬度颇高。他不禁问道："这是什么杉木？"师爷告诉他，这种杉木树龄足够长，一般都在百年以上，锯成板风干后，拿在手里依旧沉甸甸的。福益华这才明白，原来树龄上百年的优质杉木材质也比较硬。于是，他委托和平教堂的华人牧师帮忙购买了一批百年老杉木，在当地请来技艺娴熟的大木工人，用快一人高的手工锯将其锯成一块块大板，风干后运至城内。

贝敏智抚摸着沉甸甸、发红的杉木大板，说道："亲爱的，你看，这木板好像还在渗着油呢？"福益华还让人在小楼四周种下了几棵香樟。邵武人对樟树情有独钟，城里到处都是樟树的身影，这种适应性极强的南方树种在这里占据了主导地位。乡村村口的风水树是樟树，庙宇旁也大多是樟树，境内的古树中，樟树占了大半。在邵武，樟树就如同福州的榕树一般，庇佑着每一个人。樟树树冠如云朵般舒展，树叶翠绿如深潭，百年的树干需两人才能合抱，时间再久一些，哪怕躯体被风雨侵蚀掏空，表皮布满碗大的树瘤，它依旧傲然挺立。福益华希望自己能像樟树一样，拥有顽强的生命力，在异乡的风雨中坚守，守护着家人和同伴。

在邵武，迁新居是一件大事，搬家十分讲究时辰，从鸡鸣之前就要把火种带到新房，而且越早越好，不少人甚至半夜就开始搬家。但福益华和妻子却认为太阳升起的时候是最佳的搬家时辰。1907年仲春，一个阳光明媚、温暖和煦的上午，福益华一家搬到了小楼的东房，多察理住进了稍小一些的西房。

宓蕴德姐妹帮忙收拾房间，福益华试了试壁炉，一切正常，干透

1907 年落成的新居

的木材燃烧时发出噼里啪啦的声响，屋子瞬间变得暖和起来。和约瑟在围廊旁的窗户边坐下，这里与汉美男校相距不远，可以清晰地看到孩子们在操场上嬉笑玩耍。学校发展迅速，又在旁边永租了几块地。福益华向他建议，建造一个带雨盖的操场，这样即使下雨，体育课也能照常进行，毕竟邵武这个地方气候潮湿，时常下雨。这天，和珥瑚在男校上课，一会儿也会过来吃午餐。多察理这个年轻人，把东西从传教站搬来后，锁上房间门，一本正经地说："我的家我自己整理！"便去男校了。和约瑟看着眼前的景象，心中满是欣慰。福益华的东关圣教医院自扩建后，病人数量趋于稳定，每天都有四五十人。宓蕴玉的女子医院也是如此，只是因妇女病住院的患者相对多一些。宓蕴德和多察理都是办学的能手，在他们的管理下，男校和女校两所中学每年的新生人数都在增加，不少乡绅也纷纷把孩子送到这两所学校。上次，邵郡中学堂的朱书田堂长前来拜访时，专门参观了男校，对多察理赞不绝口。

　　福益华建造的这座西式两层小楼，外观独特，引发了周边人的好奇。它四四方方，还带有半地下室，地基砌得很高；而本地人临街盖的房子大多是长方形，采用几进式结构。乡村的房子，中间是大门，两旁是房间，后面附带一间稍矮的厨房。那些有幸进入小楼参观的人更是惊叹不已，尤其是壁炉。当地人常用的取暖工具是提在手上的竹编火笼，在潮湿寒冷的冬天，其取暖效果十分有限，而福医生家的壁炉却能让整个房间变得温暖明亮。还有摇椅，底部呈船一样的圆弧形；床铺据说装了弹簧，却没人敢去尝试。楼梯很宽，走到一半有一个平台，拐个弯后继续向上，3个人可以并排行走，这与邵武人自家狭窄陡峭、只能单人上下的楼梯截然不同。楼梯旁边的墙上挂着一些奇怪的画，听说叫油画，画的内容让人难以理解。窗台上还放着可以粘苍蝇的纸，上面已经粘住了几十只苍蝇，有人悄悄用手指碰了一下，果然黏糊糊的。

　　这些新奇的事物，一传十，十传百，很快左邻右舍乃至整个东关、半个城区的人都知道了。于是，这栋小楼迎来了许多不请自来的访客。这些访客毫无时间观念，尤其是白天，作为主妇的贝敏智，常常不得不放下手中的活计，去招待他们。附近的居民，家里来了亲朋好友，总会说："去洋鬼子的房子看看吧，那里有好多稀奇古怪的东西！"一些老朋友则会选择在晚上主人比较空闲的时候来访，他们会带上邵武自产的球糖、红茶、红菇、连纸等作为礼物，礼节性地坐上半个时辰后便告辞离开。

　　多察理家来访的几乎都是同龄的本地年轻人，他们通常会逗留很长时间。福益华不认识这些访客，也不去打扰他们。有一次，多察理从外面回来刚进门，就喊道："福医生，能过来一下吗？"福益华打开自家房门，看到一个方形脸的年轻人恭恭敬敬地问好。多察理介绍道："这是汉美中学毕业的学生，是朱书田先生的得意弟子，考过秀才，现在在福州格致中学读书，叫丁超五，是故县人。"福益华曾听朱书田先生提起过丁超五，知道他是个才华出众的人。原本只想打个招呼就回去的福益华，此时也有了交谈的兴致。丁超五十分健谈，言辞间满是激愤，对光绪帝在维新变法中的半途而废极为不满。福益华本就对政治不太关心，当时他正忙着整理这些年积累的病例，准备做一个梳理，同时把一些疑问写信向耶鲁医学院的老师请教。他说了一些客套话后，便告辞回家了。而多察理则对丁超五的观点深表赞同，两人越聊越投入，话题也越来越广泛。

新居离冯家很近，贝敏智在自家东头的走廊上就可以和张友凤打招呼。张友凤比贝敏智小10岁，如今两家成了邻居，她隔三岔五就会到贝姐家串门。贝姐的风琴一响，友凤就会放下手中的活计。贝姐喜爱花草，尤其钟情于玫瑰，友凤看在眼里，知道丈夫也喜欢，便也在自家院落里种起了各种花卉，使得一年四季院子里都五彩斑斓。友凤还特别喜欢种昙花，每年5月份昙花盛开时，贝敏智就会和友凤一起守在昙花前。有一年，福益华也被张友凤拉到冯家，品茶吃糕，观赏昙花。只见昙花缓缓打开花瓣，那次竟有几十片花瓣一同绽放，随后又迅速合拢，如同女主角在剧终时深深的一谢幕。张友凤是邵武第一个被送到福州文山女中读书的人，文山女中是美国教会创办的，英语是必修课，所以友凤经常用英语与贝敏智交流，向她讨教。

贝敏智也成了张友凤家的常客，她悄悄地向友凤学习使用筷子，学习制作邵武的特色"土菜"。友凤则在贝姐那里学会了制作西式糕点，并将这门手艺传给了后来的四个媳妇。福益华在邵武多年，在冯家学会了吃辣椒，尤其喜欢友凤做的米粉肉。贝敏智认真地学会了这道菜，让福益华在家也能品尝到熟悉的味道。为了表示感谢，贝敏智将做西式糕点的打蛋机和烤炉赠送给友凤，还把自己的"秘方"传授给她：鸡蛋的蛋白和蛋黄要分开，蛋白要打成泡沫状，每斤面粉要加六个鸡蛋、四两白糖和三两猪油，加工好后放入烤炉烘烤，就像现在制作华夫饼一样。

协和楼在抗日战争期间，被用作协和大学的女生宿舍；汉美中学复办时，成为教职员工的办公场所；从1949年5月到1950年10月，这里是中共邵武县委的办公地点。协和楼见证了一段又一段的历史变迁。

二十都是一篇美丽的长篇小说

《邵武四十年》一书不止一次提及二十都，它宛如一颗隐匿在时光深处的明珠，是和约瑟、福益华以及他们的美国同伴心中的避暑胜地。

二十都，有着一段饶有趣味的历史渊源。邵武建县之初，并没有"都"这样的建制称呼。"都"作为最基层的建制单位，发端于元朝。当时，蒙古人的铁骑踏遍北方与南方，成吉思汗在尽享征服快感的同时，却为治理难题而头疼不已。仅治下同名、谐音的城市就不在少数，到了县域，村庄同名的情况更是屡见不鲜，初来乍到的知县常常被弄得晕头转向。也不知是哪位高人出的主意，按照军队编制进行划分，"都"便应运而生。每个县域，从正北方向起始，顺时针依据山脉、河流、道路，将村庄数量和土地面积大致相近的区域依次划分为一至五十甚至更多的"都"。邵武也不例外，共分为 53 个都。二十都位于邵武城的东偏南方向，是境内海拔最高的地域之一。撒网山坐落其中，海拔 1524 米，为邵武境内的最高峰；道峰山同样在二十都，海拔 1487 米，在邵武境内排名第三。这里散布着 43 个自然村落，隐匿于深山峡谷之中，较大的村落有黎村、板岭、张厝、乌石坪、松树坪等。

和约瑟是西方人中率先发现二十都这片世外桃源的人。1887 年，邵武传教站尚在开拓阶段，身为宣道师的和约瑟，肩负着深入乡村宣讲福音的使命。他先是在最早建立基督教教堂的洋圳坑停留了 1 个星期，随后在洋圳坑的中医陈明旺和张垂绅牧师的陪同下，翻过莲花山，踏入了二十都的土地。

踏入二十都，仿佛踏入了一个与世隔绝的仙境。这里群山连绵，重峦叠嶂，有的山峰高耸入云，仿佛要与天际相接；有的则低矮平缓，温柔地依偎着大地。山峰之上，云雾如轻纱般缭绕，如梦如幻。阳光穿透云层，洒落在群山上，金色的光辉与山峦的青翠相互交融，宛如一幅绝美的画卷。山崖陡峭险峻，沟壑纵横交错，山风呼啸而过，水雾缥缈弥漫。每一块石头、每一棵树，都像是岁月的记录者，刻满了风霜雨雪的痕迹，静静见证着时光的流逝。虫兽在山间肆意穿梭，或隐匿于茂密的草丛，或攀爬于陡峭的石壁，打破了山林的寂静。山谷中静谧而神秘，空气里弥漫着山涧流水的清甜，混合着泥土与花草的芬芳。阳光透过树叶的缝隙，洒在清澈见底的小溪上，溪水潺潺流淌，每一段溪流都像是在诉说着一个古老的故事。隔一段距离，溪水从高处跌落，形成或深或浅、或清或浊的水潭，每一潭水都蕴含着一段独特的故事。山谷中的树木，仿佛在进行一场无声的竞赛，竞相向上生长。获胜者长成了瘦瘦高高的模样，任由山间的云雾在树尖停歇；失败者则低矮地匍匐着，与土地窃窃私语。

　　二十都密布高山峻岭，是鸟类和野兽的天堂，但在农耕时代，由于田地稀少且水冷，并不适宜水稻生长，它属于生存条件较为艰苦的高山区域。然而，这里的自然村数量在邵武 53 个都中却是最多的，这得益于二十都地域内海拔 400—700 米处连绵不绝的毛竹林带，自明代以来，这里便逐渐形成了造纸业。

　　二十都的造纸术传承自久远的古法技艺，后经乌石坪熊姓家族的不断探索，形成了独具特色的熊氏造纸工艺。其生产的连史纸还曾赴 1915 年巴拿马万国博览会展览，荣获民国农商部颁发的三等功。山民们遵循着传统的造纸工序，砍下鲜嫩的竹子，堆放在预先挖好的大水坑里，加入生石灰浸泡数月后捞出，压制成竹丝，再次浸泡，接着捞出蒸煮。煮透的竹丝被拿到山涧清洗，随后放入水碓捣碎成浆，置入木制池中搅匀。工匠们用专制的纸帘在浆水中轻轻一抄，再平稳地提起，一张薄薄的竹纸便在指尖诞生。

　　当和约瑟由陈明旺中医和张牧师陪同来到乌石坪时，村民们看到他那蓝眼睛、黄头发、白皮肤的模样，都以为是天外来客。随行的张垂绅牧师在乌石坪有亲戚，他向亲戚介绍说，这是他的外国老师，是天主派来的。山里的村民淳朴善良，轻易地相信了这个说法。

　　村子东头不远处，有一座小山，圆圆的山顶上有一座白云寺，寺中供奉着与观音菩萨齐名的文殊菩萨，又称大智菩萨。寺里的住持与和约瑟年纪相仿，平日里话语不多。据说住持也是读书人出身，曾多次参加科举考试，顺利通过县试、府试，却每次都在院试中落榜，一气之下便出家为僧。住持曾到过京城，见识颇广，除了"四书五经"，还读过不少杂书，对《四洲志》《海国图志》更是爱不释手。

THE TOURING MISSIONARY, &HAOWU, CHINA　邵武府和先生

此时，和约瑟到邵武已有 14 年，方言说得极为流利，甚至连当地的谚语都能运用自如，与住持交流起来毫无障碍。两人端坐在寺前的石桌旁，品着寺里自制的高山茶，畅谈佛法与耶稣教义，没有丝毫的针锋相对，相谈甚欢。

住持热情地邀请和约瑟住在寺里，和约瑟喜出望外，连忙拿出银两表示感谢，住持却坚决推辞不收。和约瑟表示若不收下便只好告辞，主持这才不再坚持，和约瑟便高兴地住了下来。当时正值小暑季节，城里早已热浪滚滚，而寺里却凉爽如秋。和约瑟虽正值壮年，但连续几天的奔波劳顿，让他一觉睡到天亮，直到日上三竿才悠悠转醒。

乌石坪的居民房屋错落有致地坐落在对面的山坡上，村民们看到蓝眼睛、白皮肤的和约瑟与住持同进同出，住在寺里，心中对和约瑟便多了一份亲近之感。在村民们看来，连菩萨都接纳的外人，自然值得他们敞开怀抱。

和约瑟与张牧师开始在这里布道，然而几天过去了，效果却不尽如人意。村民们只是静静地竖着耳朵听，偶尔点点头，却很少开口回应。张牧师有些着急，问和约瑟该怎么办。和约瑟微笑着拍了拍张牧师的肩膀，说道："张，这已经很不错了，我们的布道已经取得了不少成效。"

1893 年夏天，刚到邵武不久的福益华跟着嘉高美第一次来到二十都。此时，和约瑟已经多次在此地传播"福音"，情况与之前相比有了很大的不同，乌石坪已有一半的村民信奉了基督。两人走了一天的山路到达乌石坪时，白云寺的住持外出云游去了，和约瑟已经得到村民的许可，请了木匠在寺里装修了 5 个房间。

第二天清晨，福益华在叽叽喳喳的鸟叫声中醒来，瞬间被清新的空气所包围。坐在竹林中祈祷，这对他来说还是生平第一次。寺里的小物件皆是用竹子制成，竹桌、竹椅、竹碗、竹瓢、竹篮，每一件都制作得精致无比。村子脚下是连绵的竹林，寺庙所在的山叫园墩山，山上没有树木，只有许多竹架，上面晾晒着竹丝。远远望去，撒网山被一片云雾环绕，山顶隐匿其中，不见踪影。福益华沿着小径往下走，他渴望近距离感受这片竹林，而不只是远远地看着竹尖和数不清的竹尾在风中摇曳。很快，他走进了竹林，只见每一根竹子都有十几米高，挺拔而俊美，它们互不缠绕，各自占据着自己的空间。

白天，福益华与和约瑟在村里一个熊姓人家中，带领一些年龄较大的信徒做礼拜。之后，一些病人便找上门来，福益华被十几个人团团围住，他们中有的是皮肤问题，有的则患有疟疾。晚上，福益华又被另一个村子的人请去接生，他的名气比他本人更早地传到了二十都。此后连续几天，他都忙得不可开交，再也没有机会到竹林小径漫步，更不用说与嘉高美一起去攀登那云雾缭绕的撒网山了。陆陆续续来了不少病人，其中还有从与加州村相邻的泰宁县村落赶来的。

与和约瑟相比，福益华对这里完全是陌生的。和约瑟已经能叫出不少村民的名字，熟知他们家中的人口情况，以及谁和谁是同辈。福益华对此感到十分惊奇，和约瑟告诉他，这其实并不难。中国人的姓氏通常是单音节的，由父亲传给儿子，而名字则不会传递。如果晚辈和长辈名字相同，或者学生和老师名字相同，那是非常不合适的。有一次，汉美学校的一个男孩就因为名字与老师相同，不得不改名。这附近几个村庄主要是熊姓、何姓及张姓，中国人非常讲究名字，如果中间的字相同，那就意味着是同一个辈分。无论走到哪里，只要遇到姓氏及中间字相同的人，有可能你们是同一个祖先，属于同辈。

在之后的夏天，福益华有的年份前往福州鼓岭，有的年份则来到二十都。不过，在他心中，乌石坪有着别处无法比拟的安静与清新。质朴的村民总是热情地拿出珍藏了半年多的山货来招待他们，其他村子的病人也会铭记他细心的诊疗，不惜翻山越岭前来找他看病。

1907 年，福益华搬进新居的第二个月，邵武传教站的 3 对组合和多察理一同来到了二十都。此时，贝敏智已经怀上了第二个孩子。夏天的山里气候宜人，非常适合孕妇。孩子在妈妈肚子里才 2 个月，贝敏智便带着 3 岁的茹丝到山谷去采野花。这个时节，漫山遍野都是蓝色、黄色的喇叭花；山涧旁遍布着冷水花；朝南的山坡上，水杨梅、黄荆花、闭鱼花争奇斗艳。其中，开得最艳丽且花期最长的当数木槿花，宓蕴德告诉贝敏智："木槿花可以食用，在滚烫的水里煮两分钟，捞起放入油锅爆炒，再放点辣椒，味道特别好，吃了还不会上火。"

尽管贝敏智是第一次到二十都度夏，福益华却没有太多时间陪伴她和女儿。在教堂里行医看病和出门巡诊，成了他在二十都生活的日常。这一带毛竹资源丰富，村民在砍伐毛竹时，手脚经常会被尖竹划破受伤。与乌石坪相邻的王屋坪，有一位中年单身汉何姓村民，脚踝骨被毛竹划破后，伤口长期没有愈合，化脓流水，站在几米开外就能闻到一股难闻的臭味，基本生活都难以自理。福益华得知此事后，知道他无力支付医疗费，且需要每天换药治疗，便主动上门把何姓村民接到自己住处"住院"治疗，吃饭也与家人一起。经过 3 个多月的精心治疗与调理，何姓村民的伤口逐渐愈合，重新恢复了劳动力。

二十都的村民得知福医生的妻子怀孕后，纷纷送来了不少山货。有的妇女用五彩斑斓的丝线编织了肚兜和虎头帽，肚兜上绣着瑞兽，虎头帽上绣着凤凰。何姓村民同族的一位老婆婆，还送给福医生自己花了 2 个月时间绣制的"四合如意式"围肩和如意形状的围兜，每一针每一线都饱含着浓浓的温情。

贝丝和小爱德华的邵武记忆

　　初至二十都时，贝敏智的肚子还不太显怀。随着时光流转，几个月过去，她没有丝毫妊娠反应，在山上休憩得宜，肚子便迅速隆起。到了初秋时节，福益华一家人踏上归程。这次，贝敏智不再执拗地拒绝坐轿，乖乖地由轿工抬着下了山。

　　回到尚未完全收拾妥当的两层小楼，茹丝一溜烟便去找冯家的2个小子玩耍了。福益华安顿妻子躺下，吩咐女仆整理从山上带回的物品，自己则马不停蹄地前往扩建后的东关圣教医院。此次扩建，弟弟查尔斯寄来了一笔颇为可观的捐款。冯金祺如今已能独当一面，福益华在乌石坪度夏时，他带来的最新消息便是医院开始装修了。福益华抵达新医院时，冯金祺正在楼内验收刚刚完工的二楼地板，看样子，医院很快便能投入使用。福益华暗自思忖，往后要多放权，将主要精力投入到医疗工作中，把更多繁杂事务交由冯金祺处理。

　　宓蕴玉的女子医院扩建后已正常运营，每天前来就医的病人有四五十个。宓蕴玉收治了几位棘手的病患，便请福益华前去协助确定治疗方案。虽说她也是医学博士，但内心十分钦佩福益华，私下里，她效仿中国人，尊称福益华为"师傅"。福益华也确实当得起这份敬重，他毕业于美国名牌大学耶鲁，又在国内休假期间进修两年，在邵武这片土地上服务了15年，理论知识扎实，临床经验丰富。

　　宓蕴德的乐德女子中学新学期已然开启，在学校任教的朱书田先生前往邵武府创办的新学——邵郡中学堂担任堂长，这是一所男女皆可入学的中学。朱先生一走，宓蕴德便忙碌起来，贝敏智在女校担任班主任，也跟着受累。好在这批女孩乖巧懂事，在学校从不惹贝敏智生气。贝敏智挺着大肚子，白天与学生相处，日子倒也过得飞快。

和珠琍的女子圣经学校迎来了不少城里大户人家的妻妾，有些只是做做样子，赶个"时髦"，学些洋东西回去交差。倒是唱诗班的女孩们真诚踏实，训练刻苦。和珠琍盯得紧，毕竟这可是邵武传教站的一张名片，知府、知县大人时常前来，唱诗班全是妙龄少女，个个青春清纯。

多察理比任何人都要忙碌，一年在邵武城停留的时间常常不足一半。和约瑟原本前往各个分堂巡视的任务，如今全部由多察理接手。他还是汉美男校的校长，学校事务琐碎繁杂。好在他生性乐观，充满英勇精神，常常一出去就是十天半个月，回来后对遭遇的危险轻描淡写，其他人听后却忧心忡忡。

和约瑟将这一切都看在眼里，他的每一位同事都兢兢业业，可传教站事务繁多，亟须增添人手。于是，在年底给福州总站的报告中，他着重阐述了这一情况。

时光飞逝，转眼又到了中国人的春节。立春的前一天，即2月2日，在福益华的新居，他的第二个孩子在关城门的晚炮声中呱呱坠地，是个卷头发的女孩，眉眼比姐姐茹丝更为秀气。福益华激动得语无伦次，将孩子包裹好，放在贝敏智身旁的婴儿床上，看着一脸疲惫的妻子，他把茹丝搂在身边，轻轻抚摸着妻子的脸颊，心中满是感激。作为经验丰富的接生医生，他深知妇女生产的危险性，正如邵武人所言："女人生孩子如过鬼门关。"

福益华的母亲收到又添一个孙女的家信，欣喜万分，回信中字里行间都透露着渴望早日见到两个孙女的急切心情。贝敏智原本在1904年便可休假，却因怀有大女儿茹丝，无法承受长途航程，只好放弃回国看望父母的机会。

1908年，福益华迎来了回美国的第二个假期，此次他将带着妻子以及在中国邵武出生的两个女儿——茹丝和贝丝一同回国。这6年，他完成了母亲的期许，拥有了一个幸福美满的家。

　　离开邵武的前一晚，待两个女儿入睡后，贝敏智望着一件件自己精心挑选的家具和物品，以及壁炉里微微泛红的炭火，心中满是不舍。这是她的家，一个让她难以割舍的家。她的心在默默哭泣，那些家具仿佛也感受到了她的心声，默默无言。她多么希望自己能像中国神话里的孙悟空一样，拥有分身术，同时出现在邵武和美国的家中。

　　贝敏智已有 10 年未曾回到父亲在内布拉斯加的农场，福益华决定先陪她去看望父母。他们在贝敏智父亲的农场度过了整个夏天。9 月，他们前往马萨诸塞州的新伯利港，福益华的母亲对儿媳十分满意，婆媳相处融洽。小茹丝机灵可爱，说话像个小大人，常常语出惊人，让奶奶疼爱不已。福益华的姐妹回娘家的次数明显增多，两个侄女的模样让她们倍感新奇，仿佛看到了小时候的自己。她们毕业于美国东部顶尖学校，身上带着名校毕业生的自信与骄傲，贝敏智与她们相处时，总隐隐感到一种莫名的压力。

　　福益华在母亲身边陪伴了 2 个月后，便动身前往缅因州的班格，他还有重要工作要做。邵武传教站已设有 23 个分堂，和约瑟请求美国波士顿总部派遣具有高等学历、能承担传教站行政工作的年轻人，这一报告得到了批准，福益华受命在班格神学院的毕业班中挑选合适人选。公理会的牧师推荐了内德·凯劳格，福益华找到了这位年轻人。尽管凯劳格毫无心理准备，但这位神学院毕业生满怀献身精神。两人交谈时间不长，凯劳格只问了福益华何时动身，福益华回答希望月底能一同前往中国。凯劳格给身为银行家的父亲写了封信，告知自己的决定："我不能退缩，当他要求见我的时候，我就知道会发生什么。我也知道我不可能有其他的回答。"凯劳格的女友是他就读学院一位教授的女儿，这位秀气的女孩支持他的决定，两人随即举行了婚礼，这样他们便能携手奔赴古老的东方大国。

　　抵达邵武后，凯劳格和妻子阿丽丝·若普斯住进了东关街上传教站的老房子。比凯劳格稍早来到邵武的还有一位女性——格蕾丝·方克，她住进了北门，与宓蕴玉、宓蕴德姐妹做伴。为了便于工作，凯劳格给自己取了中文名字乐益文，负责神学校；格蕾丝·方克则给自己取名方恩惠，幼儿园孩子的父母都称她为方院长。至此，在邵武的美国人总数首次达到 10 人。和约瑟总算松了口气，在他的努力下，邵武传教站迎来了新鲜血液。然而，他又有了新的担忧，多察理来邵武已有 6 年，福州的同事给他介绍了几位传教士中的单身女性，可他总说缘分未到。其实并非缘分问题，而是他性子不定，天生爱闯荡。邵武知县魏垂象曾提醒和约瑟，要他留意多察理，因为他最近常与邵郡中学校的激进老师往来。

多察理近来与刚到邵郡中学校教授英语、物理的丁超五形影不离。丁超五让多察理向邵郡中学校的师生介绍美国的民主制度和南北战争，同时组织大家批判清朝的专制统治。和约瑟的担忧并非毫无根据。清王朝专制统治下，民众的不满情绪终于爆发。1911 年 10 月 10 日，长江中游最大城市武昌的新军起义，这场革命迅速蔓延至南方各省。邵武驻守的清军左右营被抽调去防守福州，邵武府瞬间成为一座空城。革命党人开始秘密商议刺杀知县，而知县魏垂象则打算自杀殉国。整座城市陷入无政府状态，一些不法之徒趁机抢劫。此时，传教站最年轻的男士多察理和乐益文正在从洋口前往将乐的途中，他们浑然不知，在离开的短短 1 个星期内，邵武城内竟发生了如此危险的状况。

福益华成为传教站最可靠的依靠，他义不容辞地担负起保护众人的重任。他像变戏法般从角落里拿出一把美国士兵用的来复枪和子弹，这是最先进的后膛枪，清军装备的前膛枪根本无法与之抗衡。福益华打开大门，瞄准院子外面空地上的十几株向日葵，射出了第一发子弹。枪声惊动了周围邻居，福益华再次举枪，扣动扳机，"砰，砰，砰"，连开三枪后，他收起武器，像牛仔一样吹起了口哨。茹丝兴奋地看着父亲，觉得爸爸无比了不起，如同神明一般。贝敏智微笑

传教站的房子

着，她深知自家男人血气方刚，且充满智慧，刚才那几枪，显然是中国人所说的敲山震虎。传教站的房子与城里其他住宅不同，有高高的围墙，没有梯子很难进入，这让和约瑟和福益华多了几分安全感。为防止有人趁黑潜入，他们又在围墙上点起了汽灯。

11 月 16 日，危机得以化解，知县发布布告，宣布邵武从此与革命军联盟，所有男子必须剪去辫子——这一屈从清廷的标志。街上恢复了往日秩序，革命军派了 10 名士兵护送传教站的人们前往福州总部。在前往福州的船上，贝敏智悄悄告诉福益华，她又怀孕了。

在福州，福益华在教会医院忙于救治受伤的士兵和被误伤的百姓。福建境内的所有同事陆续撤到烟台山区域，医生人数一时显得充裕起来。福益华终于有时间处理自己的事务，好好陪伴老婆孩子。贝敏智已是第三胎，需要好好调养身体。此外，贝敏智从惠亨通医生手里购买的鼓岭三间房子也有些年头了，不少瓦片需要更换。在台风来临前，必须修缮好房子，迎接新生命的降临。1912 年 7 月 30 日，一场罕见的台风将刚铺好的瓦片吹走，小爱德华在鼓岭家中诞生，爸爸福益华是技术高超的"接生婆"。

9 月底，福益华和美国同事从福州返回邵武。邵武发生了巨大变化，3 个月前，邵武府被撤销，这种代表封建专制的"府"建制，在中华民国成立仅半年后便被废除。邵武县依旧存在，辛亥革命时组织陆军武备学堂学员在福州于山大败清军的功臣张祖汉来到邵武担任知事。民国政府为改变愚昧落后的习俗，颁布了剪辫、易服和废止缠足等法令，废除有损人格的跪拜礼，取消了"老爷""大人"之类的称谓。制定公布了一系列学制改革方案，即"壬子癸丑学制"，第一次规定了初等小学男女同校、废除读经，充实了自然科学的内容，将学堂改成学校。

邵武作为四县之首，自然率先革除旧习，推行新政。张祖汉到任后，积极筹划地方兴革事宜，推动学堂改学校，1905 年创办的邵郡中学堂 1910 年改为邵郡中学校，现又改校长制为委员制，开办巡警教练所，发动警察剪除男子辫发。福益华和其他美国同事在福州上船时，发现船工的辫子都已剪掉；下船时，东关码头原本留着长辫的码头工人也都变成了短发。来接船的冯金祺看到福益华，尴尬地说："没办法啊，天都共和了！"贝敏智多年来习惯了冯金祺顶着长辫的老成模样，如今突然看到他头上空空，忍不住笑了起来。东关街上，无论老少，迎面而过的男人皆是短发，整个邵武城仿佛焕然一新，充满了年轻活力。出了码头巷，便能一眼望见位于西关溪旁的二层小楼，小楼仿佛有一种无形的魔力吸引着他们一家。茹丝和贝丝几分钟便跑到吊桥，一前一后朝家里冲去，贝敏智虽抱着 2 个多月的小爱德华，却也快步如飞。小楼前的樟树已种下 5 年，根系在土里扎得很深，早已褪去初栽时的稚嫩，展现出蓬勃的生命力。树干愈发粗壮，表皮纹理愈发清晰，像是岁月镌刻的独特勋章，记录着它成长的点滴。枝叶繁茂，向四周尽情伸展，如同一把巨大的绿伞。

晚上，张牧师前来拜访，说刚去看望了和约瑟。张牧师告诉福益华，他还要在邵武城停留一段时间，洋口的事务暂时交给吴牧师。这是邵武第一任知事张祖汉的安排，主要是协助废止缠脚。张知事称张牧师是邵武"天足会"的发起人，希望张牧师出面协助政府革除女子裹足旧习。旧中国女子裹足习俗历史悠久，始于五代，宋朝逐渐流行，明清时达到鼎盛。这一习俗极为残忍，通常女孩在四五岁时便要开始裹足。长辈用长约 3 米、宽 10 厘米的布条，先将除大脚趾外的其余四趾用力向脚底弯曲，再紧紧缠绕，致使脚部骨骼严重变形。这一过程中，女孩剧痛难忍，常伴有红肿、溃烂，且需长期忍受，直至脚部形成所谓"三寸金莲"的畸形状态。裹足背后有着复杂的社会根源。一方面，封建礼教强调女子"大门不出，二门不迈"，裹足限制女性行动，使其更符合男尊女卑观念下对女性温顺、足不出户的要求；另一方面，"三寸金莲"被视为一种畸形审美，小脚成为衡量女子美丑的重要标准，导致这一陋习不断延续。裹足对女性的伤害巨大，使其身心遭受双重折磨：身体上，行动严重受限，走路艰难，无法从事重体力劳动，影响身体健康；精神上，她们承受着巨大痛苦与自卑。但一直以来，邵武北乡二都一带山区定居的畲族妇女没有裹足的旧习，她们双足穿着草鞋，肩挑土特产进城，步履稳健，令人羡慕。受畲族妇女影响，1879 年，最早一批受西方思想影响的士绅张垂绅和姚汝霖、范思圣等人，组织了"天足会"，倡导男女平等，反对女子缠足，号召女子走出闺房，来汉美书院学习。"天足会"成立的消息，很快在邵武城乡传播开来，不仅基督教徒积极响应，社会其他人士也踊跃参与，连回民都予以赞助。许多父母不再给女孩子裹小脚，已经缠足的也纷纷丢掉裹脚布。在清末公开提倡女子天足，邵武在福建省内开了先河，张牧师等人也因此声名远扬。新到任的知事张祖汉很有办法，让张牧师这些本地人出面，使得邵武革除女子裹足旧习取得了事半功倍的效果。

　　福益华回到邵武后，北门码头的船民爆发了严重械斗，这是江西船民和闽清船民近 10 年来为争夺富屯溪水上运输资源而引发的最为血腥的冲突，双方均有死伤。张祖汉不得已派兵弹压，才制止了事态的发展。两边受伤的船民都被送往东关圣教医院和北门女子医院，福益华两头奔波，几天几夜未曾合眼。这种械斗不仅发生在江西船民和闽清船民之间，还发生在船民与岸上居民之间。据华中师范大学的美部会资料记载："有一次，河岸边的一些定居者在邵武下面的四五十英里处，与来自一座城市的船夫发生了一场不小的冲突。船夫杀死了 3 个定居者。然后，一群定居者杀死了船上的 13 个人，其中包括船长和他的全家。这是在 12 月。第二年 5 月，船夫们悄悄地聚集了近千人突袭定居者。"他们并非天生嗜毒，许多是因生活压力而染上烟瘾和赌瘾。在闽江上讨生活的船民，长年水上劳作，远离家乡，精神空虚，不少人因此沾染上不良嗜好。福益华在进贤坊旁的烟馆和赌场门口，经常看到他们的身影。械斗的船民被送到医院后，连续半个月，福益华都泡在医院里。江西船工的话他还能听懂只言片语，闽清船工的话却一句也听不懂。江西船工抱怨，这条航线本是他们祖先开拓的，闽清人不该凭借发明的快速灵活的麻雀船来抢他们的生意。

在医院忙碌了十几个昼夜，福益华的作息还未调整过来，姚时雍便带着弟弟姚时叙找上门，告知他一件事：在安家渡口旁边的下云山有一个煤矿，由福州的一位盐商陈远复开采，长期交由他人管理，事故频发，赚不到钱，如今准备卖给福州的一位日本商人。邵武的士绅听闻此事，极为愤慨，这是邵武的山、邵武的矿，未经邵武人同意便要卖给日本人，实在岂有此理！福益华理解姚家兄弟的怒火，东关圣教医院当时永租土地时，契约签订前，屋主都要询问五服以内的亲戚家人是否有意向，若无人要，才可以永租给传教站。福益华询问姚时雍，他们是否已签约，姚时叙插话道："据说还没有。"福益华出主意，让他们赶紧去找知事张祖汉，他定能解决此事。张祖汉果然向着本地人，派人将盐商陈远复叫到县府，一番教育后，把姚时叙等人从后堂请出，直接在县府签订了转让合同。合同基于现存矿山财产，折旧补价，估价 400 余元。价格虽低，但陈远复无奈之下只好勉强答应。双方达成协议，由邵武人士李云程等 5 人，每人先垫出光洋 100

元，付清折旧价款，接着组建邵武义记（见义勇为之意）煤矿股份有限公司，招收 200 股，每股金额大洋 5 元，共计 1000 银圆。之后，姚时叙、李云程、邓畿、邓城、何冠川，每人认股 20 股，合计 100 股。其余 100 股，公开招股，可认 1—5 股不等，入足 100 股，东关本地商人纷纷入股。之后，股东 30 余人召开了股东会议，通过了公司章程。规定 20 股以上的为公司董事，由董事推经理一人，主管一切业务并代表公司对外一切事务。还规定每年 8 月中旬召开股东会，分红算账，当时姚时叙被推为经理。

煤矿接手后用土法开采，矿场技工从江西上饶等地雇请，矿分日夜两班开采，因煤洞缺通风设备，不敢深入挖采；每年端午节到中秋节，由于气候闷热，停止开采；加上土法采掘，挖开矿洞，用松木为支柱，按码挖进，上下左右之煤弃之不动，每年的产量受限。挖出之煤，用竹辘拖运至山下河边，再用竹筏由富屯溪逆水运达县城，供应城内商铺、作坊、学校等用户，替代柴薪。邵武义记煤矿股份有限公司，是邵武近代以来第一家工业企业，算是邵武工业的始祖。

张祖汉不久回到福州，跟随许崇智部队讨伐袁世凯。福建闽侯侯官村人林扬光接任，林扬光是中国近代大名鼎鼎的林则徐的侄孙。1910 年由进士任陕西省安康县知县，1913 年到任邵武。

林扬光到邵武后，马上发展同盟会会员，邵郡中学堂的丁超五是第一个发展的。1913 年，中华民国国会进行选举，众议院分配名额，福建省共 24 名，邵武共分配 1 名，选举法规定：商人、军人、官员不能作为候选人，同时还有田赋、不动产、学历的要求。在林扬光的力荐下，丁超五作为候选人之一参加选举，最后是原邵武府四县唯一当选的国会议员。

小鼓岭乌石坪

1907 年，在二十都度夏期间，和约瑟做了一个影响深远的决定：此后夏季主要在二十都过，不再长途跋涉前往鼓岭。做出这一决定的背后，有着诸多因素。原来，在乌石坪，虔诚的何姓基督教徒早在多年前就捐出了祖传的一块地。邵武传教站随即以此立项，包括建造教堂以及传教站在乌石坪的度夏设施，这一项目获得了美国波士顿总部的批准，并交由福益华具体负责。

在福建师范大学历史系资料室，至今还保存着当时的捐助契约档案，详细记录了这段历史：

> 立议明合同喜助山场字人何亮生公支下嗣孙等山场，坐落白云庵门前园墩山。今将四至开具：上至大路，下至小横路，左至大路，右至大路为界。四至之内，尽喜助出美部会福音堂名下开造教堂，议定每年清明交纳何姓分利祚肉二十斤，折洋银一两四钱八分正，不得短少。其山任凭起耕架造，不得节外生枝，在后二比甘允，各无返悔。今欲有凭，立喜助议明字合同为据。光绪二十七年（1901）十月卅日。何姓立愿喜助山场字人：何家富、光廷、光铠、何禄、光熙、光赐、光贞。代笔人：熊荣灿、熊钟绪。

乌石坪教堂和度夏项目的资金下拨后，福益华全身心投入到整体设计和监工工作中，和约瑟则请当地教徒张书圃协助组织实施。乌石坪地处偏远，远离邵武城区，砖瓦从山下运往山上的成本极高。福益华经过深思熟虑，决定采用外墙垒土墙、内墙用杉木板的方案，大大减少了砖块的使用量。经过数年的施工建设，在乌石坪白云寺下的园墩小山岗上，乌石坪教堂拔地而起。如今，乌石行政村村部便是在当年教堂的旧址上建起来的。

与此同时，避暑山庄项目也顺利完工。山庄内共有大小九栋房屋，既有平房，也有两层楼房。通往各栋房子的小路都铺上了石阶，房屋周边种满了梨、桃、柿子等果树。为了满足人们锻炼活动的需求，还在路下的竹林内修建了一个半场的篮球场和一个网球场。

美国人在乌石坪的避暑房子

此后，每年5、6月份，邵武的传教士同行、外国友人都会带着充足的粮食和其他用品，携家眷老少，男女二三十人，坐着轿子、牵着骡子前往乌石坪避暑纳凉。其中，还包括来自德国、西班牙等国的天主教传教士同行。

据邵武政协文史资料记载，贝敏智在乌石坪时，村里几位孩子被邀请去陪外国孩子读书。乌石坪熊贻咏老人回忆，陪读的小孩下课后，有的还去割"马草"，将收割的马草拿去给外国人喂马，还能获得几个铜板的报酬。在陪读生当中，熊钟环、熊钟财两兄弟十分聪明灵活，深得外国人喜爱。他们经常跟外国孩子一起玩耍，斗公鸡、捉迷藏、下土棋、荡毛竹"土秋千"，一起喝羊奶、吃饼干。小爱德华最喜欢的玩具是福益华给他买的，一个可以在底部加满水，通过圆柱上面手柄上下加压抽水的玩具，他常常一玩就是一个小时，这个玩具如今保存在鼓岭纪念馆。

　　熊家两兄弟好学努力，一边读书一边在外国人在当地的活动中充当"土翻译"，因此经常得到外国人的额外奖励，每隔一段时间，外国人就会布施一小粒黄金扣子。由于常跟外国孩子打成一片，他们很快学会了不少外语，成为福益华看病行医的好助手。时间一久，福益华有意培养熊钟环学医。据熊钟环的侄儿介绍，在熊钟环掌握基本的医学技术后，福医生专门向他传授产妇难产胎儿体位不正的校正手法。后来，福医生在教会中极力推荐熊钟环到江西九江教会医院继续深造，提高医术。熊钟环毕业后在福州教会的医院当外科医生，在医务工作中结识了一位马来亚籍的护士，两人相识相爱，抗日战争爆发后前往马来亚定居。至今，熊钟环的子女与家乡邵武的亲朋仍保持着密切的往来。

　　在邵武政协文史资料中，还记载了这样一件事：在距乌石坪2000 米外的前排村，一位邹姓产妇破羊水已经一天多，孩子却还未生出，接生婆束手无策，家人万分焦虑。天黑夜深后，产妇家灯火通明，却格外寂静。此时产妇全身无力，已近昏厥。按照当地习俗，村民们采用传统的驱邪驱鬼方式，不时敲锣打鼓、放鞭炮、打鸟铳，同时也希望借此提振产妇的神志精神，然而无济于事。后经人提醒，产妇家人顾不得陈旧的世俗观念，一致决定去乌石村请外国大夫。之后，产妇的丈夫和父亲打着灯笼火把，火速赶到乌石村福医生住处求助。

　　福医生得知病情后，毫不犹豫地背上医疗箱包，踏着夜色急匆匆地赶到产妇家里。他拿着乡下人从未见识过的手电筒进行检查，鼓励安慰产妇，让她提振信心。经过福医师长时间、几个回合的胎位调整和其他治疗急救措施，产妇终于平安产下一个小男孩，母子平安，此时天色已渐亮。1 个多月后，产妇家里杀猪庆贺满月酒，产妇丈夫提着一个大猪腿和红鸡蛋上门到福医生家里答谢。

福益华第一次带贝敏智上二十都时，将一位何姓村民的脚伤治好后，便把他留在家里，他起初帮忙种菜，后来负责养牛等杂工。福医生的善行感动了何姓家族的其他人，他们将原来临时租给美部会的一块地，永租给教会用于公建福音堂一所。这份契约至今仍由何姓后人保留着：

> 廿都东溪村何姓有苗竹山场套处，坐落白云庵，前面一障自古拨归白云庵以为祀神之费。至光绪二十九年（1903）耶稣教美部会人等向何姓租出庵门前园墩山一障，合会公建福音堂一所。当议每年交纳何姓山租银二元正。至今民国元年（1912）冬，何姓与教会人等两相酌议，用付洋银拾圆正，其银利息以作每年山租，在后永不向教会收取，此系二比意允，各无异议，是以用立收山租字为据。本日何姓向美部会经乌石坪教会内钟溇、钟滋、钟威名下，收到永远租山租洋银一十员正，其银所收是实。中华民国元年（1912）十二月念一日。立收山租字人：何永顺、何朝富、何荣赐、何国勋、何国璜。代笔人：熊文峰。

乌石坪的教堂和其他房子盖好后，和约瑟在这些住处中，选择了离白云寺最近、旁边有 2 株千年红豆杉的住所。白云寺的住持又一次出外云游，和约瑟已经好多年没能和他一道品茶了。住持焙的茶滋味独特，喝起来有云淡风轻之感，如同乌石坪的云，在撒网山自由自在地飘荡。

和约瑟在乌石坪的这几年，由于腿脚不便，都没有走远。他只能通过目光翻过山峦，回忆自己年轻时背着行囊走村串户进行宣道的场景。村里的木匠特意为他做了几个木墩，放在红豆杉树下。他每天都会比画几下从东关一位草药老人那里学来的太极拳，打拳时喜欢穿灰色的中式褂子，布料是从乌石山下西边最大集镇——和平旧市街的夏布店买的。打起太极来，衣随风转，颇有道骨仙风之态。邵武这地方1年内大部分时间湿度大，加上他长期奔走于几百千米范围内的数十个分堂，不幸患上了关节炎，再也无法到分堂巡视。疝气，还有当地普遍流行的、可恶的"打摆子"，也都缠上了他。

在邵武人眼中，他早已到了爷爷辈的年纪，孩子们好几年前就开始叫他白胡子爷爷。在乌石坪，这个年纪算得上高龄。村民们每日忙于劳作，靠造纸换取粮食、布匹及基本生活资料。除了有纸槽的九户人家收入相对宽裕，其他人家日子过得都很清贫。二十都的冬季寒风凛冽，许多老人抵御不了寒冷和病痛的折磨，过早地离开人世。

福益华医生正当年，在二十都，他要看的病人比在城里少了许多。附近的大埠岗、和平等集镇赶圩时，福益华就会背着医药包跟着山民下山，去圩市坐诊。纸农们挑着百十斤重的成品竹纸，翻山越岭，一个个看上去消瘦，却健步如飞，一点也不带喘。

从乌石坪到大埠岗，直线距离不远，只隔着几个山头，可上上下下、弯弯曲曲，得走3个小时。人们鸡鸣时分出门，太阳挂到枝头时才能到达。

大埠岗圩市有着七八百年的历史，南宋后期就已存在，当时叫"儒居市"。元末明初，因为这里属永城乡，圩集在一小山阜上，附近的村民便称其为大阜市。由于从北岩山寺庙上看大埠岗，整个村子就像一艘正在迎风破浪的船，庙里的僧人和香客把村子叫作大埠舫。邻近大埠舫的二十都的村子有人试用毛竹资源为原料，简单生产一些粗糙、色黄的草纸到大埠舫出售，但经济效益一般。经过一代代的探索，纸农们逐渐生产出色白细嫩、大型张幅的"白宣纸"，后称"连史纸"。

连史纸问世后，大埠岗周围及江西黎川等地一些有商贸头脑又有资金的人，纷纷在大埠岗上开纸栈行。他们利用离产地近、进价低等优势，开始收购连史纸，之后以期货形式与纸农合作，并聘请技工，分等、整配、精装、篓包，雇工挑送到邵武、黎川等地，成批运往天津、南京、上海、杭州以至中原的大中城市，售价比产地高出数倍。清光绪年间，二十都的造纸作坊发展到三四百所，从事造纸的纸农3000余人，大埠岗街上的纸行增至六七十个。每次圩日，都有千余人挑送纸产品来到圩市。

纸的交易带来了圩市的繁荣，大埠岗街从一两百米长扩展为700多米长，在纸品交易中获利的商人开始在街上购地盖房。几百年前就迁居到大埠岗的江姓、傅姓村民也从圩市的餐饮供应中获利不少。包糍和靠山提最受欢迎，登高粉的摊位也总是人满为患。街上有钱人多了，担心钱和货被土匪抢，就集体出钱筑起周围护村城墙和东南西北四座厚重的拱顶城门楼。

福益华还没有结婚前，就已经跟着和约瑟来过大埠岗，并在圩市行医。乌石坪的村民将连史纸挑到纸行，福益华则在街西头一位基督教教民的家里看病。等待的病号挤满了厅堂，等最后一个病人离开时，已是正午时分。

正午后，街上的人少了许多，福益华开始到街上走走。不知不觉间，他走到了大埠岗第一豪宅——东升号。福益华听人说过，这所宅子是当地官至布政司理问的傅学穹及其子"中书舍人"（府郡文书官）傅国瑛所建，宅子的年龄和福益华父亲一样大。其建筑面积上千平方米，有内外各一大门。外大门向东，门框又高又宽，全部由青石板制成。内大门朝南，门楼样式如同他第一次到邵武时见到的牌坊。从外大门到内大门，直到宅屋中的通道及大小天井、花架等，全部铺设着青石板，前厅左侧有一座绣花楼。上、下两厅均以方砖铺地，房间则铺着刨光老杉板。屋架的构件雕饰精致，门窗轻漆透亮。上厅有拱门小巷通往内墙之外的厨房，做饭时，油烟异味不会进入厅房内。大门外还有官圳流经门前，用水非常便利。

这官圳是福益华仅在邵武见过的，它利用东高西低的地势，让来自道峰山脉的山涧流经村里家家户户的门前。村民一大早从官圳取水到家作为饮用水。上午，妇女们洗菜、洗衣都在家门口的官圳旁，十分方便。

过了东升号，傅氏新厝里大方气派。当初投建的先祖有着深厚的文化底蕴，为了亲属团结，决定将自家近 10 户几十口人安排在一个大门内居住。这里 3 栋房子连在一起，幢内有大小厅堂 9 处，大小正间、厢间等 68 间，橱房 22 间，共计 99 间，再加上供院内人练字习画室，总计 100 间。

江氏有上、下两栋。上幢于清乾隆年间，由敕封的"朝议大夫"兼经商发财者所建，位于村街南进百米处，大门朝北，四周以细腻、密实的青砖封火墙砌至屋顶，大门楼门额上镌刻着"大夫第"楷书，门周围均以方砖拼花铺建，有上、中、下三厅，青石板铺设的大小天井六七个，共有各种房室 38 间。

福益华转了一圈，粗略算了一下，村里青砖大院的建筑有四五十之多。

乌石坪挑担来的几位村民从纸行出来后，就在回去的大阜市路口等着福医生。好不容易看到福益华从内街出来，他们一把夺过福益华的背包，径直往回走。福益华看着他们轻快的步履，就知道今天的纸卖了个好价钱。

最初的奶牛场

　　福益华与他的美国同事初到邵武，首要面临的便是饮食差异带来的问题。邵武当地居民主食以大米为主，肉类多为猪肉、鸡鸭和羊肉；而福益华一行人则习惯以面包、马铃薯和米饭为主食，肉类偏好牛肉、鸡肉与海鲜，烹饪方式更偏爱煎、烤、炸。

　　在邵武的市场上，牛肉极为稀缺。耕牛作为当地农业生产的重要劳动力，私自宰杀被严格禁止，若要宰杀需上报县衙并说明缘由。邵武地广人稀，大量农活依赖耕牛，尤其是犁田和耙田等关键农事。《大清律例·兵律·厩牧》明确规定，私自宰杀自家马、牛者，将遭受杖一百的刑罚；宰杀驼、骡、驴则杖八十。蓄意宰杀他人马、牛，要被杖七十并判处一年半徒刑。即便是经批准宰杀的马、牛，其筋角、皮张也必须上缴官府。

　　在肉类食用习惯上，邵武的回族人与福益华他们却有着意外的契合。清末时期，邵武境内有回族人口数千人。1369 年，山西省大同府柳御沟人杨赍兴被任命为邵武府兵马指挥使，他率领军队并携家眷到邵武赴任。依据杨姓以及范姓、马姓、米姓等早年族谱记载，跟随杨指挥使来到邵武的有千余户，总计 3000 余人。其中杨姓 700 多人，其余为马、沙、范、苏、米、郝、王、兰、郑、蒲、哈、麻、李、胡、史等姓氏。此后，因任职邵武官吏或从事邵武大宗商品相关商业活动，陆续有回民从现山西、山东、河北、河南、陕西等省份迁入。回民中有不少成功的商业大户，在东关一带，就有杨泰兴布庄、沙源茂酱油、王星才磨房、范同春酱油店、沙祥干文具店、杨耀章百货店、杨森然丝线店等，福益华和其他美国同事常常光顾这些店铺购物。

　　由于邵武存在一个回民小社区，邵武府尊重其生活习惯，允许他们私下养牛，且对回民宰杀黄牛并无禁令。这使得在邵武的美国人得以定期从回民处获取牛肉。众多宽厚友善的回民，为福益华和他的美国同事满足对牛肉的需求提供了便利。他们可以在和平巷的清真牛肉摊与摊主讨价还价；当牛肉供应紧张时，还能通过向阿訇求助来解决。

　　阿訇居住在和平巷的清真寺，这是回民在邵武建造的第二座清真寺。杨赍兴率部抵达邵武后，在小东门木器厂旁修建了清真寺，后因失火，于清嘉庆年间在和平巷重建。

　　阿訇学识渊博，清末有范辅臣、杨维庆、范守铭、苏辉等几位，其中范守铭是清代庠生，精通经学和汉语，是杰出代表。阿訇招收回民子弟学习，对于有志深造者，会保送他们前往安徽安庆或南京求学，毕业后再回邵武当阿訇。

　　嘉高美在邵武期间，凭借出色的人际交往能力，与范守铭建立了良好的关系。福益华来到邵武后，嘉高美很快就将范守铭介绍给了他。

　　牛肉能够从回民那里购买，然而邵武的回民并没有饮用牛奶的习俗，市面上也没有牛奶售卖。和约瑟来到邵武后，林刘祥牧师建议他到养牛大户那里租赁刚产犊的母牛，雇人挤奶后煮沸饮用。这种获取牛奶的方式持续了许多年。直到 1907 年，邵武传教站前往乌石坪度夏时，还特意到邵武最大的养牛户梁家租赁了几头刚产犊的母牛带到山上。

　　1908 年，邵武部分乡村暴发牛瘟，传教站的牛奶供应随即出现问题。福益华回国休假前，向和约瑟提出传教站应当自行饲养奶牛，并在东关圣教医院和北门女子医院专门设立奶室，用于供应新生儿喂养。这个想法在福益华心中已酝酿许久。在长达 15 年的诊疗工作中，他目睹了邵武新生儿高得惊人的死亡率，大部分家庭所生孩子一半以上夭折。造成这一现象的重要原因是婴儿营养匮乏。当母亲奶水不足时，几乎所有家庭都用米汤喂养，或者大人将食物嚼烂后，用未清洁的手直接喂给婴儿。婴儿缺乏营养，再加上卫生条件差，6 个月后，从母体获得的免疫力逐渐消失，一旦遭遇传染病，体质孱弱的婴儿就极易被病魔击倒。福益华开出了降低婴儿死亡率的"药方"——让婴儿喝牛奶。

邵武的农家只有部分具备养牛条件，且这些牛主要用于农耕。肉牛除本地繁殖外，大多从江西抚州购进。农家饲养的牛以水牛居多，这是为了适应邵武农村水田耕作的需求。而母水牛产后仅有短暂时间产奶。若仅考虑传教站人员的牛奶供应，租赁产后母水牛的方法是可行的。但若是要大量供应牛奶，解决婴儿的营养问题，进而降低新生儿死亡率，就需要饲养高产奶牛。福益华认为，这种具有开创性的工作理应由邵武的美国同事去推动。

在提出养奶牛的建议时，福益华将牛奶问题提升到预防医学的高度，他认为这与教会办医院同样重要，这一观点得到了和约瑟的支持。在教会的年度报告中，和约瑟正式向福州总部申请拨款用于养牛事业。

美国总部何时拨款、邵武传教站何时开始养牛，史料中并无确切记载。但从福建师范大学保存的美部会在邵武购地合同来看，早于 1911 年，也就是辛亥革命前，邵武传教站已在东关登云桥外永租了几块土地，并建起了牛栏。

福建师范大学历史系资料室存有一份 1912 年 11 月的契约，卖地的是何、蒋两户人家，何家卖地者为何鸦娘子，她应是寡妇，子女尚未成年，因为若家中男人在世或儿子成年，何鸦娘子是不能出面签字的。两家均因急需用钱，将祖先留下的空地卖给美部会。契约中记载，这两块地位于大路旁，毗邻牛栏区。右边是遵道街，左边是美部会的土地，上下分别是余家和李家的房子。当日，卖地者收到买主支付的垅地空坪契价银 11 两 7 钱 3 分。这是两份居民将祖遗空地卖给美部会用于"围墙架造"牛栏的契约。从契文内容可知，当时过了吊桥往三公桥的大路旁已形成养牛区。在这份契约订立的 1912 年，牛栏已颇具规模。

福益华的学生冯金祺后人回忆，遵道街即登云桥往三公桥的大路，冯家的牛栏位于遵道街中间地段的南边。在邵武档案馆为数不多的中华人民共和国成立前档案中，有冯家老二冯玉衍的牛栏被国民党警察局查抄的照片和文字档案，这证实了冯家后人的说法。冯家后人还提到，福益华回国后，部分牛栏由冯家接手。

在其他契约中，还有这样一份记录：1913 年，在二十都，邵武传教站向教民熊家购置 4 间牛栏。这 4 间牛栏位于斜树坑新厝坛，教民熊荣胜出于对教会的感情，将父亲留下的 1 栋房屋、厨房以及 4 间牛栏全部断契卖出，售价仅为银 37 两。

乌石坪的牛棚

种种迹象表明，美国人在邵武的养牛事业起源于 1908 年福益华回国休假前向和约瑟提出的提议，初步发展于辛亥革命前，不仅在东关遵道街一带，在二十都度夏地也有涉及。

牛奶事业的开拓者

人类饮用牛奶的最早记录，出现在 6000 年前古巴比伦一座神庙的壁画之上。彼时，古埃及人已将牛奶用作祭品，在埃及神话里，象征丰产和爱情的神哈索尔，便长着一颗奶牛的头颅。

欧洲人堪称人类饮用牛奶的先驱。传说上帝派遣奶牛下凡拯救了欧洲人——原来，在欧洲天花肆虐之际，挤牛奶的工人竟未染此病，经学者研究，才发现了牛痘。1493 年，哥伦布第二次驶向美洲大陆时，船上便带上了奶牛。当基督教教徒开始大批移居美洲大陆，英国法律甚至明确规定：每艘驶往新大陆的船只，必须严格按照每五名乘客配备一头奶牛的标准执行。船只抵达港口后，船长还能将这些奶牛就地售卖，赚取一笔额外收入。不过，奶牛有时会晕船，导致无法分泌奶汁，于是人们开始想办法延长牛奶的保质期，后来便出现了浓缩奶。

在古欧洲，希腊人和罗马人并不习惯饮用牛奶，他们甚至将喝牛奶视作蛮荒之地的充饥手段，毕竟在希腊和罗马，谷物粮食十分充足。生活在非洲和亚洲的数十亿人，因遗传基因问题，部分人体内缺乏足够的乳糖酶来消化牛奶，而从小就饮用牛奶的孩子，这一问题则相对较轻。还有一些人在喝奶时搭配面包、饼干等食物，以逐渐适应这种高营养的食品。

古中国同样没有喝奶的传统。最早有记载的中国人喝奶事件，发生在当时被视为蛮荒之地的地方。司马迁的《史记·匈奴列传》记载："匈奴之俗，人食畜肉，饮其汁衣其皮；畜食草饮水，随时转移。"但对于这里所饮的"汁"究竟是奶还是血，尚存争议。马可·波罗在他的游记中提到，成吉思汗的队伍长途行军时，会携带干燥成粉末状的牛奶作为食物，这或许是关于奶粉的最早记录。然而，喝牛奶的习俗并未延续下来。

现有资料显示，最早出现在中国的奶牛，是 400 多年前由欧洲早期传教士和殖民者在东南亚引种杂交后，流入云南边境的。最早的牧牛场于 1644 年在北京西华山建立，这一年明朝灭亡。清朝后期，随着中国门户大开，奶牛也陆续登陆中国。1874 年法军带来"黄白花奶牛"，1880 年英国人引入"荷斯坦奶牛"，1898 年俄国人在内蒙古呼伦贝尔盟的三河一带引入乳牛，1901 年上海徐家汇天主堂修女院引入"黑白花奶牛"。到了 1910 年，居住在上海、天津的德、俄、意、日等多国商人已开始经营乳牛场。

福益华自幼饮用牛奶长大，他身边的小伙伴亦是如此。充足的营养让他们体质强健，几乎没有玩伴提及兄弟姐妹在幼儿时期夭折的情况。而当他看到邵武婴儿大多因营养不良而死亡时，内心满是不安。他的女儿茹丝出生后，无论条件多么艰难，他都早早规划，确保一家人的牛奶供应不间断。

在得到福州总部的支持后，传教站在东关建起一批牛栏，饲养从福州购入的荷斯坦奶牛，福建人称之为黑白花奶牛。福建奶牛的起源可追溯至 1888 年，当时美籍医生连尼和荷兰人太兴引进了约 30 头荷兰牛及 2 头爱尔夏牛，并将引进的公牛与当地黄牛进行交配，这便是福建花白奶牛的开端。连尼回国后，把奶牛卖给了福州仓山观音井积善堂药店主人高泽，杂交奶牛的数量逐渐增多。随后，高泽又将这批奶牛转售给附近农民，杂交奶牛的数量得以快速增长。不过，福建黑白花奶牛与北方的黑白花奶牛相比，仍是北方的体格更为高大，产奶量也更高。

黑白花奶牛虽产奶量高，但乳脂率较低，需要精饲料喂养。不久后，国内从美国引进了爱尔夏牛，这种牛具有早熟、耐粗饲、适应性强等特点。1913 年，福益华在一则广告中看到北方大名府有纯种的爱尔夏奶牛，便立即去信询问详情。同年 9 月，他在二十都收到了回信。

1913 年正值中国的牛年，福益华 48 岁。世间之事就是这般巧合，属牛的福益华在牛年萌生了引进更优质爱尔夏牛的想法。福益华站在他所认为的养奶牛、供应牛奶以减少疾病的预防医学高度，在基督教中国使团开创了一项前所未有的事业。此后，这项事业逐渐得到他的同事乃至整个中国使团的认可。

收到北方大名府回信的当晚，福益华和乐益文就此事展开了热烈的讨论。乐益文是福益华 5 年前从美国班格神学院挑选而来的，平日里少言寡语，总是对前辈福益华言听计从。但此次是讨论引进北方爱尔夏奶牛的事情，由于乐益华从小在农场长大，家里养的就是爱尔夏奶牛，所以在整个晚上的讨论中，他牢牢掌握了话题的主动权。来信告知，一头纯种的爱尔夏奶牛售价为 175 美元。由于此事是福益华个人提议，他购买爱尔夏奶牛的资金需自行解决。

好在乐益文对此事极为积极。他承诺可再从美国国内引进一头母

牛，这笔钱他可以写信向身为银行家的父亲求助，若父亲不同意，他也会想其他办法。有了坚定的支持者，福益华兴奋不已，仿佛一幅美好的画面已然成为现实：整洁的牛栏里，工人在奶牛间忙碌，肥大饱满的乳房源源不断地流出甘醇的爱尔夏牛奶，医院、诊所的牛奶专供窗口排满了人，医院以普通人能够接受的价格供应着可直接饮用的新鲜牛奶。

按照在二十都商量好的计划，乐益文在 10 月下旬前往北方，福益华则留在邵武，专门为即将到来的爱尔夏奶牛和从美国本土进口的种牛建造一座牛栏。这座牛栏不仅盖上了瓦，还破天荒地铺上了水泥地，除了设有食槽，还建造了粪槽。邵武人对此感到十分新奇，当时不少家庭的厅堂还是三合土地面，时间一长，看起来和菜园的泥地没什么区别。新牛栏的水泥地旁，陆续来了许多参观者，人们纷纷发出"啧啧"的惊叹声。

在南关城墙的通太门外，福益华以较低的价格租到了一片抛荒的田地，种下了麦子和黄花菜。他希望等乐益文带回的爱尔夏奶牛入住邵武新牛舍后，能有优质的饲料供应。

福益华还前往东关大同、和平以及洪墩的牛市购买母牛，这三个地方是邵武历史上的牛交易市场。东关的大同市场规模最大，位于李家的桔子园，每年农历四月十五日开市，至十二月十五日结束，每月初一和十五为会期，有时会期会延长至 3 天。集市时，参加交易的牛最多可达 1000 余头，最少也有 300 来头。其中农历八九月以废牛居多，十至十二月则以耕牛居多。一到会期，耕牛和废牛从四面八方汇聚到会场，买卖双方自行挑选、议价成交。

城区的牛会，大多以现金交易，也有以牛换牛的情况，所换的牛按照作价找补差价成交。在交易市场，有专门的中介，被称为牛牙。清末以来，最具权威的牛牙是东关人余寿春，后来由他的儿子余金荣接替。

　　和平牛会每年仅举办 1 次，每年农历十月十四日为牛会之期，地点在旧市街空坪上。这里耕牛较多，废牛较少。其他各乡圩场，只有少量牛交易。

　　牛的来源，大多来自江西的上饶、铅山和光泽等地。牛的去向，除了本市各乡及回民购买废牛外，建阳、建瓯、洋口、顺昌、南平、福州、漳州、厦门、建宁、将乐、泰宁、龙岩、宁化等地的牛贩都会前来贩买，本市的洪墩也有不少人前来采购。江西邻近的黎川、贵溪、南丰等县的农人商户也会赶牛前来交易。

　　福益华在这 3 个牛交易市场精心挑选了 16 只母牛，每只价格仅 15 美元，是北方爱尔夏奶牛价格的十分之一。为了安置这些母牛和牛崽子，福益华又忙着建造一间可容纳 30 只牛的大牛栏。

　　在临近三公桥的几棵大樟树旁，福益华看中了一块面积为 2 亩的地，以永租的方式与原业主签订了契约，盖起了牛栏，也就是如今的中山路 19 号，现在东关花圃的所在地。

　　福益华大量的时间都被养奶牛这项具有开创性的新事业所占据。尽管如此，医院的病人依旧有增无减。好在冯金祺已经能够独立看病，还有 1910 年在汉美中学毕业的光泽人高垂冕、江西人邓国柱，1913 年从汉美学校毕业的邵武人艾永生等几名学生助手帮忙，医院才得以正常运转。

养牛的"大男孩"

福益华在忙着建造牛栏的同时，也在为照料当地母牛寻觅合适的工人。当时，医院里有一些远道而来的病人，身体已恢复到能工作的程度，但仍需后续治疗，这些人便成了牛场的粗工。

乐益文自幼在农场长大，跟着父亲养牛、养马，种植玉米，家里养着几十头奶牛。天还未亮，他就跟着父亲和工人一起挤牛奶，以至于上学时身上还带着奶香味。如今，小时候学会的技艺再次派上用场，乐益文十分高兴。他把从邵武当地买来的母牛交给福益华找来的工人，清晨，他蹲在奶牛旁，耐心地传授挤奶的要领；上午，带着工人打扫牛栏卫生，明确卫生标准；晚上 10 点，还不忘督促工人给奶牛添加青饲料。

邵武原本最大的养牛大户梁家，在上次牛瘟中损失惨重，不再需要那么多工人。福益华得知后找到梁家，从被解聘的工人里挑选了几位技术工人，其中一位姓陈的工人，一直工作到福益华离开邵武回国。

福益华和乐益文规定，除了他们两人，不允许任何人照料从北方大名府买来的两只珍贵的爱尔夏牛。福益华给公牛取了个贴切的名字——"农家男孩"，虽说这头公牛长相有些丑，神情还有点懵懂，但住进新牛舍两个月后，就被调养得膘肥体壮。母牛长着一张可爱的脸，恰似田野里即将绽放的菊花，于是有了一个动听的名字——"雏菊"。第一年，乐益文主动承担起为雏菊挤奶的工作，并教会了福益华。福益华按照牛场工人的作息时间调整了自己的生活节奏。每天早上 5 点前，他就轻手轻脚地起床，简单洗漱后前往牛舍。挤完奶，喝上一点鲜奶便赶往医院。夜里 10 点，还要给农家男孩和雏菊添好夜草才回家。他陪伴妻子和孩子的时间少之又少，满脑子想的都是牛，想着源源不断的牛奶能供应给那些急需的孩子，让婴儿不再体弱多病，让孩子的母亲脸上能多些笑容。

这样的日子没能持续太久。第二年夏天，福益华再次被疟疾击倒，有好几天无法前往牛场，身体状况让他意识到不能再事事亲力亲为。乐益文经常需要外出巡视下面的 20 多个教堂和更多的布道点，他们急需一个责任心极强的人来接手照顾这两头珍贵的奶牛。福益华想到了一个合适的人选——敖西拉，一个在城西李家放牛的大男孩。

福益华最初发现敖西拉，是在登高山下的富屯溪旁。彼时，敖西拉正在割着肥沃的水草，他面庞黝黑，浑身散发着质朴的健康气息，眼睛澄澈明亮，身上穿着一件有些发白的粗布衫，与他结实的身躯十分相称。身旁，牛儿们悠闲地啃食着青草，偶尔甩动尾巴驱赶蚊虫。大男孩嘴里还叼着一根狗尾巴草，河风轻轻吹拂，吹乱了他的头发，却吹不散他嘴角那抹纯真的微笑。那一刻，福益华仿佛看到了一幅生动的油画。他们第二次相遇还是在同一个地方，福益华却看到了截然不同的画面。男孩手里拿着一本薄薄的书，正静静地阅读着，还拿着一根树枝在沙地上不停地临摹。福益华走上前去，用邵武方言与他交谈。男孩一点也不认生，两人天南海北地聊了大半天。

敖西拉是邵武拿口人，出生于 1898 年。2 岁时父亲去世，3 岁时母亲也离开了人世，他只好跟着外嫁的姐姐生活。但姐夫一家人嫌弃他是个累赘，常常故意找碴，不给他饭吃。9 岁时，敖西拉独自一人来到城里，为李姓人家放牛。李家不给工钱，只供他一口饭吃。尽管没有工钱，敖西拉却很感激李家的收留，因为在这里他不用再忍受姐夫一家人的白眼。他每天都会把牛栏里的牛粪清理得干干净净，使得李家的牛栏整洁清爽，与其他粪便污水四溢、臭气熏天的牛栏截然不同。福益华去过李家，经过后院牛栏时还感到十分奇怪，不明白为什么李家的牛栏如此干净，与别处的牛舍大相径庭，现在他终于知道是这个男孩的功劳。

　　敖西拉告诉福益华，夏天时，他会把艾草晒干后点燃，为牛制作纯天然的蚊香；冬天，他经常把牛带到芦苇丛中，让它们吃青绿色的芦苇叶。即便在农忙季节，白天牛下地犁田，他也会提前割好鲜嫩的芦苇草，堆放在牛舍边，这样牛从田间回到牛栏就能马上进食，从来没让牛饿过一次。福益华对敖西拉说的这一切深信不疑：看看河边那些吃草的牛，一头头都肥硕健壮，牛尾甩动起来充满力量。

　　福益华觉得自己需要这样一位养牛助手，便找到了敖西拉。这一年，敖西拉15岁。福益华问他："你愿意帮我照看奶牛吗？除了包吃包住，每月还会发一块银圆作为工资。"憨厚的敖西拉听后，感觉就像天上掉馅饼砸到了自己，连忙回答："我当然愿意，但我得先征求李家的意见。"听到敖西拉的回答，福益华心想，这是上天在帮他，更加认定这个男孩就是他要找的得力助手，一个品行兼优的好帮手。

　　征得李家同意后，敖西拉来到了福益华的牛场，从此与奶牛结下了一生的缘分。福益华把两头爱尔夏奶牛交给了敖西拉。敖西拉已经有7年放养土牛的经验，在乐益文和福益华的悉心指导下，他很快就能独自照管这2头奶牛了。他在牛舍旁的饲料间搭了个床，每天早上5点起床，打扫完卫生就给雏菊挤奶。雏菊每天能产11夸脱的牛奶，产量是本地母牛的10倍。1夸脱大约1升，也就是2斤，挤出来的牛奶能装满一大木桶。这种用于挤奶的木桶，冯金祺的后代至今还保存着。

　　福益华专门为"农家男孩"和"雏菊建造"的牛舍，因为地面铺了水泥，清扫起来格外方便。每天，敖西拉都会到不远处的富屯溪里挑水，清洗牛舍。牛被用栅栏隔开，只能面向一个方向，食槽是用杉木板做的，粪槽则是用石头砌成的。

　　敖西拉每天会用干净柔软的毛巾或刷子，仔细擦拭奶牛的眼睛、嘴巴、鼻孔周围等部位，清除灰尘、眼屎和其他分泌物。每次挤奶前，他都会用40—50℃的温水浸湿干净的毛巾或纱布，从乳房基部向乳头方向仔细清洗奶牛的乳房，然后再用干净毛巾擦干。天气暖和的时候，他会把牛牵到河边，用刷子给牛洗澡，从头部开始，依次洗到颈部、胸部、腹部、四肢、背部及臀部，同时还会小心避免水跑进牛的耳朵和眼睛里。天气冷了，敖西拉就去三育里巷口的井里打来井水，用毛巾擦拭奶牛的全身。

与福先生相处的时间久了，敖西拉做事越发细致，标准也越来越高。他按照福先生传授的养殖奶牛草料营养配方精准称重，还会给每头即将临盆的奶牛编好时间。小牛犊即将出生时，他会彻夜守候。小牛犊一出生，他就进行隔离，这样奶牛才能保持较高的产奶率和较长的产奶周期。生产的小母牛犊会被养殖成为新一代的奶牛，而公牛犊则当作肉牛饲养。

一天早上，住在牛舍的敖西拉起床打开房门，发现门口有 3 块亮闪闪的银圆。他随手捡起，用嘴吹了一下，放在耳边听，那回音清脆悠扬。他又把 2 块银圆互相敲击，声音依旧悦耳，他确信这是 3 枚真银圆。他心想，一定是福先生不小心丢的，因为牛舍为了防止疫病传染，不让外人进入。于是他把银圆还给福先生，福先生收起银圆，对他说："我想了一晚上，琢磨着在哪丢了银圆，没想到被你捡到了！"福先生赞许地点了点头，而敖西拉并不知道这其实是一次道德考验。直到 1932 年福先生要离开邵武时，才向他提起这件事。

经过这次测试，福益华觉得敖西拉是个值得培养的人，于是开始教他如何诊治牛病，如何识别母牛发情期，如何进行公牛人工采精、授精，以及母牛何时是最佳的人工授精时期，还有如何淘汰老弱奶牛等技术。后来，在与牛瘟作斗争的过程中，福益华也把自己积累的宝贵经验毫无保留地传授给了敖西拉。

敖西拉非常渴望成为像福益华这样的人，他的梦想是拥有自己的牛场，能给乡里乡亲供应鲜奶，能够自己养活家人，拥有一个温暖的小家。他除了理发，几乎不怎么花钱，穿的是自己编的草鞋，冬天就用布裹着草鞋。几年下来，他存下了五六十块银圆。一天，他鼓起勇气对福先生说："我今后也要自己创业。"福益华听了，心里很欣慰，觉得这个男孩终于长大了！

　　福益华回国后，敖西拉用自己的积蓄从江西黎川买回了几头本地母牛。尽管他精心饲养，但一头本地母牛一天只能产奶2—3公斤，而福益华牛场的一头爱尔夏奶牛每天能产奶将近30斤，而且本地牛的产奶时间还更短。购买一头爱尔夏奶牛的价格很高，以敖西拉当时的经济实力还无法承受。其时，教会的奶牛由东关教堂的廖牧师负责饲养，由于管理不善，奶牛数量减少。敖西拉萌生了租教会奶牛饲养的想法，廖牧师也不想让福益华创办的奶牛事业在自己手上衰败，于是以每年租金100银圆的价格与敖西拉签订了合同。

敖西拉和儿子

　　敖西拉终于有了施展自己才能的机会。他租下教会在水北的果园，把牛舍建在果园内。每天早上挤完奶，他就挑着牛奶到城里走街串巷地售卖。这种经营方式让敖西拉收获颇丰，他娶妻成家，在东关买地建房，现在中山路137号的房子就是敖西拉盖的。

福益华与牛瘟的艰苦较量

1913 年，中国农历牛年，也是福益华的本命年。这一年，爱尔夏奶牛闯入了他的生活，成为他生命中不可或缺的一部分。然而，命运似乎有意考验这位毕业于美国耶鲁大学的医学博士。据史料记载，闽北地区牛瘟暴发时间集中在 1912 年至 1921 年间。

1914 年农历十月十四日，和平的牛市交易市场迎来了附近几十个乡村一年一度的盛事。天刚破晓，牛交易市场已是人声鼎沸。潮湿的泥土路上，赶牛人与牛群从四面八方纷至沓来。牛哞声、吆喝声、讨价还价声交织在一起，热闹非凡。市场中央，健壮的耕牛被绳索牵引着，依次排列。它们的牛角粗壮弯曲，如利刃般指向天空；牛眼圆睁，透着憨厚与警惕；牛身肌肉紧绷，皮毛在晨曦的映照下油光锃亮。卖主们拍打着牛背，展示着牛的膘肥体壮，竭力向买主宣扬自家牛的耐力与勤劳。

买主们则十分谨慎，他们蹲下身，仔细查看牛的牙齿，以此判断牛的年龄；抚摸牛腿，检验骨骼的坚实程度。一位头戴斗笠的老农，反复掰开牛嘴，观察牙龈的色泽，又轻按牛腹，感受牛的反应，随后与卖主讨价还价。双方各不相让，争得面红耳赤，唾沫横飞。市场一角，几个孩童在牛群间嬉笑追逐，全然不顾大人们的忙碌。角落里，还有人售卖着牛绳、草料等用品。远处炊烟袅袅，为这热闹的交易场景增添了几分人间烟火气。

谁也没有料到，从江西来的牛瘟如恶魔般悄然尾随而至。参加交易的十几个村子，原本宁静祥和，不久被恐惧的阴影所笼罩。几天后，一头头耕牛相继倒下。它们眼神黯淡，不再有往日的矫健，身体颤抖着，嘴里不时发出痛苦的低吟。牛棚里弥漫着一股刺鼻的腐臭气息，病牛们躺在地上，身上的皮毛失去了光泽，变得干涩杂乱，有的还出现了溃烂的伤口，流出令人作呕的脓血。

村民们眼睁睁地看着自己赖以生存的耕牛遭受病痛的折磨，却束手无策。他们几乎都是文盲，缺乏防疫常识，也不知道牛瘟是接触性传染病。在给牛灌了几天草药不见效后，他们选择在牛濒临死亡的前一刻将牛宰杀，挑到圩市去卖，指望能减少一些损失。

邵武当地多次发生牛瘟

在邵武的乡村，每天都有圩市在不同的乡村云集。村民挑着血淋淋的牛肉，穿过一个个村子，将牛瘟的病菌随同血液留在匆忙的足迹上。很快，牛瘟迅速蔓延到各地。城区及乡村同时陷入了一场无声的战争，只有少部分幸运的耕牛逃过这一劫。

福益华曾目睹1913年初梁家牛群和传教站养的黑花奶牛在牛瘟面前几乎全军覆没的场景，深知牛瘟的可怕，很快便采取了应对措施。他将本地的母牛分成两拨，一组由敖西拉负责，将一半母牛送往水北故县林场的后山；一组留在东关。"农场男孩"留在原来的牛舍，"雏菊"安排在新盖的牛栏，由他自己亲自照顾，人一离开，立即上锁。在二十都生下的爱尔夏小母牛则转移到传教站最早的房子，与乐益文一家为伴。

1月3日，在水北故县的个别母牛出现了牛瘟症状，2个星期后，6只母牛死亡。留在原来牛舍的农场男孩也无力地瘫卧着。它原本炯炯有神的双眼此刻布满血丝，目光呆滞，眼角糊着一层浓稠的眼屎，仿佛被一层阴霾遮蔽。几天后，牛鼻流出清涕，很快变得浓稠，糊在鼻孔周围。口腔内，牙龈溃烂，散发着臭味，舌头表面布满灰白色的坏死斑，致使"农场男孩"每一次吞吐都伴随着痛苦的呜咽。它的皮毛不再顺滑，变得毫无光泽，轻轻一揪就会脱落。牛背和臀部出现一片片硬币大小的红斑，逐渐融合成块，有些地方开始糜烂渗液。

1个星期后，"农场男孩"的呼吸变得急促，每一次喘息都伴随着剧烈的咳嗽，腹部急剧起伏，仿佛在艰难地与死神抗争。福益华像诊疗一名病人一样对待这头公牛。邵武1月的夜里，十分寒冷，福益华在牛棚生火取暖，但"农场男孩"的状况越来越差，它不再有进食的欲望，即使草料就在嘴边，却只是偶尔无力地嗅一嗅，身体日益消瘦，勉强站立时也摇摇欲坠，于11天后轰然倒地，再也无法起身。

灾难并没有摧毁福益华的心智，也许他天生就具备中国人所说的佛性。福益华淡然地看待整个突如其来的事件。他在给家里的信中写道："我已经竭尽全力，当然这非常令人失望，但是如果我们能够保住剩下的牛群，特别是外国母牛和小牛犊，我们就已经感恩不尽了。也许，我们的损失只是一种隐蔽的祝福。这教会了我许多用其他任何途径都无法学会的事情。"

牛瘟造成的伤亡是惨重的，36头本地牛，只有5头母牛、2头小母牛和4只牛犊活了下来，仅有1头小母牛在染上瘟疫后又康复了。这一年，福益华给宓蕴玉的妇女医院的2头以"农场男孩"为父系的半良种小母牛都活了下来。这是因为负责喂养的工人用生石灰加水制成石灰乳，涂抹在牛圈的地面、墙壁、食槽等各处；还把草木灰加水煮沸后的浸出液洒在牛圈里；每天还在牛圈中点燃艾叶、苍术等植物进行烟熏。

1915 年 5 月，福益华送贝敏智和孩子从上海乘"蒙古号"轮船回国，乐益文一家也乘同一艘船回国休假。福益华本来只准备在上海待 1 个星期，后来待了 7 个星期。他有着父亲那种从不轻言放弃、有始有终的坚韧个性，他准备到上海最大的奶牛场去看一看，兴许可以获得对付牛瘟的办法。

法租界最大奶牛场的老板卡尔蒂热情地接待了这位医学博士，带他参观了所有的牛舍。他的牛群都是爱尔夏品种。卡尔蒂建议他去见见上海的兽医基洛克和普拉特。在普拉特那里，他了解到了怎样用染过病后康复的牛的血清做免疫注射。令他事先没有想到的是，他在这里还有意外的发现——福益华看中了一头半大的爱尔夏小公牛，这头公牛已经由基洛克和普拉特做过"免疫"处理，他付了 200 美元，得到了可以取代农场男孩空缺的小公牛。这让他一下子从牛瘟事件的阴霾中解脱出来。

福益华本打算在上海给南京大学的白里教授写信请教有关牛瘟的理论问题，信正打算寄出，居然听到有人在餐厅喊"白里教授"，他上前一问，真的是他所想请教的白教授。两人交谈半天后，福益华受益匪浅。他的思路完全理清了：治疗牛瘟的血清需要冷库保存，而在中国大部分地方，连电都没有，所以上海等大城市预防牛瘟注射血清的路子在邵武根本行不通。他需要找出另一条路，在没有血清保存条件的地方也能做到预防及治疗牛瘟，这似乎就是他的使命。如同他办奶牛场，提供大量的牛奶给那些需要的人们一样，他相信无论多么艰辛，他都能努力克服。

他沿着乐益文将农场男孩带回的路线，将公牛"威尔茂探索者"运到了邵武。中国使团的工作报告中提及了福益华研究牛瘟的工作："在邵武，在福州……布利斯博士努力为医院和药房提供乳品。不仅外国人，而且中国的母亲和婴儿都迫切需要纯净、新鲜的牛奶，婴儿死亡率令人震惊，许多医院病例都需要牛奶。但是牛瘟夺走了奶牛，挫败了建立一个卫生牛奶场的努力。布利斯博士因此被引导进行研究和实验，以获得合适的血清来保护牛群。他相信他已经找到了，他就在那里。"

"探索者"和农场男孩性格完全不一样，它热情奔放，尤其是在母牛面前。福益华把它交给了敖西拉和老陈。2年后，在席卷福建和江西一带的牛瘟中，"探索者"没有幸免，遭到和农场男孩一样的命运。

1922年，芝加哥的一位大亨——国际收割公司的老板麦克考米克，在福益华姐妹小伙伴的嘴里知道福益华在中国的奶牛事业屡次受的打击后，表示要向邵武捐一头世界上最好的母牛。福益华得知这一消息后，他给麦克考米克写信，希望对方能捐助一头公牛，麦克考米克高兴地答应了福益华这个请求。麦克考米克捐助的公牛"吉尔曼改善者"到达上海时，福益华重新燃起了希望。

当年，在邵武传教站的报告中写道："邵武传教站在除了医院的日常工作之外，还增加了一项工作。布利斯（福益华）博士努力在克服牛瘟、改善和增加牛奶供应、发展预防医学上有所进展，其实验室进行了一个示范乳品厂方面持续的和最有价值的研究和试验。"

在与牛瘟的斗争中，福益华发现了一种用瘟牛胆制作血清的方法。他在宰杀瘟牛的地方，将瘟牛比平时大几倍的胆买下，拿回实验室制作血清，给其他奶牛注射以提高免疫力，取得了良好的免疫效果。他的这一防疫手法在当时是开创性的，为邵武及周边地区的牛瘟防治做出了巨大贡献。

在福益华的晚年，美国报纸在报道福益华在邵武40年的事迹时，用了"牛瘟斗士"这一称号来概括福益华对牛瘟防治作出的杰出贡献。福益华以其卓越的医学成就和无私奉献精神，以及生生不息的斗志，在中美民间友好交流中留下了浓墨重彩的一笔。

福益华对牛瘟的防疫措施促进了牛群的繁殖，也促使养牛范围不断扩大。牛栏区从邵武东市向南郊及城西发展。从收集到的教会契约文书中即可看出这一变化：在1915年以前，美部会购置用于搭建牛栏的民间业产，主要集中在东关遵道坊登云桥一带，此后则移至南郊外下南寮一带，并陆续在城西一带发展。当时福益华医师在东关"三公桥"附近的奶牛场，养殖的奶牛200多头，雇佣人员20多人，还把牧场发展到水北小西门头（今火车站），日产牛奶300多公斤，供应用户饮用。

邵武饲养的杂交奶牛，不仅发展到本县的乡村拿口等地，还推广到建宁、顺昌洋口、光泽以及江西黎川。当地教徒及华牧在奶牛业的推广中起了重要的作用。如建宁的游洪元、光泽的黄中华、洋口的官金土、黎川的李象汤，都分别从邵武购买杂交奶牛回去饲养，开创了当地奶牛业发展的历史。

发展奶牛业，在东关圣教医院和北门女子医院设置牛奶的供应点，极大地方便了邵武城区民众的购买，给了在邵武的美国人不少"加分"，取得了城区民众的信赖与认可。同时，它在客观上改善了邵武及邻近县市人民的饮食结构，增强了人民的体质，提高了他们对疾病的抵抗能力，减少了婴儿的死亡率，并对日后当地畜牧业、养殖业、乳制品业的发展产生了深远的影响。

1916年，邵武传教站再次在工作报告中提及福益华的工作："他再次努力建立和经营1个模范乳品厂，这个乳品厂将成为广大人口稠密地区的人们的一个实例，但工作一直保持在通常的路线。乳品部是一个重要的辅助部门，可提供新的牛奶，降低儿童死亡率。休假中的布利斯（福益华）博士回来了，计划开发这个乳品厂，并建立1个去年已经提到的农业示范站。"

农林试验场

在邵武的岁月里，福益华的身影不仅活跃于牛群与疫病之间，更延伸至这片土地的经济民生深处，而那个被邵武人称为农林试验场的农业示范站，便是他深远思虑的结晶。

福益华在养牛、与牛瘟顽强斗争的过程中，所思所想早已超越了单纯提供乳制品、改善民众体质、降低婴儿死亡率的范畴，而是望向了更为广阔的未来。1915 年，贝敏智回国休假，福益华虽独自一人，却在给家人的信中提及，他并不如家人想象中那般孤独，因为在邵武，他与中国人紧密相伴。

在邵武的 20 多年时光，已将他深深融入这片土地，他的情感与这里紧紧相连。他视周围的人、他的病人如同兄弟姐妹，满心期盼着这里的人们能健康幸福。此时，他敏锐地察觉到当时社会最为紧迫、急需解决的贫困问题，深知绝大部分疾病都与贫困息息相关。这已不再是一个普通医生的狭隘视野，而是他与这片土地同呼吸、共命运后的肺腑之言，是一位智者的坦诚心声。他深知，邵武的经济来源主要依赖农业，然而谷物产量低得令人难以置信，农户们使用着最原始的耕作工具，沿袭着一成不变的耕作方式，没有先进农机；整个邵武几乎不见水果踪影，只有野生果实，人们依赖大自然的恩赐，靠天吃饭成为当地经济的真实写照；这里有着丰富的水资源，巨大的落差足以产生电能；还有众多荒山，完全可以用来大规模种植杉木……

问题的关键在于，到处都是一家一户的分散生产方式，福益华认为应该组织合作社，依靠集体的力量去完成那些单打独斗无法解决的难题。福益华虽在基督教传教方面未能收获理想成果，却堪称一位成功的"经济宣道士"。他不断向张垂绅、李云程、姚时雍、姚时叙、

农林试验场的水田

冯金祺等人建议，由他们组织一个协会，买下荒山，开启种树之举。同时，他还向美国传教委员会提出，尽快派出一名农业专家。

耶鲁大学图书馆资料对这段历史有着这样的记载："预防医学的幸福，邵武去年的报告中提到了这一点。那个地区最迫切的医疗需求是农学家而不是另一个医生，他将带领人们获得健康的牛群，为中国的母亲和婴儿提供牛奶，他将向邵武农民展示如何使他们的土地变得肥沃，如何种植更好、更丰富的作物，以缓解日益严重的贫困和营养不良。调查团同意布利斯（福益华）博士的意见，谨慎的艾尔委员会同意了这个使命。已经批准任命这样一名农业工人。几个月后，他被发现了，他现在在中国学习他未来领域的语言，以便他可以准备好领导中国人民进行物质发展，这将成为更普遍的精神发展的基础。"而这个农业专家，正是查尔斯·里格斯，中文名叫林查理。

在福益华的积极倡导下，合作社顺利成立，并买下了位于故县旁的麻风山。这片山林占地几百亩，福益华刚到邵武不久时，为隔离麻风病人曾将此地设为隔离带，所以地价相对较低。合作社在这里种下

了第一批杉木林。邵武"八山一水一分田"，耕地稀少，粮食生产相对受限，但山林资源丰富，尤其是未经开垦的荒山众多，发展林业潜力巨大。1917年，农林技师林查理携眷来到邵武，在南门外白渚桥边创办了邵武基督教农林试验场。

农林试验活动需要大量土地，美部会于是开始大量购买下南寮一带的土地，当然，契约依旧是以永租的形式呈现。下南寮，在美部会永租之前，主要用于停放灵柩，这一点与汉美中学最早永租的黄茅墩如出一辙。按邵武当地风俗，汉人死后不能马上入土，需风水先生选好墓地和下葬日子，棺木又不能久放家中。所以，城东的停尸在黄茅墩，城南的放在下南寮，城西的则在登高山的西南山坳。

邵武基督教农林试验场迅速在这一带买断了大片土地，用于种树和改良水稻品种。现保存在福建师范大学历史系资料室的这些土地契约有45份，基本都是1917年前后签订的。同时，邵武基督教教会还在下南寮购买了不少土地，用于盖牛栏和种植牧草，现存契约有8份。

下南寮位于城南，临近富屯溪的支流古山溪，有数片荒洲地，历史上曾是竹林。龚姓家人将靠近城郊芹田肖家厂村的一块荒地断卖给美部会，而美部会在毗连该地之处也有一片竹林，购买这片荒洲地的目的是扩大竹林种植面积，开发沿溪荒洲地。从荒洲往上，原本有成片的松木林，然而清咸丰年间太平军的破坏以及人口减少，使得松木林疏于管理，沦为荒山。尤姓兄弟俩尤加保、尤加发将祖上遗留下来的荒山（地名猪头山）连同山上零星的松树，一并卖给美部会。相邻石结岭的山主高星陪，看到尤姓兄弟的荒山卖了好价钱，也托人找到美部会，将祖宗遗留的山场断卖。美部会购买后，在几无林木的荒山自行种植，而带有林木的山场则被用于蓄林。

美部会还在下南寮买断了不少皮骨田。皮骨田这个汉语词汇，其中"皮"指羊皮，代表皮肤；"骨"指羊骨，代表骨架；"田"代表土地。在此语境中，皮肤相当于土地，骨架相当于农具，只有两者结合，才能耕种出肥沃土地，进而收获丰收成果。民国初年，邵武人口逐渐减少，美部会创办农林试验场时，人口已从清同治年间的25万下降到17万左右，许多良田无人耕种，造成抛荒。下南寮一带的葛学卿、吴春生等，因急需银钱应用，将两姓祖上遗留的皮骨荒田（毗连一大片，坐落南郊肖家厂沈家山边）断卖给美部会。从购买皮骨田的契文"任凭买者开垦，永远收租管业"大体可知，美部会购置民田，主要是招佃耕作，既可以收租营利，又能以提高产量为名，让佃户栽种各地稻种，以便选取优良籽粒，试验场可谓名副其实。

在福医生的大力支持下，林查理的农林试验场发展迅猛。随着东关遵道街人口快速增加，传教站将东关的部分牛栏搬到下南寮。如此一来，牛粪可以就近肥田，古山溪水源丰富，把牛栏盖在溪边，便于清洗，能保持牛栏卫生。林查理到邵武时年仅25岁，他是美国纽约斯考第亚人，毕业于俄亥俄州立大学农学专业，由公理会派到中国，来邵武前在南京学习了1年中文。他携新婚妻子将家安在下南寮，住在简单平房的农舍里。

在邵武期间，林查理与福益华紧密合作，开展了一系列育种、灌溉、改进农业工具的实验。林查理详细记录邵武高秆水稻品种的特征特性，如株高、生育期、稻穗形状等，并在不同地点种植这些品种，观察其在不同气候、土壤条件下的生长表现和适应性；他还研究不同栽培技术对水稻生长及育种效果的影响，调整种植密度、施肥量和施肥时间等，观察它们对水稻品种特征和产量的作用。

1917 年，福益华从美国休假归来，还带回了 5 只瑞士山羊、12只来亨鸡。他目睹二十都土法造纸的脆弱，希望养不起奶牛的山民能饲养优良品种的山羊，毕竟二十都一带的高山草场是饲养山羊的理想场所。福益华看到邵武的犁是木犁或包铁的木犁，犁田效果很差。他从美国订购了"里约翰·迪利牌钢犁"寄到邵武，这是当时世界上最畅销的、不沾泥土的钢犁，被叫作"自清钢犁"，可以解决农田犁地时每犁几步就要擦掉黏土、效率极低又非常累人的问题。福益华在自家不远处的农田进行展示，让东关的农民大开眼界。这把钢犁在下南寮的农林试验场水田里大显身手，大大提高了犁田速度。

1924 年，林查理在鹿口溪（俗称白渚溪）农业试验场（现良种场）的下南寮试验安装了 1 台 2000 瓦的手摇式发电机，该发电机利用原有的水碓加以适当变速，再用皮带来带动，所发之电仅供水碓、农业试验所及林查理自家照明使用。下南寮水力发电的试验成功，标志着邵武第一座小型水力发电站胜利建成。

翌年，林查理准备在邵武兴建一座较大的福山窠下水力发电站，以供邵武城关照明用电。然而，适逢邵武汉美中学掀起反对洋人侵略的学潮，兴建较大型水力发电站的资金不足，福山窠下水力发电站计划落空。

1 年后，福益华在农林试验场股东的基础上，组织实业内利公司，发动教友投资，得 500 股，计 1000 银圆。邵武传教站方面投资1500 银圆，共计 2500 银圆。购建水滩 3 座，租 1 座，又租水田 70余亩。同时，以 800 银圆工程费在福山巢下建拦河水坝，拟用于灌溉、发电、照明、碾米、锯木、制粮。1 年后，工程告竣。不料古山溪暴发了几十年一遇的山洪，仅 3 小时便将新建的拦河坝冲毁，内利公司因资金告罄而停业。

农林试验场创办的初衷是为了发展教会实业，助力传教事业开展，但客观上对邵武当地农林业的发展产生了积极影响。它优化了农业产业结构，一方面促进粮食品种的改良，在一定程度上有利于粮食产量的提高；另一方面充分利用荒山、荒洲、荒田，变荒为宝，使邵武的自然条件凸显出独特优势。虽然试验场 1932 年后停办，然而对南门外一带的开发，仍然为后来农林业发展奠定了良好基础。

1932 年，福益华离开邵武时，林查理接受南京金陵大学邀请，前往开设农具及农艺、农机及动力等有关农业工程课程，并创办农业工程系。三年后，在农艺学系任教。1937 年金陵大学西迁成都，林查理与史迈士、贝德士等人组成留守委员会留校看守。同年秋天，侵华日军向南京进犯之际，林查理留在南京，与众多中外人士共同发起成立安全区。1937 年，林查理担任南京安全区国际委员会住房委员会副主任，在中国抗战至暗的时刻——1937 年 12 月 13 日南京城被日军攻破，南京大屠杀的人间地狱景象降临之时，林查理和其他美国传教士却挺身而出，依托南京积累半个世纪的教会大学机构，建立南京安全区和难民营，以无畏的勇气，献身般地守护了 20 多万南京的难民。林查理主要负责难民住房的安排。同时，他还与其他几位西方人士每晚住在金陵女子文理学院，保护妇女儿童的安全，并阻止侵华日军暴行，定期向大使馆报告日军暴行。

林查理返回美国，3 个月后来到成都的金陵大学，继续执教，并帮助军队制造织布机；1944 年，担任"中国农业机械公司"顾问。1945 年，回到美国，加入联合国善后救济总署的"农场—商店"项目；1946 年，在联合国善后救济总署位于上海的工厂工作，同时在金陵大学执教。1948 年，林查理专门回到邵武，站在下南寮这块他曾经工作生活十几年的土地上感慨万分，古山溪水依旧清澈，下南寮一带的田种的是他当年培育的良种，山上他种的果树已经果实累累，不少农人还认得他。他将这些感受写在明信片上，寄往美国。这封明信片辗转多处，如今在福州集邮协会保存。

北门圣教医院

在传教士的庞大群体中，有这样一群特殊的存在——"医学传教士"。他们以医学为手段，传播着福音，堪称传教士里的技术精英。在当时西方人的认知里，这是一份光荣且崇高的职业。自伯驾这位毕业于耶鲁大学医学院的美国首位来华医疗传教士开启先河后，医生便成为宣教队伍中备受尊敬的成员。1905 年，在华西方传教士多达3445 人，其中医生就有 301 位，男医生 207 位，女医生 94 位。彼时，各大传教会积极投身医疗事业，开办了 166 所医院和 241 间药房。这些医疗机构成效显著，经治住院病人达 35301 名，门诊病人更是高达1044948 名。这种"间接传教"的方式，客观上推动了中国近代医学和大学教育的发展。以上海为例，早期的仁济医院、公济医院、广慈医院（瑞金医院）以及圣约翰大学、沪江大学、震旦大学（复旦大学）等，均由教会创办。

时光回溯到 1878 年，惠亨通医生在邵武孤老巷旁边传教站修建的第一所房子里开设了一间诊室。1882 年，东关小学的福音堂建成，这里依旧设有一间诊室，医疗场所与福音堂混用，条件极为简陋，严重制约了医务传道工作的开展。于是，美部会决定在邵武设立医院，福益华来到邵武后，成功将这一设想变为现实。

1898 年，福益华一手创建的东关圣教医院建成，不仅能够看病，还能为个别病人提供住院治疗服务。1904 年，汉美中学大楼竣工，在乐德女子中学建设的同时，福益华再次筹集资金扩建东关医院，以满足不断增加的病人的诊疗和住院需求。

1908 年的中国使团工作报告中，详细记载了邵武东关医院的情况："布利斯（福益华）医生报告了医院车间的诸多改进，旨在为病人提供更适宜的外科护理。门诊量已突破 11000 人次，远超以往。大多数住院病人来自 20 到 100 多英里外的地区；他们每次取药时需支付 2 到 4 分钱，不过富人支付的金额更多。另外 2 名医科学生完成了为期 4 年的培训，期望能前往 75 英里和 100 英里以外的城市工作。如此一来，福音信息将从邵武传播到此前未曾触及的地区，且成功的希望很大。"

报告中还提及邵武女子医院的工作："路西·比曼（宓蕴玉）医生自返回邵武后，服务期异常繁忙。她平均每天接待 80 到 85 个病人；已走访 25 个村庄，距离从 29 到 100 英里不等；拜访了几百个家庭，其中包括高级官员的妻子。"同时，报告提到 1908 年福益华回国休假时："邵武的男子医院并未因布利斯（福益华）博士的离开而关闭，部分工作由医院助理承担。两个实习生在布利斯博士的指导下接受培训，在他离开期间坚守岗位。"福益华回国期间，医院由他的第一位学生姚时雍负责，另一位学生冯金祺保障医院的正常运转。

民国初年，北门的女子医院诊疗任务日益繁重。据耶鲁大学图书馆资料记载："据说接触到的人数比以往任何一年都多。妇女们从远方赶来接受治疗，有些人在这里停留四五天，甚至几个星期，足以见对劳动者的品质和传播福音的力量留下深刻印象，治疗次数已超过 13000 次。邵武医院和药房（指东关医院）在审查年度内虽未提交具体报告，但治疗次数超过 16000 次。"

福州传教总站的报告中写道："邵武传教士在福州逗留期间，医院和药房持续开放，由住院学生负责管理。由于他们培训时间较短，仅能处理较小的病例。过去一年里，中国这一地区的两大灾难——疟疾和痢疾，远没有前几年严重。传教士们试图在夏秋两季做更多工作，以降低因喂养不当导致的婴儿死亡率。"

到了 1914 年，邵武传教站的两所医院，即东关医院和北门的女子医院，一年的诊疗人数接近 4 万人次。这一数字让福州总站乃至中国使团都为之振奋。然而，位于乐德女子中学对面的女子医院自建成后一直未改造，急需扩建。福州传教总站遂向美国波士顿总部的传教委员会申请，在邵武女子医院的位置新建一所综合医院。

1915年春节后，邵武圣教医院在北门功德街8号破土动工。福益华作为邵武传教站的元老，同时也是东关医院的院长，理所当然地负责圣教医院的设计和施工。美国总部下拨经费25000元，医院所用土地是女子医院早已永租的土地，这为福益华实现理想中的医院提供了较为充裕的资金。

福益华精心设计了五栋楼房。主楼坐南朝北，为三层结构，底层还有一层高度不到二米的地下室，采用木栏杆窗户结构；顶层设有一个小阁楼。主楼兼具诊楼和病房功能，楼下一层是诊室，楼上是病房，有两大间普通病房和16间特别病房，分设内科和外科，配备50张病床。

主楼施工时，有着男人般性格的宓蕴玉医生坚守在医院地基施工现场。美部会资料记载："因为她不想让墙壁倒塌。她手下大多是没有技能的泥瓦匠，所以她成了实际的管理者，亲自下到7英尺深的壕沟里，检查石头是否牢固。地基由重约5000磅的硬头和中间的小石头构成。这本不是女人该做的工作。"主楼旁边的2栋小楼分别是藏药室和看护宿舍；主楼对面，现在邵武人民武装部院子里，有2栋小楼（仅存1栋），为西式两层建筑，是当时的院长楼和医师住宅。

1922年初，圣教医院竣工，结算费用24500余元。圣教医院规模宏大，设备先进，堪称当时闽北之首，每日就诊人数达数百人以上，就诊范围广泛，"邵武医院之辖境，横直五百余里"。医院隔壁是乐德女子中学，由于设有住院部但护士短缺，便招收了部分乐德女中毕业生学习护理工作。原来女子医院的医生，包括宓蕴玉院长全部转到圣教医院工作。

1923年，在建宁县行医深得民心的健利华医师（英文名约瑟芬·肯尼迪）被调到邵武圣教医院负责妇科及接生工作。健利华医师离开建宁时，建宁民众极力挽留，专门写信给福州美部会总部，这封信如今保存在华中师范大学图书馆，信中恳切写道："贵教素来抱博爱立人的宗旨，牺牲服务的主义和救人救民的精神，所以普天之下，山涯海角，处处得听福音，个个得露恩泽。有人说到基督化，乃是促进社会的文明，增益人民的幸福，这几句话没有一个不赞成的。敝邑处于闽省上游的一壁角上，人烟也稠密，风俗很淳朴，可惜好长久都没有医馆，一般的人士，凡患有痼疾残疾的，都没有得到一个好的医生尽心医治，故误死于病的很多。本年春季，忽蒙贵教派来了一位健医生，在建宁的期间，虽然不过 4 个月，但是有患病的人，凡经他手医治的，那么没有不痊愈的。敝邑的人民正在互相额手欢呼，以为嗣后凡有患病的，都可以保全无恙啦。现刻忽闻，健医生有调换的问题。敝邑官绅商学各界特意开了一个挽留健医师的会，现在再写信请贵总董司，恳留专住建宁，使敝邑人民能够享受回春的幸福，不胜祷盼恳切。至若医士想买哪一块的地基，我们会竭力代为购买。我等因桑梓的关系，凡要帮忙的地方。没有不答应的，素闻贵教报度世救人的目的，当人谅解我们挽留的苦衷，那我建宁人民受福无穷了，仅此。"落款是建宁县绅商学界合邑代表丁德厚、李维祺、廖德三。

圣教医院起初由宓蕴玉负责。1924 年宓蕴玉调走后，医院一度没有院长。1926 年，周以德（英文名沃尔特·H.贾德）抵达邵武，担任圣教医院院长。

圣教医院正式运营后，面临护士短缺的问题，于是从乐德女子中学招收了部分女生学习护理工作。同时开办了医师班，几十位学生从这里毕业，成为闽北和江西抚州地区的第一批西医，其中不乏学有所成者，邵武洪墩路下村人俞克家便是典型代表。1909 年，俞克家就读于邵武汉美书院，1916 年开始专攻医学，先是跟随福益华医生学习，后在邵武圣教医院医学班实习，前后长达 8 年半。1923 年，他以优异成绩毕业。修完医学专业后，经母舅冯金祺介绍，俞克家在中国红十字总会江西黎川医院担任医师。1929 年，信奉基督教的俞克家应洋口中华基督教会牧师官志静邀请，前往洋口公善医院担任医师。在洋口，俞克家行医大半生，潜心钻研处理难产技术，积极推广西方医疗的新技术、新药品，在诊断、治疗、给药方式等方面均有重大突破，尤其在新法处理难产、较复杂的外科手术、消炎药和盘尼西林的使用、静脉或肌肉注射等领域，为洋口西医西药的发展做出了卓越贡献。

点亮山城的电力传奇

在邵武的历史长河中，有一个闪耀的节点，那便是电力的引入。1920 年，姚时雍与姚时叙兄弟俩，在当时最为繁华的闹市区——东关中山路，创办了青精房电灯厂。这一举动，宛如一道划破夜空的闪电，开启了邵武的电力新纪元。

姚家兄弟祖籍福州，皆是福州格致中学的毕业生。在求学的岁月里，每当夜幕降临，格致中学那通明的电灯，便成为他们记忆中难以磨灭的一幕。与和约瑟、福益华、多察理等美国友人的频繁交往，让他们得以接触到西方前沿的科学知识与理念。身为商人，他们凭借着敏锐的市场洞察力，有着比寻常商人更具前瞻性的眼光。1920 年初，在福益华家中温暖的壁炉前，姚时雍向福益华袒露了创办电灯厂的想法。福益华听后，深感这是一项造福于民的大好事，还提议若要兴办，首选之地便是东关。彼时的东关，市场前景广阔，极具潜力。

相较于福益华 1893 年初到邵武时的光景，此时的东关已然发生了翻天覆地的变化。街道两侧商铺林立，行人摩肩接踵，热闹非凡。在此经商的店家，大多往返于邵武与福州之间，见过福州的繁华，对电灯自然心生向往。他们想着，若发电厂建成，一定要给自己的商铺装上电灯，如此一来，晚上亲戚朋友或客户到访，脸上也有光彩。

元宵刚过，青精房电灯厂便紧锣密鼓地开始施工。厂址选定在进贤街中段，原是用于储存盐的仓库，隔壁便是福州会馆，对面则是如今的灯芯绒厂。

姚家兄弟毅然投资 2000 银圆，福益华则写信给福州的亚美洋行，从上海购得美国进口的装机容量为 5 千瓦的发电设备。设备先经海运抵达福州，再沿着富屯溪运至邵武。机组的安装工作，也由亚美洋行从上海聘请专业人员负责。这台 5 千瓦的发电机，依靠煤油机带动齿轮来发电。所产生的电力，先充入二三十在蓄电池中储存起来（以电瓶上硫酸球浮起作为充满电的标志）。通常白天发电充电，夜晚再以 110 伏直流电对外供电。平日里供电至晚上 12 点，节日期间则通宵供电。1921 年正月，发电厂顺利建成发电，共安装电灯 200 盏，每盏灯的功率在 5 至 25 支光之间，每月收费 3 角大洋。供电范围涵盖从东门外城门口至孤老巷（现向阳巷）的这片商业闹市区，主要供电对象是经营百货、连纸、京果、木材、香菇、笋干等生意的店铺，以及极少数居民。

青精房电灯厂，作为福建省山区内陆县的第一个电灯厂，具有非凡的意义。在它之后，福建各地的电力事业也逐渐蓬勃发展起来：1922 年，古田县的钟春芸、陈培植、蓝宝田等人集资，在旧城六保龟山建成闽东地区第一座水电站，装机容量达 30 千瓦；1925 年冬，驻上杭县的福建省陆军第三师第五旅旅长曹万顺倡导创办"上杭福耀电灯公司"，1926 年 5 月 1 日，该公司正式向城区 100 多户供电；1927 年 11 月，仙游的黄碧青筹集资金 10000 元，从上海德国禅臣洋行订购 100 匹马力的柴油机和 80 千伏安交流发电机，并运回组装调试，1929 年 11 月 1 日，仙游电灯有限公司举行了隆重的开光典礼，开启了仙游地区用电的新纪元。

青精房电灯厂供电后，传教站率先用上了电灯，和约瑟、福益华等美国人的家中也纷纷开户。东门外的街道上，电灯璀璨，不用燃油，也不惧风雨。城区的男女老少，纷纷在夜晚赶来围观这稀罕玩意儿，他们心想，这神话中的仙界恐怕也没有如此奇妙的东西吧！

进贤街上的商铺，以往除了饭铺和旅社，太阳一下山便准备关门歇业。如今装上电灯后，不管是何种店铺，都不再急着关门，虽说声称是要做生意，实则更多是为了显摆。尤其是百货京果店，还真吸引了不少顾客进店购物。有身着长衫马褂的绅士，有穿着布衣的普通百姓，还有身着旗袍的女性。夜晚，带着女伴的男士们，花钱格外豪爽。店铺的招牌在灯光下若隐若现，有的是手写的毛笔字，有的则是简单的木板雕刻。昏黄的灯光从店铺的窗户或门口透出，照亮了街道的一部分，与周围未被完全照亮的黑暗形成鲜明对比，营造出一种朦胧而神秘的氛围。东关街，第一次有了夜市。

在福益华家中，电灯照亮了每一个角落，壁炉里的火焰温暖而明亮。贝丝和小爱德华兴奋地叫嚷着："现在我们家和奶奶家一样亮了！"梅则喜欢在夜幕降临后，弹奏着查尔斯送给她的结婚礼物——伊斯蒂脚踏风琴。如今，不用再借着闪烁的油灯，费力地看着五线谱，欢快的琴声仿佛能传得更远。福益华凝视着围廊窗台上的玻璃，玻璃里映出的是匀称的黄光，没有跳跃的灯火。眼前的这一切，是他刚到邵武时做梦都不敢想象的。那时，他独自一人在传教站的老宅里，点的是菜油灯。这种灯以菜籽油为燃料，用一个小碟子或小碗盛油，放入灯芯，灯光微弱，只能照亮一小块地方。后来用上了煤油的"罩子灯"，它由玻璃制成，有防风灯罩和调控灯芯亮度的旋钮。而教会礼拜日使用的则是汽灯，以煤油为燃料，需要打气使煤油喷射到特制纱罩上，纱罩发热达到白炽状态，才能发出明亮的白光。

不知不觉间，福益华已在邵武这片土地上度过了 30 年。他的妻子，美丽而知性，始终陪伴在他身旁；他的贝丝和小爱德华，也在这片土地上成长。初来邵武时，传教站仅有一个临时的福音堂，连诊所都没有。而如今，在他和美国同事们的不懈努力下，医院、学校、教堂、奶牛场、农林试验场等一应俱全。他的学生们在城区的各个街巷开起了西药店，在他的"宣道"影响下，城区成立了经济合作社，还出现了农林试验场这样的股份公司。尤为值得一提的是，他对牛瘟的研究取得了显著成效。1919 年，邵武境内再次暴发大面积牛瘟，他通过提取已注射牛瘟病毒的山羊身上的血清，或是病牛牛胆中的血清，给牛群逐一注射，取得了意想不到的良好效果。如今，不仅东关医院和圣教医院有专门对外供应的牛奶，西门、南门也有了本地养奶牛的人在售卖牛奶。他默默祈祷，希望邵武民众的生活能越来越好。

看到姚家兄弟的发电厂如此受欢迎，这几年在自家靠街西药铺赚了钱的冯金祺也心动了，萌生了创办电灯厂的想法。1921年6月，冯金祺在城内钟楼下（原贯前街）也就是现五四路中段来安药房附近，兴办了第二个电灯厂——合则美电灯厂。该厂装机容量8千瓦，发电机组同样从福州亚美洋行购买，并由其派员安装，也是用煤油机带动，使用60对蓄电池，以110伏直流供电。同年底，该厂建成发电，共安装电灯300余盏，每盏灯的功率在5至40支光之间，每月收费3角大洋，主要供应城内民商照明使用。供电时间一般为晚上6点至12点，节日期间则通宵供电。

合则美电灯厂建成后，百姓们已不再像当初那般惊奇。然而，周边的人对电灯的称呼却五花八门，有人叫它"串灯"，还有人叫它"鬼灯"。一些胆大的年轻人甚至跑进发电机房，好奇地四处乱摸，厂方担心发生事故，赶忙加以制止。这些年轻人竟趁人不备，进厂砸坏设备、剪断电线，导致刚建成发电不久的发电机组一度受损停用，后来经过修复才继续发电。

1926年，林查理农业试验场在白渚桥附近筑坝，利用溪水发电。北伐军抵达邵武时，林查理有事前往南京金陵大学。汉美中学的几位老师，将林查理农业试验场的2千瓦发电机抬到位于紫云桥旁边的江西会馆，利用手摇发电来放映无声电影。那些电影片，是几位教师从福州租来的。

1922 年邵武的美国来客

1922 年，圣教医院竣工前夕，邵武传教站迎来了它的高光时刻，一时间人气爆棚。在耶鲁大学图书馆里，珍藏着一份记录 20 世纪 20 年代初邵武传教站人员信息的珍贵资料。将其与邵武档案馆收存的残缺资料相互比对，当时传教站人员及其负责工作便清晰呈现。

和约瑟是最早踏上邵武这片土地的人，负责福音工作和图书室管理。此时的他，已年近八旬。就在前一年，为庆祝和约瑟 80 寿辰，同时纪念他来邵武创办教会，中国教徒纷纷募捐，在南门外建成了纪念和公福音堂。这座教堂气势恢宏，可容纳 600 人同时礼拜，并任命黄铎为该堂牧师。

1893 年，福益华医学博士来到这里，肩负起医院、男性医疗工作以及牛瘟研究的重任。1902 年，贝敏智来到邵武，在汉美男校任教。

1899 年，宓蕴玉医学博士和宓蕴德小姐来到邵武。宓蕴玉负责北门的女性医疗工作和福音工作，宓蕴德则担任女子学校校长，也就是乐德女中的校长，同时兼任幼儿园老师，还从事福音工作。1901 年，和珠琍小姐来到邵武，负责女子圣经学校和幼儿园，这所圣经学校以她母亲的名字"和雅致"命名，她也参与福音工作。

1904 年，多察理牧师来到邵武，担任汉美男校校长，同时负责福音工作。1917 年，玛丽·斯托尔夫人也抵达邵武，投身于妇女工作。

1908 年，方恩惠小姐来到邵武，成为女子寄宿学校、女子圣经学校的老师。同年，乐益文牧师也来到这里，负责行政和福音工作，他的妻子是阿丽丝·若普斯。

1916 年，林查理先生来到邵武，担任农业工作主任，同时负责南门福音工作。他的妻子格蕾丝·F. 里格斯负责南门的女性工作。康乐尔（英文名罗伯特·麦克卢尔）牧师，负责福音工作，同时担任任务秘书、商务代理和财务主管。明播德（英文名利昂娜·I. 伯尔）小姐，在乐德女子学校和幼儿园任教。健利华医学博士，负责女子学校的语言学习和圣经医院医疗工作。

此时，乐益文牧师和爱丽丝·凯洛格夫人正在休假。自从上一份完整报告以来，多察理先生和夫人，福益华博士和夫人，贝门特博士、贝门特小姐和芬克小姐休假归来，继续投入工作。乐益文夫妇刚刚开始休假，麦克卢尔夫妇将于 1923 年休假。1919 年，利昂娜·伯尔小姐被任命为传教士。1920 年，两名新传教士加入，约瑟芬·肯尼迪博士负责妇女医疗工作，路易斯·梅布尔德小姐负责教育工作。

此时的邵武传教站，已今非昔比，不再是福州传教站的驻外机构，而是成为一个能够对诸多事务自主决策的独立机构。邵武传教站不仅在东关建立了总堂，还在周边地区设立了建宁、泰宁、光泽、顺昌洋口、将乐等地的分堂。

1895 年，和约瑟在与江西交界的大丰村留宿一夜后，前往邵武西南八九十英里处的建宁。当时的建宁，是邵武府最为偏远之地，还从未有外国人涉足。清朝末年的 1899 年，和约瑟带着华人牧师黄道真再次前往建宁传教，建宁县基督教会由此成立。他们起初在北门外下坊街借民房作为教友做礼拜的场所。随着信教人数逐渐增多，原地址显得局促，于是派来了牧师康乐尔，教师方师姑、明师姑，医师健医生等人。他们一方面传教吸纳信徒，另一方面鉴于建宁县当时文化落后的状况，筹办了学校。在下坊街，也就是后来的航运管理处，建造了 1 栋两层木楼房，作为礼拜堂和华美小学的校址，由康乐尔担任华美小学校长。又在北门外购置 1 栋民房，作为高德女子学校和附设的西门诊所，方恩惠担任高德女子学校校长。1923 年，下坊街的楼房不幸失火被焚毁。驻堂牧师康乐尔向邵武总堂申请拨款，在城内新街购置 1 栋民房，作为华美小学的临时校舍。同时，在左侧，也就是现在县医院住院部的位置购得大片房屋基地，新建礼拜堂、华美小学校舍以及教会牧师传道士宿舍和 1 栋两层楼房。此外，在西门原江西会馆隔壁，也就是现在建宁一中旧址，建造了 1 栋两层楼房，后来又在里心设立分堂，全县信教人数达到 200 余人。

和约瑟前往泰宁城的时间更早，起初租了 1 间民房作为"福音堂"，后来永租了岭上街斜岭 2 亩空宅基地，建成教堂。这座教堂面积约 154 平方米，由李景堂负责管理，发展了张长旭、邓传琪等 30 余名教徒。

1899 年，和约瑟再次前往光泽，在北路（寨里）程家边设立了基督教分堂。1906 年，光泽基督教在县城外杭头街（后为江西汽车站）设立福音堂，然而不久后因火灾被毁，便迁至城内惠济坊高美杰信徒家中。当时城关、程家边、跳虎等地的基督教徒有 100 余人。此时的光泽基督教虽有福音堂，但并无常驻牧师。牧师和传教士仅在每个星期日或圣诞节、复活节时，由邵武基督教会总会派牧师前来主持圣日崇拜，结束后便返回邵武。先后派往光泽的牧师有季恢绪、黄铎、廖元道、张肇奎等人。

福益华每隔一段时间，都会跟随前往光泽的牧师一同前去行医，同时检查从东关医院进药到光泽西药店的零售价格。福益华的学生不仅在光泽开设药店，在江西黎川，还有他的学生谢树卿开办的灵光医院。谢树卿是邵武将石人，曾就读于汉美中学，成绩优异，尤其喜爱研习世界地图，对国际形势有着独到见解，因而被福益华看中，并被引导学习西医。经过 10 年的潜心学习，谢树卿医术日益精湛，找他看病的人越来越多。民国初期，和平基督教堂建立，需要 1 位医生坐诊，福益华便派遣得意门生谢树卿到和平街上开设医馆。在和平行医的 10 余年里，他医治过的患者不计其数。后来，谢树卿前往邻近的黎川县城开设医院，取名灵光医院，他也是最早将西医引入黎川县的医生之一。由于西医疗效显著，谢树卿一度被黎川人称为"扁鹊再生"。

邵武传教站下属的分堂面临诸多具体问题，都需要邵武传教站做出决策。福益华作为在邵武服务长达30年的医生，对邵武站的整体情况以及民众状况了如指掌，他在会议中提出的看法和务实措施，对其他人产生了深远影响。

随着人员不断增加，住房需求也日益紧迫。林查理初到邵武时居住的平房，在一次洪水中被冲毁，急需建造1栋坚固的房屋。其他刚到邵武的教师和医师，都带着妻子、孩子一同前来，也需要新建宿舍。凭借着商人的眼光和出色的监工能力，福益华如同以往负责工程建设一样，被大家一致推举为采购代理和施工总监。此时的他，已快57岁。

1922年6月初，一场流感袭击了身体本就十分虚弱的和约瑟。20天后，他在为当地人服务的第50个年头，永远地离开了人世。和约瑟的女儿和珠琍遵照父亲的遗言，将他安葬在乌石坪教堂对面圆墩山教堂前不到百米的地方。他选择在邵武最高的撒网山麓乌石坪长眠，在这里，他可以俯瞰这50年来自己走过的每一处山山水水；穿过云层，似乎还能望见大西洋彼岸的老家；耳畔，仿佛还能响起乌石的孩子们亲切地呼喊他"白胡子老爷爷"。

和约瑟的离去，只给传教站带来了短暂的悲伤。新来邵武的年轻力量，很快便让这里恢复了生机，大家又全身心地投入工作中。传教站的年轻人创办了自己的刊物《布告栏》，还修建了2个网球场，一个位于东关，也就是现在四中的操场；另一个在二十都，现在乌石坪白云庙的位置。他们在位于东关的永生堂印制了邵武传教站的明信片，上面印有东关浮桥、富屯溪上扬帆的船只、邵武女校等精美图片。他们还印制了专门宣传传教站的信笺，信纸抬头罗列着一连串统计数字，宣称他们已建立33所教堂、60个常规布道点、2所医院、1个农业试验站、1所神学培训学校、2所共有193名学生的寄宿学校，还有36所小学，共有780名学生，全部工作人员包括15名外国传教士、125名本地工作人员，覆盖面积相当于马萨诸塞州。这些明信片辗转各地后，有不少被福州集邮爱好者收藏。

史上最大的洪水

1922 年，当传教站的年轻人们正忙于宣扬他们的工作成果时，富屯溪突然暴怒，一时间，浊浪排空，将整个传教工作无情打断。这是一场前所未有的特大洪水，尽管邵武人对富屯溪每年夏季的洪水早已习以为常，但这次的滔天洪灾，让绝大多数人此后对山洪都心生敬畏。

据咸丰邵武县志记载，1609 年，邵武富屯溪曾暴发大水，城区水深 3 尺，无数百姓被洪水吞噬。而 1922 年 8 月 14 日（农历六月二十二），邵武遭遇了有记载以来最为凶猛的洪水。

富屯溪发源于邵武境内的桂林巫山和光泽司前，东关段常年水位在海拔 180 米。这一年 8 月，受季风气候影响，暖湿气流极为活跃，水汽大量汇聚，形成了强降水天气。邵武与光泽地处武夷山南麓，地势险峻，陡峭的地形使得降雨后水流迅速汇聚，短时间内便形成了巨大的洪流。山区植被覆盖率虽高，但在高强度降雨之下，土壤的饱和导水率有限，无法及时吸纳和渗透大量雨水，地表径流迅猛增加。富屯溪作为闽江的重要支流，水系发达，支流众多，各支流同时涌入大量水流，致使干流的水量急剧攀升，远远超出了河道的容纳与排泄能力，最终引发了这场百年一遇的特大洪水。

洪水如猛兽般袭来，富屯溪沿岸的房屋连同屋内的居民，瞬间被卷入滔滔洪流之中。西城墙以及靠近富屯溪的北城墙，在洪水的猛烈冲击下千疮百孔。临河的房屋土墙率先倒塌，城区内那些历经岁月的土墙，在洪水的浸泡下，从下部开始凹陷坍塌。黑暗中，巨大墙块砸入水面的声响，令人毛骨悚然。在回水处，平日里看似笨拙的猪，此时拼命划动四腿，努力挣扎求生。原先的街道已然成了一片泽国，许多人撑着木筏，载着家人和贵重物品，朝着城西的高处艰难划去。眼前所见，唯有残垣断壁，一片狼藉。

遵道街积水达一人之高，洪水刚没过膝盖时，敖西拉便带着几个工人赶忙转移牛群，他们朝着不远处的何姑庵驱赶奶牛。途中，有2头牛不慎掉队。敖西拉赶忙让其他人先将牛群往高处牵引，自己则在将近一人深的水中，紧紧拉住牛的尾巴，奋力往岸边拖。敖西拉自幼在溪边长大，水性极佳，深谙踩水之法。经过1个时辰的不懈努力，终于将掉队的2头牛成功拖到了高处。

位于功德街的乐德女子学校和圣教医院，因地势较高，除了地下室进水外，其他地方并未遭受损失。然而，东关教堂却被洪水淹没了1米多高，教堂内的桌椅全都浸泡在洪水中。受灾最为严重的当属东关医院。

彼时正值盛夏，传教站的人们正在玉石坪避暑度夏。听闻邵武半个城被洪水淹没的噩耗，福益华和多察理、乐益文以及几位新来的男士心急如焚，急忙从山上匆匆赶回。

福益华站在被洪水洗劫后的进贤街上看去，满目疮痍，到处都是倒塌的房屋。他和多察理居住的二层小楼，由于有地下室，洪水恰好淹到一楼的台阶。冯金祺临近西关溪的房子倒了大半，友凤和几位年轻人正在清理倒塌的屋梁。福益华赶到东关圣教医院，只见冯金祺和几位学生正在清理淤泥，医院所有的窗户、门框和门板都已不见踪影。冯金祺看到福益华满脸悲戚，深知师傅心中的痛楚，毕竟这里倾注了福益华无数的心血。他缓缓走到福益华身边，轻声说道："药品和器械都抢救出来了，已经搬到您家的二楼。"福益华眼眶瞬间湿润，他朝着冯金祺家的方向望去。

富屯溪的水位回落得很快，不远处的码头已然露出全貌。整个东关就像是从泥水里冒出来的街市，上半身已经干涸，下半身却还湿漉漉的。福益华对几位学生说："你们继续清理吧！金祺，你跟我回家拿药箱。"

两人首先前往孤老巷，那里还住着十几位孤寡老人。一番查看后，所幸洪水退得快，老人们也十分机智，纷纷爬到灶台上或其他高处，躲过了这场劫难。福益华没有在东关洪灾现场过多停留，而是径直前往已迁至原府衙的县府，找到了知事。知事见基督教邵武站的医学博士福医生前来，赶忙将他迎入大堂。福医生神色郑重地向知事提出两条建议："务必抓紧清理洪水留下的垃圾，组织人员将死鸭、死鸡挖坑深埋；安排专人进行消毒工作。"在回东关的路上，福益华走访了几家较大的西药店，仔细询问了药品和消毒药水的储备情况。快到吊桥时，福医生叮嘱冯金祺，第二天若出太阳，等地面干了以后，就发动住户在东关进贤街用硫黄或生石灰消毒。

知事对福医生的建议全盘采纳，警察局全员出动，督促居民清理垃圾、掩埋死畜。回民行动最为迅速，在他们的带动下，其他居民也纷纷加入。一个星期过去了，邵武城区奇迹般地没有出现洪水过后常见的大疫灾难。东关的百姓对福医生的善举感恩戴德，在东关医院修复工程中，出现许多义工。

不到两个月，医院便恢复了门诊，奶制品也开始正常供应。据上王塘水文资料，此次洪水流量每秒 8480 立方米。有资料记载，水位达到 195.04 米，比 1998 年 "6·22" 特大洪水水位还高出 0.8 米。洪水无情地淹没了青精房电灯厂的发电机组，设备损坏严重。由于电灯厂资本有限，收费困难且开销过大，再耗资修复损坏的机组已无可能，于是，青精房电灯厂不得不宣告关闭，该厂的部分发电设备被亚美洋行收回。

邵武自来水厂

翻开咸丰邵武县志，上面清晰记载着："城中之井四十有七。府署之井九，县署之井一，四隅之井三十有七。"这 37 口民间水井，大多分布在城西和城南。而北门、东门及东门外的百姓，主要饮用富屯溪水。

1922 年，邵武遭遇春旱，雨水比往年少了许多。一直到端午，都未曾有大的水灾。马上立秋，天气依旧酷热难耐，好在满城的樟树郁郁葱葱，人们待在树下，还能感受到些许清凉。福医生所住小楼旁边的几棵樟树，已经长得比楼房还高，巨大的树冠从清晨就开始为小楼遮挡炽热的阳光。福医生刚从乌石坪回到城里，有诸多事务亟待他处理。和约瑟走后，整个传教站就只剩他这一个"老人"了，不知不觉，这已是他来到邵武的第二十九个年头。

张牧师也与他一同归来。张牧师的外孙玉珊、玉衍刚从汉美高小毕业，缠着外公要他带着去建宁。张垂绅在那里也待了几年，是基督教在建宁最早的华人牧师之一。据说建宁那里十里荷花，美不胜收。

立秋那天，福益华坐在自家的走廊窗台边，西关溪从房子西侧潺潺流过，可那水却散发着一股臭味。傍晚，落日在登高山留下一抹绚丽的余晖，福益华走出家门。城里实在是酷热难挨，相比之下，乌石坪可要清凉得多。若是还在山上，此时他应该正和梅，还有茹丝、小爱德华在教堂旁的坪子上。小爱德华才 10 岁，和山里的孩子玩得十分融洽，常常兴奋地沿着山脊跑到古庙，然后又跑回来。

福益华沿着遵道街走了几十米，冯金祺的家就在路的右手边，那座二层小楼十分惹眼。冯金祺正好在家门口乘凉，看见福医生来了，连忙起身，拱手说道："老师，您从乌石坪回来了！"福益华应道：

"教会有点事，得回城来办。"冯金祺把福益华迎进院子，大厅里，玉珊和玉衍两个半大小伙子正缠着外公张垂绅牧师，软磨硬泡还想去福州玩。见福医生进来，两人红着脸退下了。女主人张友凤泡了自家做的茉莉花茶端出来，福益华喝了一口，又细细咪了一小口，说道："这水，好像有点味道？"张牧师回答道："没错，这是从河里打来的水，最近干旱太久了，码头的米船都停运了。"福益华又想起了午觉后起床时在家里闻到的西关溪的臭味。

在东关，人们都去富屯溪挑水吃。清晨，太阳还未从宝塔山露头，河边就挤满了挑水的男人。有步履蹒跚的老人，有健步如飞的中年男子，还有艰难地把木桶放进河里，吃力起身的半大男孩。每家都有一个硕大的水缸，烧制得格外结实。这水缸不高，但很宽大，能装下好多挑水。比较富足的人家，通常会雇人挑水。城里水井众多，每个街口都有口老井，可挑水工大多住在东关。这里的进贤街、遵道街和上河街、城边巷、小台上、孤老巷等街巷，只有 2 口出水不多的水井。东关的商家和大户人家，便是这些挑水工的衣食父母。

福益华在邵武待了 30 年，对这里的民情了如指掌。他是这一带最早的西医，又是美国耶鲁大学的医学博士生，深知不洁净的水给民众带来的危害。和张牧师一样，他对此深感忧虑。福益华对张牧师说："你可以考虑一下，用合作社的办法，让大家出钱从福山把水引来。"从东关福音堂后面往南，过古山溪就是福山。福山里有个山窟，窟里的泉水清澈透亮，甘甜可口。把这股泉水引过来能让沿街的商家和周边百姓都用上山泉水。一旁的女婿冯金祺连忙插话："师傅这主意好。"张牧师也点头表示赞同。

自从福益华找到将患病死亡的牛胆里提取的血清稀释后注射到牛身上预防牛瘟的办法后，奶牛场的状况大为改观。周边光泽、资溪、泰宁、顺昌的有钱教徒，陆续从邵武订购了不少奶牛。这仿佛给福益华打了一剂强心针。东关人都说福医生像被打了鸡血，看起来更年轻了，一点都不像快 60 的人。他的邵武话说得十分流利，不再像刚到邵武时那般腼腆。一说起除私人事务以外的事情，就如同民国初年邵武街头的革命党，极具煽动力。一有聚会，他就念叨合作社的事。周边荒山众多，可以合作起来种树、种水果、办药房……他的话语，仿佛打开了一扇扇窗户，窗外展现出远在重洋之外的美国波士顿那些新奇的公司、股份制等事物。他所说的这些，仿佛带着一种魔力。好友张牧师、李云程，学生姚时雍、冯金祺、何杰，甚至邵武的知事（民国初的县长），都喜欢聚在福益华家里，听他高谈阔论。尤其是在湿冷的冬天，福先生家一楼起居室的壁炉总是烧得暖烘烘的。大家高朋满座，说着当时最为时髦的"普通话"。说话的人语速很慢，其他人则竖起耳朵，十句里大概能听懂六七句。交流虽有些困难，但常常会有意外的收获。

张垂绅牧师看着福益华医生，心中不禁感慨。从福医生 28 岁来到邵武，他就看着这位留着长胡子、有着一头棕色头发的年轻医生骑着骡子四处给人看病。福医生和自己的女婿冯金祺年纪相仿，如今却像英文版小说里的西班牙斗牛士，蓄着山羊胡子，脸上坑坑洼洼。他不太在意自己的外表，可一到诊室，一进入奶牛场，那全神贯注的样子。他关心病人和他的奶牛，现在又关心起办合作社。

8 月 14 日，邵武遭遇了几百年不遇的特大洪灾。城里许多水井都被淤泥掩埋，许多人家吃水成了大难题。张牧师和李云程、李正叶成立了一个自来水合作社，开始着手引水项目的建设。他们雇人在福山山窟修筑了一条水坝（现在城丰水库的旧址），用毛竹将山泉水引入东门、小东门一带的住户家中。每户每月收费 150 文，费用并不高，商家和住户都觉得十分方便。

供水系统竣工了，几百根毛竹连接在一起，将数里外福山下的清泉引入了东关。这里没有水龙头，只有木栓。从竹筒上拔出木栓，就会流出一股清澈、甘甜的山泉水。《邵武四十年》里记载道："通水的那天，石先生（姚时雍）用自家刚买的一台德尔科牌的发电机，在东关福音堂里放映电影。虽然只是一盘胶带，由麦克·赛内特主演，影片中他扛着一只装满东西的大筐子，从楼梯上稀里哗啦地滚下来。电影主人公的表演虽有些拙劣，但十分有趣。这是邵武人第一次喝到了自来水，第一次看到了电影，对所有挤进福音堂的人们来说，那是一个打开美好视界的夜晚。"而放映使用的银幕，是福益华妻子贝敏智的一条雪白床单，是小爱德华从家里拿来的。

福益华和小爱德华

中国"事工"

在邵武这片土地上，远道而来的美国人，为了工作与生活的便利，大多会寻觅当地的助手与工人。而这些邵武人，在为美国人提供服务的过程中，展现出了令人称赞的良好素养与高尚品德。

最早踏上邵武土地的和约瑟，起初找来的教友助手是回族年轻人范恒光。那时的范恒光，大约19岁，性格安静又带着几分羞怯。他能得到这份工作，是他父亲为了获取一笔钱，托人争取来的。在传教士家庭中，早晨与中国助手一同用汉语做祷告是普遍的习惯，圣经课程采用"读一圈"的方式，只要能参与的人都会一起诵读。在和约瑟的影响下，范恒光尽管还未接受洗礼，但对待抄写教义的工作却格外认真。和约瑟做礼拜时，他会提前布置好场地，引导人们有序进入教堂。

惠亨通医生在邵武期间，也陆续带过几位助手。范恒光由于此前在和约瑟手下工作，与惠亨通医生颇为熟悉。后来，在他自己的请求下，他成为惠医生的助手。

柯为良医生独自一人来到邵武，没有携带家眷，于是在当地找了一个仆人，帮忙做饭和料理家务。这个仆人勤快又善良，美部会的资料中曾记载："这位仆人极为尽职，柯医生对他也很好，他得到的报酬比大多数传教士家庭中的仆人都要多。当柯医生去世时，他流下了真诚的泪水。"

福益华医生来到邵武后，也请了一位名叫有勤的年轻人帮忙。有勤腼腆且心思细腻。后来福益华与贝敏智结婚回到邵武，在有勤的强烈要求下，如同大男孩般的有勤继续留在福医生家中料理家务。贝敏智还教会了他使用缝纫机，这让有勤掌握了一项新技能。

　　福益华在邵武度过了漫长的40年，先后教导了几十位学生。在他年老之时，常常回忆起他的那些学生："向这些年轻人传授治疗疾病的方法，是我这一生中做过的最有意义的事情之一。他们都聪明伶俐、能力出众。"他多次提及，训练中国学生成为"赤脚医生"下乡服务，是他最为乐意去做的工作之一。这些学生在他的教导下，带着所学知识，深入乡村，为那些需要帮助的人们带去了希望与健康。福益华的奶牛场能够越办越好，很大程度上得益于雇用了一些病情好转但仍需继续治疗的外地人。他们出于内心的感激，总是将喂养奶牛的工作做得尽善尽美，每一个细节都处理得恰到好处，为奶牛场的发展贡献了自己的力量。

　　在汉美中学，有一些年龄稍大、成绩优异但家庭经济困难的学生。为了帮助他们解决继续学习的难题，学校会安排他们前往在邵武的美国人家中帮忙。他们协助整理资料，照顾年幼的孩子，从而获得一些生活补贴。这些学生都十分珍惜这样难得的机会，他们付出的努力与汗水，远远超过了所获得的报酬。宓蕴德、宓蕴玉姐妹将邵武的这些事工视为难得的"奢侈品"，因为这些学生的付出，不仅为他们自己的学业带来了希望，也为在邵武的美国人的生活增添了温暖与便利。

　　在华中师范大学图书馆，珍藏着宓蕴德师姑在1925年撰写的一篇文稿。文稿中描述道："奢侈，被认为是一种满足，或是一种发展，又或是一种喜悦。而我们学校的厨师，便是这样一种奢侈。我们有一个近百人的大家庭，要让所有人都永远快乐，保持和谐，这对我来说，说容易也容易，说难也难。厨师的工作繁多，我们学校的厨师要与80名学生打交道，在学生们眼中，她就像一位心理学家。在她服务女子学校的17年里，她深深感染着身边的每一个女孩，让大家开阔了眼界，因为她有着独特的魅力。那些初来学校时笨拙的乡村女孩，后来也受到她的影响，变得不一样了。厨师看着她们骄傲地拿着文凭离开学校，心中满是欣慰。

"以每月每人 1 美元的价格，提供美味、营养又可口的食物，需要精心规划。我问厨师：'你能做到吗？'每个人都回答：'她能做到。'还有人补充说，她懂得节省木材，总能确保有充足的温水供80 个人使用，而且她做的饭菜总是准时。也有人说，她能够巧妙搭配食材，让不同口味的孩子都感到满足，而且食物总是美味可口。没错，她做的每一道菜都令人称赞。"

"她在我最困难的时候给予了我帮助。当我开始长途旅行时，她会帮忙与船家讨价还价，并准备好一切所需物品。我不是遭遇过 200 名土匪的袭击吗？是的！但她迅速回到船舱，拿起切肉刀，我们则手持竹竿，最终把土匪从我们的船上赶跑了。"

这段文字，生动地展现了这位厨师的勤劳、智慧与勇敢，也从侧面反映了邵武人与在邵美国人之间的情谊。

南北军"拉锯战"

1922 年 8 月 14 日，一场特大洪水如猛兽般席卷邵武城，所到之处一片狼藉。常言道：祸不单行。洪灾的伤痛还未抚平，人祸便接踵而至。

同年 8 月底，粤军第二军许崇智率部 3 万余人，从江西抵达邵武。福益华清楚，这是倡导民主共和的孙中山部队，邵武人习惯称他们为南军。多察理对政治较为热心，他提醒众人，这是中国两个政府之间的战争，一方是广东革命政府，另一方是北京北洋军阀政府。由于双方都在争取美国和欧洲的贷款，所以都不会轻易冒犯在中国境内的西方人。

这场战事的挑起者是直系军阀吴佩孚。1922 年，吴佩孚击败段祺瑞和张作霖后，大权在握，不可一世，打起"武力统一"的旗号，妄图依靠英美的支持，凭借自身优势兵力，吞并其他派系。他一方面积极备战，准备挥师关外；另一方面将势力伸向南方，勾结陈炯明反对孙中山，还指挥孙传芳、沈鸿英、杨森等攻打福建、广东和湖南，致使南北战事再度爆发。

然而，自诩"政治通"的多察理也未曾料到，这场南北战争一打就是 6 年，且战场竟在邵武这样偏远的地方反复拉锯。邵武的士绅们同样始料未及，这片宁静的土地即将陷入长达数年的战火纷争。在那个没有跨省公路、交通极为不便的年代，南北双方长期在湖南、四川等地以及江西、福建的边沿地带展开攻防作战，反复争夺。邵武地处闽赣边沿，自然而然地成为南北战争的一个主要战场。

南北战争的爆发，让福益华原本雄心勃勃的合作社计划遭受重创。原本美部会有意在资金上支持他的荒山种植项目，如今也只能无奈搁浅。那些热心合作社的十几位士绅大户，纷纷将准备投资的银圆紧紧拽在手中，不敢轻易出手。

南军许崇智部进入邵武后，留下部分兵力驻守闽北各地，主力则向福州方向挥师前进。驻守邵武的是何麓崑部。何麓崑原本是清朝闽北巡防统领徐镜清的手下，后随徐起义投身辛亥革命。当时邵武府参将杨启珊退职解甲归田，徐镜清派兵一营驻防邵武县，营长依次为赖金胜、周非丰、何麓崑等。1922 年，许崇智率 3 万大军由江西经建宁抵达邵武后，何麓崑营长因引导粤军部队顺利到达建瓯有功，被擢升为团长。

由于南兵进驻福建，吴佩孚调河南兵（北军）援闽军的第十一师由黎川经光泽杉关攻打邵武。1922 年 10 月初，北军与驻邵武城的南军何麓崑部激烈交火，何部不敌，败退建阳。援闽军第十一师常得胜的二弟常锡荣旅随后进入邵武城。他们一进城便原形毕露，洗劫了位于城区的"合则美苏广绸缎店"，还放任手下四处抢劫、奸淫妇女、拉夫摊物，整个邵武城顿时乌烟瘴气，民众商户叫苦不迭，生活陷入了水深火热之中。

11 月 11 日，南军许崇智部第一支队司令许济、团长刘贵标由建阳方向攻打东门外的石岐山，双方激战一天，北军常锡荣部大败。败逃的北军一路烧杀抢掠，向光泽方向溃逃，退守杉关。战场上遗留的尸体由临时设立的兵站输送局负责殓埋。至此，南军重新控制邵武，何麓崑营回城驻防。

1923 年 4 月，北洋军五省联军总司令孙传芳派近畿陆军第十二师周荫人部，号称 3 万人，由江西南城经光泽进入邵武城区。旅长张俊峰驻扎邵武城，并占据了省立六中学校。

南北大军你来我往，部队行进路线多沿着富屯溪岸边徒步前行。万人之众，辎重繁多，而道路曲折，每逢雨天更是泥泞不堪，还有多处渡口阻隔，且渡口船只稀少。部队的运输补给和后勤保障，全靠地方筹措。县知事宁云汉不敢出面，只得令商会办理给养事务。邵武商会成立于1912年，第一任会长是朱书田。辛亥革命后，为发展地方商业，沟通商民与政府间的联系，政府规定地方可设立商会组织。商会属于民众团体，主要职责是团结商人，维护商人利益。邵武商会的核心成员大多是福益华倡导成立的合作社组织成员。

当时负责办理军务的商会会长是邵武地界的两位能人，起初是江西丰城人黄锦章，他是瑞昌布店的大老板，在邵武有众多拜把兄弟。之后是邵武人邓畿，他是本地人富户集资的合则美商店股东之一，还是前清秀才。民国初年，福建谘议局成立，邓畿被选为省议员，还曾在将乐担任过一任县长，回邵武后担任邵郡中学校长，是地方有名望的士绅。然而，由商会办理军需事务，实在是勉为其难。由于军队人数众多，商会根本无法支应，两任会长只好躲避他处，藏而不见。这导致过境军队四处抓夫，青壮农民一旦被抓充夫役，夜间睡眠都被绳索捆绑，严密监视，还要遭受呵责打骂，受尽凌辱。累死者往往被弃尸沟壑，幸存者辗转千里，落得破衣百结，只能乞讨返乡。而且常有父子兄弟同被抓充夫役的情况，弄得许多家庭家破人亡，听闻者无不寒心。此后，只要一闻军队过境，沿途农民便携家带小，逃往深山密林躲避。军队路过乡村时，仿佛进入无人之境。由于找不到人，蔬菜有钱也买不到，士兵便自行到农民菜地任意采摘；柴薪用尽，就劈门窗板壁当柴烧。大军所过之处，田园荒芜，庐舍成墟，一片衰败景象。

宁云汉见此情形，急忙离职，县政无人负责，大家推举福成春布店老板邵武人吴藻代理。2个月后，粤军第一支队击溃常师后，派湖南人游寿愚接任邵武县知事。但数月后，他又随军队离去。福益华将这一切看在眼里，深知长此以往不是办法。他与合作社的邵武知名人士商量后，建议县知事刘映筹建兵站输送局，专门应付兵差。宁化人刘映知事采纳了合作社的建议，推选本地人苏霖为局长，主要负责招募民夫，分站递送。兵站成立后，与邻境光泽、建阳、顺昌、泰宁等县沟通协调，商请划界交接。每遇兵差，都派专人随军护送到交接地界，由邻县夫役接替后，再负责将邵武民夫全部领回，所耗经费由殷商富户承担。兵站运转后，普通百姓总算松了一口气。仅1923年、1924年，为应付境内南北两军过境，邵武县兵站就花费白银17万两。

南北两方部队在几次争夺邵武城池时，伤亡惨重，死亡者均由兵站局负责敛埋，受伤的军人则被送往圣教医院和东关医院。这么多伤兵中，有许多需要进行内脏手术。福益华作为在邵武行医30年的医学博士，却从未动过内脏器官的手术，这是出于传教的考量。基督教刚进入内地时，其他教派为抵制基督教，称他们是魔鬼，白皮肤、黄头发、蓝眼睛便是证据，还编造说"这些西方来的魔鬼专门开膛破肚，吃人的心肝肺"。因此，在偏远内地的美国医生，若无特殊情况，不允许做内科手术，以免授人以柄。

外科手术需要体力和敏捷的手法，从建宁调到邵武圣教医院的健利华医生担任主刀。健利华医生在建宁已经处理过多起外科手术，这位年轻女医生有着男人般的勇气和坚毅。尽管几个月前她还因为给一个士兵动手术感染上链球菌，差点丢了性命，但面对这么多急需急救的伤兵，她依然坚守在手术台上。福益华已快60岁，宓蕴玉也年过半百，他们则帮忙清理创伤、消毒上药、包扎固定，做简单手术和静脉推液。

1924年下半年，战事转移到江西腹地。连续1年的高强度救护工作严重损耗了宓蕴玉的身体，福州总站将她调离邵武，健利华医生也回国休假。整个邵武传教站只剩下福益华一个医生，要负责方圆100万平民的西医医疗，还要兼顾伤兵术后护理指导，福益华几乎陷入绝望。就在这时，他得知一名年轻的内布拉斯加外科医生周以德，将被派来与他一起工作。1925年，周以德在南京大学学习中文的那一年，福益华在邵武独自承担了所有的医疗任务。

周以德到邵武后，讲述了自己路上的经历。土匪出身的卢兴邦被广东革命政府委任为驻闽第一师师长后,把持了闽江的 3 条支流(汀江、建溪和富屯溪)设立关卡。他和同伴牧恩波及夫人没有从福州沿着闽江北上,而是走了福益华和乐益文运送种牛从上海回邵武的路线。路过抚州时,听说南昌城正在鏖战,南军正在攻城,沿途都是伤兵,他经常被人拦下处理伤口。周以德刚刚毕业,掌握着最新的知识,学院的老师是从刚刚结束的欧洲战场回来的,所以他对处理战伤和一般手术很有信心。他和福益华两人配合默契,周以德负责处理所有需要手术的病人,福益华负责门诊和一般病人的处理,同时继续进行牛瘟的研究。来邵武后,周以德和福益华住在一起。由于战乱,贝敏智和两个孩子都前往福州烟台山传教站。周以德和福益华同进同出,关系俨如父子。

1926 年,大规模的战事再次爆发。7 月,国民革命军总司令部在广东誓师北伐,部队开拔韶关,再次由赣闽北上。消息在报纸登出后,邵武城区的进步人士吴慕唐(樵川中学校长)、黄农(建宁凤麟中学教员)、李钰(县教育局局长)、章甫(樵川中学教员)、朱若瑟(省立第六中学英文教员)、李家驹(县立第三国民学校校长)、朱舜杨(原县立第四国民学校校长),在东门外朱舜杨家秘密会商,筹备迎接北伐军入境事宜。

9 月间,中秋节后的几天,国民革命军第二军谭延闿部第六师师长戴岳率队从江西进入邵武。当时北军田德昌营分驻邵、光、建、泰四县,在邵武只有营本部和 1 个连,连长为顾凤林。当北伐军由江西黎川杉关挺进福建时,光泽的北军首先退至邵武,没过一两天,建宁、泰宁等县北军也撤退至邵武。田德昌将部队全部集结后,即离开邵武向建阳方向退却,所以北伐军进入邵武时未发生战斗。

虽然没有发生战事,但入城的北伐军带来了一批伤员。负责护送伤员的军官看到圣教医院的病房里躺满了北洋军的伤兵,顿时大为恼火,甚至要枪毙这些北军伤兵。福益华见状,立刻与这位军官据理力争。军官恼羞成怒，用手枪瞄准福益华的脑袋，双方僵持了几十秒。最终，北伐军的军官接受了福益华的意见，同意让在医院的北军伤兵继续留在医院治疗，但要求必须给他们带来的伤兵腾出床位。周以德也险些被北伐军枪毙，好在一旁有他治疗过的邵武病人，不顾一切地站出来为他做证，其他居民也纷纷帮忙证实周以德是治病救人的医生，这才将他从枪口下解救出来。

年底，第六师戴岳部队开赴浙江北上，国民革命军第十四军军长赖世璜、党代表熊式辉（兼第一师师长）率部从江西开抵邵武。北伐军推行"联俄、联共、扶助农工"的三大政策，高呼反对帝国主义的口号，所以对基督教、天主教并未另眼相看。乐益文因为外出到各个教堂巡视，他的住处被北伐军的军官占用。民国初期，县设立知事，北伐军占领的地方，均设县长制，建立县政府。邵武人朱曦被推举为县长。

1927年初，北伐军突破北军防线，实行外线作战，从而结束了南北之间的长期对峙局面。在南北两军在邵武拉锯战期间，军队扰民滋事不断，城乡几无净土。唯有功德街、东关教堂一带和天主教会在城墙东南处的总堂安然无恙，两军都不敢贸然闯入。兵荒马乱的混战时期，性格外向的女医生宓蕴玉叫人在北门大街口至宝严寺大巷口，竖起旗杆，挂起美国星条旗，并钉上木牌，上面写有"内系基督教区，不许军队入内"的字样，以收容教徒进入避难。当时邵武天主教会也发给教友圣母像一纸挂于厅堂，还写有"本宅系教民住宅，不许驻兵"的字条一张贴于门口，以此可免被驻兵骚扰。

1922年冬，北洋军援闽军十一师（常得胜师）由江西临川、黎川进驻邵武，所率部队加上民夫近5000人，在城厢挨家挨户驻扎。当时邵武城区西至体育场，东至小东门，北在樵溪门，南为天主教堂，城区常住人口不到一万，却一下挤进5000人，大街小巷到处都是闲逛的士兵。常得胜部军纪极差，士兵扰民之事频发，一日数闻，民众受尽蹂躏。向其长官控诉,却从不作任何处理。常得胜是回族人,当时北洋军阀吴佩孚正极力拉拢外国大使,谋求军火贷款。不久该师印发写有"回民住宅""天主教教民住宅""基督教教民住宅"等招贴,散发给回民、天主教徒、基督教徒,让他们贴于大门,禁止士兵进内骚扰滋事。

邵武自太平天国运动后,一直未曾遭受战乱的骚扰,民众生活虽艰苦,但也算平静。但从1922年下半年开始到1927年,南北战争在境内来来回回数十次,乡村的田园生活被完全破坏。城里商户派款不断,居民不时遭受过境军队的勒索;军队路过的集镇村庄被洗劫一空,县域内人心惶惶,动荡不安,民众生活每况愈下,人口急剧减少。据1938年搬迁到邵武办学的福建协和大学调查:邵武1920年有18万人,1931年仅剩10万人。这场长达数年的南北军"拉锯战",给邵武这片土地留下了难以磨灭的伤痛,也成为邵武历史上一段沉重的记忆。

仲泉医院

　　1921 年 6 月，冯金祺一手创办的合则美发电厂，为城区南关带来了光明。然而，命运的齿轮却在次年 10 月发生了残酷的转折。北洋兵常得胜部踏入邵武，所到之处一片狼藉，合则美发电厂的设备惨遭破坏。负责供应煤油的合则美商行也未能幸免，被洗劫一空，发电机组的煤油来源就此中断。在重重困境之下，合则美电灯厂被迫关闭，成为时代动荡的牺牲品。1924 年冬，损坏的发电设备被顺昌洋口电灯公司买走，经过一番修复后，安装在了洋口镇基督教堂附近，仿佛在诉说着往昔的辉煌与无奈。

　　合则美发电厂与合则美商行，皆是福益华倡导成立的合作社投资项目，而冯金祺作为这两个项目的大股东，在面对发电厂设备被卖的局面时，内心满是不甘与思索。他深知，在这兵荒马乱的年代，唯有找到新的立足之本，才能继续前行。

　　回溯 1922 年 8 月，一场特大洪水如猛兽般肆虐邵武。冯金祺原本位于吊桥旁的房子，因地势低洼，又是土墙结构，在洪水的冲击下轰然倒塌。洪水退去后，冯金祺在地势较高的遵道街中段购置了块地，盖起了栋两层楼的新房。房子后面的院子十分宽敞，种满了各式各样的花卉，为这个历经磨难的家庭带来了一丝生机与温馨。福益华的妻子贝敏智，时常来到后院与冯金祺的妻子张友凤聊天，福益华本人更是这里的常客，他们在这里分享着生活的喜怒哀乐，也见证着彼此的成长与变迁。

　　第二年农历四月初六，既是冯金祺的生日，也是他与张友凤的结婚纪念日。冯金祺在家中备下丰盛的酒菜，邀请福益华和贝敏智一家前来做客。小爱德华那时已经 11 岁，和冯家老四玉琳同在汉美学校一个班读书。得知要去冯伯伯家吃饭，小爱德华兴奋不已，一路上不停地催促着爸妈快点。这一年，是冯金祺和张友凤成亲的 23 年，他们共育有 10 个孩子，5 男 5 女。在东关一带，邻里们无不羡慕冯金祺的福气，都说观音娘娘给他送来了"五龙五凤"，这一家的欢声笑语，在那个动荡的年代里，显得格外珍贵。

席间，冯金祺向老师福益华请教投资项目的事情。他坦言，发电设备已卖给洋口人，手中有些现钱，正打算寻找新的投资方向。福益华思索片刻后说道："你跟我已经 20 多年了，早就是一名出色的医师了。跨行不如做本行，我建议你开办一家自己的医院。"冯金祺听后，心中既激动又忐忑，不禁问道："福医生，我行吗？"福益华微笑着鼓励他："怎么不行？前几年我回国休假，不是把整个东关医院都交给你打理了吗？每年夏天我去乌石，不也是你在负责吗？你完全有能力做好这件事。"

在福益华的鼓励和帮助下，冯金祺下定决心，以自己的字仲泉命名，创办了邵武第一家由本地人开办的西医医院——仲泉医院。医院坐落于东门外遵道坊，也就是现中山路 149 号。仲泉医院的成立，标志着冯金祺开始自立门户，正式对外门诊。从此，这里成为守护百姓健康的一方阵地，承载着无数人的希望与信任。

1926 年，冯家老大冯玉珊、次子冯玉珩同时从汉美中学毕业。在福益华医生的引领下，他们踏入了医学的殿堂，开始在东关医院学医。彼时，他们的表哥俞克家已经从圣教医院办的医师班毕业，并在医院实习。俞克家经常来到东关医院，与 2 个表弟分享学习西医的心得与体会，他们在医学的道路上相互学习，共同成长。

1927 年，命运再次对冯金祺一家发起了残酷的挑战。冯金祺带着二儿子冯玉衍和朋友的儿子姚慈明，前往福州采办医院所需的医疗器械与药品。那时，福州到洋口已有小火轮运行，三人便在洋口登上了小火轮。然而，谁也未曾料到，小火轮在南平江面上触礁翻船。在生死攸关的时刻，冯金祺展现出了伟大的父爱与担当，他奋力将姚慈明和二儿子冯玉珩从船舱中救出，自己却不幸溺亡。这一噩耗如晴天霹雳，让整个家庭陷入了无尽的悲痛之中，仲泉医院也因此被迫停业。

时光荏苒，1930年，冯金祺的大儿子冯玉珊在福益华医生身边跟班学习四年后，终于成为一名西医全科医生。二儿子冯玉珩则专注于牙科学习，也成为一名牙科医生。仲泉医院在长子冯玉珊的努力下，得以继续经营。冯玉珊继承了父亲的遗志，将仲泉医院视为自己的使命，为患者们带去希望与温暖。

1932年10月，福益华最后一次离开邵武。在4天的航程中，他将自己多年摸索出的助产手法毫无保留地传授给了冯玉珊，并吩咐将放置在协和楼家中的一套医疗器械送给冯玉珊。这份深厚的师徒情谊，不仅是医术的传承，更是精神的延续。

抗日战争期间，邵武连续遭受了3次大范围的霍乱和鼠疫的侵袭。在这场与病魔的较量中，仲泉医院凭借西药见效快的特点，全力救治病人。李木根的母亲患鼠疫后，便是被冯玉珊用西药医好，家人对他感激涕零。面对那些没钱看病的穷人，仲泉医院始终秉持着医者仁心，免费为他们诊治。无论是白天还是黑夜，只要有患者需要，冯玉珊都会随叫随到，半夜出诊更是家常便饭。仲泉医院以门诊为主，同时也设有十几张住院床位，收治病情较重的病人。这里，成为百姓们在病痛中的避风港。

当时，中共福建省委转移至邵武二都大山村。几位女同志生产时，都是请冯玉珊到故县交通站接生。凭借着精湛的医术和高尚的医德，冯玉珊在周边县的产科领域小有名气。他用自己的双手，迎接了一个个新生命的诞生，为革命事业贡献了自己的力量。

1950年，冯玉珊做出了一个令人敬佩的决定。他将福益华赠送的医疗器械捐献给了新成立的建阳专署人民医院。同年，他被任命为建阳专署人民医院第一任院长。从仲泉医院到建阳专署人民医院，冯玉珊在医疗一线，践行着福医生的精神。

樵川中学

在历史的长河中，每一所学校都承载着无数人的梦想与回忆，樵川中学便是这样一个独特的存在。它诞生于 20 世纪 20 年代那个风云激荡的时代，在邵武的土地上，留下了了自己的那一笔。

20 世纪初，西方文化如潮水般涌入中国，许多西方传教士也踏上了这片古老的土地，在各地兴办学校，传播西方的教育理念和宗教思想。贝敏智，这位来自异国他乡的教师，于民国初期来到邵武，在男校教授英文。在他的课堂上，有一个来自铁罗乡的 14 岁男孩，他的命运因贝敏智而悄然改变。这个男孩名叫吴慕唐，他对音乐的热爱在贝敏智的悉心培养下被点燃。在贝敏智的鼓励与指导下，吴慕唐学会了弹奏几首简单的曲子，开启了他探索艺术世界的大门。后来，吴慕唐顺利从汉美中学毕业，迈出了他人生重要的一步。

时光荏苒，辛亥革命的浪潮席卷全国，中国大地发生了翻天覆地的变化。吴慕唐与汉美中学的同学范迎勒、邹汉屏、朱明等满怀热血，奔赴福州参加革命军，投身于这场伟大的革命洪流之中。在福州，吴慕唐加入了同盟会，立志为推翻封建帝制、建立民主共和的新中国贡献自己的力量。福州光复后，保定军官学校到福建招生，吴慕唐等邵武同乡积极应试，凭借着自身的努力和才华，他们都考入了保定军校的陆军小学。然而，由于吴慕唐个子矮小，最终被分配到卫生队。但这并没有阻挡他追求知识和进步的脚步，毕业后，他毅然选择勤工俭学前往法国，后又转至比利时鲁文大学医科深造，不断提升自己的学识和能力。

1919 年，五四运动爆发，这场伟大的爱国运动迅速蔓延至全国各地，甚至远在海外的留学生和华人也纷纷响应。正在国外的吴慕唐心系祖国，他怀着满腔的爱国热情，写信给省立六中的老师，详细介绍了国外留学生和华人配合五四运动开展的反抗斗争情况。这些信件如同一把火，点燃了邵武爱国学生运动的热情，激发了邵武青年学生的爱国情怀和民族自豪感。

1923 年 10 月，吴慕唐学成回国，回到了阔别已久的广州。此时的中国，正处于政治变革的关键时期，孙中山先生领导的国民党改组运动正如火如荼地进行。吴慕唐积极投身其中，参加了孙中山的国民党改组会，为推动中国的政治变革和社会进步贡献自己的智慧和力量。

与此同时，在邵武，汉美中学作为当地一所颇具影响力的学校，也在时代的浪潮中经历着变革。汉美中学由美国人多察理担任校长，在创办初期，它以传播基督教思想为主要目的，学校的礼拜活动是学生们日常生活的重要组成部分。然而，随着时代的发展和学生思想的觉醒，这种宗教色彩浓厚的教育模式逐渐引起了学生们的不满。吴慕唐在汉美中学就读期间，就对学校的礼拜活动十分反感，他不仅自己从不参加，还鼓动其他同学找各种理由逃避祷告。这种行为反映了当时一部分学生对传统宗教教育的抵制和对自由、平等思想的追求。

随着社会的变迁，汉美中学的校董会组成也发生了变化。许多在汉美或福州格致中学毕业的邵武名人，如姚时叙、黄铎（牧师）、朱柏、张国辉（当时北京政府外交部秘书）、官尚清（福建省立第三中学校长、南平教育局局长）、李钰、黄若柏（福建省省长公署顾问、曾任邵武县知事）等，成为校董会的成员。这些人大多接受了先进的教育理念，他们意识到学校的管理应该与时俱进，根据学生的需求进行调整。福益华作为校董之一，也多次劝说多察理，学校管理应像教堂一样，逐步以华人牧师为主，更加贴近中国学生的实际情况。然而，多察理却固执地坚持自己的理念，对这些建议充耳不闻。

1923 年起，北军的张俊峰混成旅进驻邵武城，给当地的教育事业带来了极大的冲击。省立六中的校舍全被占用，学生们每日只能从后门进校，无法使用操场进行体育课，寄宿生也只能在附近民家借宿。学校的教学秩序被严重打乱，教学设备和图书仪器也遭到了不同程度的破坏。而汉美中学由于经费由福州传教总站支付，北洋军阀不敢也无法截取，学校校舍未被占用，教学经费也未被挪用，教学得以正常进行。这使得省立六中的不少学生纷纷转到汉美中学，导致汉美中学的学生人数急剧增加，教室也变得不够用了。1924年，汉美中学在东关松树林、宁家墩和学校西边永租了四块空地、菜园，盖了化学室和体育室，以满足教学的需要。

　　然而，多察理并没有因为学校的暂时稳定而改变自己的管理方式。他在汉美中学坚持实行学生非常反感的规定：每逢星期日，本校师生必须到教堂做礼拜祷告，受聘的中国教员也必须受其约束，不得例外。即使星期日有其他活动事项，也须先做礼拜后，才可去参加。这种霸道的行为严重限制了学生的自由，引起了学生们的强烈不满，长期的积怨终于在1925年引发了汉美中学学潮。在这次学潮中，一部分学生毅然退出汉美中学，表达了他们对学校不合理规定的抗议。

　　吴慕唐恰好于此时回到家乡邵武。他应当时邵武知名人士黄农、李钰、章甫等人的邀请，协助另组樵川中学，并被公推为校长。福益华一直关注着吴慕唐的发展，得知他卷入这场学潮后，便找他进行了一番交谈。这次谈话让福益华深受触动，他从吴慕唐身上感受到了一种强大的中国力量。尽管吴慕唐没有接受他提出的让学生回汉美的方案，但福益华意识到，从基督教学校培养出来的学生，许多已经和基督思想背道而驰，民族主义的理念在他们心中占据了主导地位。

　　樵川中学创校初始，面临着诸多困难。由于经济来源有限，学校一切从简。校舍设于功德街赞化宫，然而，北军占据邵武时，将赞化宫作为兵营，庙内早已空荡荡的，几乎没有任何可用的设施。但吴慕唐并没有被这些困难吓倒，他积极聘请留美学生姚慈爱等为教员，接收了学潮中退出汉美中学的七八十名学生，为这些学生提供了继续学习的机会。此外，吴慕唐还在校内举办民众夜校，学员多是工农子弟及商店学徒，他希望通过这种方式帮助他们扫盲，提升他们的文化水平，为社会培养更多有知识、有文化的人才。

为了给樵川中学筹集更多的办学资金，吴慕唐曾远出南洋各地，四处奔走劝募。在他的努力下，学校逐渐获得了一些支持，得以维持运转。在吴慕唐的领导下，樵川中学的多数师生思想进步，积极关注国家大事。北伐军还没有到邵武时，从广东寄来的宣传革命的多本小册子就在校内广泛流传，激发了学生们的爱国热情和革命精神。

1926 年，邵武城区发生了一系列爱国行动，其中抵制日货运动尤为引人注目。樵川中学学生会积极发起抵制日货运动，在县内进行广泛宣传，劝告各商店，原存有日本货的，卖完为止，再不许重新贩卖，并要求各商号自行检查，登记存货数量。同时，他们还规定，如若继续贩卖，一经发现，即予烧毁。然而，奸商们唯利是图，对学生们的劝告置若罔闻，仍继续大量贩卖日货。几个月后，樵川中学以学生会出面，进行了一次突击进店检查，将搜出来的日货放在东门大街当众烧毁。这一行动极大地激发了民众的爱国热情，但也引起了奸商们的强烈不满。他们决意报复，经过一夜的准备，收买了一批流氓、打手，连同商店人员近千人，第二天到樵川中学威胁学生赔偿损失。当时，大部分学生分散到各处宣传、发动群众，留在学校的仅 20 人。他们见奸商领来大批人马，只得暂避至对面操场的围墙内（隔壁即嵩山寺，是当时教育局驻地），将大门紧闭。学生雷夏因避走不及，被流氓当场抓走。这些人先至佛仙楼搜查，一无所获后，便集中在操场墙外，大叫大骂，要求学生赔偿损失。学生们不予理会，他们便用砖头、瓦片向内投掷，学生们也毫不畏惧，以此为武器，向墙外回敬，双方形成了对峙局面。驻军田德昌营长闻讯后，立即带了 1 个连士兵、2 挺机枪赶到现场。他厉声制止了奸商和流氓的行为，告诉他们这是学生的爱国行动，不得无礼，如果继续行凶，当即开枪，格杀勿论。在强大的军事威慑下，商民、流氓才被迫退走。随后，驻军又责令商会会长程正太、坐办杨远卿，将雷夏同学披红放回，这场风波才得以平息。

1926 年北伐军第二军第六师及第十四军由赣经邵往浙，各部政工人员都曾到校参观。其中十四军政治部就驻在樵川中学，军党代表熊式辉、团营党代表杨立、谷易园、彭加迈等都与学生见过面。北伐军给学生们宣传革命知识，使学生们的思想进步得更快。在这一时期，邵武城区发生的抵制日货、纪念"五九"国耻等示威游行的爱国行动中，樵川中学的师生始终站在前列，发挥了重要的作用。

然而，由于经费紧张，1927 年，樵川中学不得不停办。这对于邵武的教育事业来说，无疑是一个巨大的损失。一部分学生在学校停办后参加了北伐军，继续为实现国家的独立和民族的解放而奋斗；另一部分学生则归并邵中插班就学，寻找新的学习机会。吴慕唐在经历了这些风风雨雨后，经过黄农的介绍，参加了农工民主党，继续在政治舞台上为国家和民族的命运而努力。

而汉美中学在 1925 年的学潮后，也不得不进行反思和改革。学校的董事会重新修订了学校章程，在学校设立了孔圣人纪诞、植树节、端阳节、国耻纪念日等中国传统的内容，试图使学校的教育更加贴近中国的国情和文化传统。然而，学潮对学校的影响是深远的，学潮前，学校有学生 1160 人，学潮后，学生人数一直没有再超过这个数字。1928 年后，南京政府公布了一系列关于私立学校的条例和规程，明确规定外国人及宗教团体设立的学校均属私立学校，必须经教育行政机关立案，受教育行政机关的监督及指导。私立学校如系外国人所设立，其校长或院长须以中国人充任；如系宗教团体所设立，不得以宗教科目为必修科，亦不得在课内作宗教宣传，学校内如有宗教仪式，不得强迫或劝诱学生参加，在小学不得举行宗教仪式。这些规定标志着中国教会学校的历史进入了一个新的阶段，教会学校不再是外国人管理的宣传外国教义的学校，教育成了学校的主要目的，传教只能在政府控制的教学计划所容许的范围内进行。1928 年，汉美中学校董会改聘林朝汉担任校长。然而，2 年后，汉美学校因为经费短缺，也不得不停办，结束了它在邵武教育史上的使命。

　　樵川中学虽然存在的时间不长，但它在邵武的教育史上留下了不可磨灭的印记。它是那个时代邵武青年学生追求自由、平等和进步的象征，也是邵武教育事业发展的一个重要里程碑。它的创立和发展，反映了当时中国社会的变革和进步，也为后来邵武教育事业的发展提供了宝贵的经验和启示。如今，当我们回顾这段历史时，依然能够感受到那个时代青年学生的热血和激情，以及他们为了国家和民族的未来所做出的努力和牺牲。

中华基督教闽北大会

1927 年 3 月，对于中国来说，是一个风云激荡的时期。北伐军一路势如破竹，成功攻占南京城，然而，英美军舰却悍然炮轰南京，一时间，硝烟弥漫，生灵涂炭，大量无辜百姓伤亡，无数家庭支离破碎，财产损失更是不计其数，国内局势因此变得极为动荡不安。尽管北洋军阀在列强的支持下负隅顽抗，但历史的车轮不可阻挡，历经数年的南北战争最终以北伐军的全面胜利落下帷幕。

1927 年 4 月 18 日，南京国民政府正式宣告成立。北伐军之所以能够取得如此辉煌的胜利，"联俄、联共、扶助农工"的政策功不可没，他们所喊出的"打倒军阀！打倒列强！"的口号，如同激昂的战歌，深深扎根于民众心中，得到了广大人民的热烈拥护和坚定支持。

随着北伐军胜利的步伐不断迈进，全国各地的反帝国主义情绪如熊熊烈火般高涨，这是自 1900 年"庚子事变"以来，又一次全国范围的排外运动。不过，与"庚子事变"中极端的暴力排外不同，这次排外运动没有出现大规模杀害外国人的情况。然而，民众长期以来对外国在华势力的不满情绪犹如决堤的洪水，集中爆发出来。在许多城市，针对外国人的示威活动此起彼伏，不少教会机构被民众视为帝国主义侵略的工具，传教士所在的教堂、教会学校等场所也面临着巨大的冲击风险，传教工作陷入了前所未有的困境。教会学校招生变得异常困难，往日热闹的教堂，如今礼拜人数锐减，冷冷清清。

面对如此紧张的局势，出于维护本国在华利益和侨民安全的考量，英美等国政府纷纷建议或要求本国传教士撤离中国。外国政府深知传教士一旦成为冲突的牺牲品，极有可能引发更为严重的外交事端。美国政府率先发布旅行警告，急切呼吁传教士离开中国。在这种情况下，许多传教士深感传教环境日益恶化，继续留驻中国已难以达成传教目的，无奈之下，只能选择撤离。据统计资料，这一时期大约有 7500 名传教士撤离中国。

宓蕴德，这位乐德女中的校长，也在其中。在美国政府发布旅行警告后，她和其他单身女性传教士不得不忍痛离开邵武。宓蕴德在邵武这片土地上已经辛勤耕耘了 30 年，从最初创办女校，到后来成功创办乐德女中，她的教育成就有目共睹，被基督教中国使团在给美国波士顿总部的报告中盛赞为"办教育的好手"。离开之际，她和同事们精心整理了多年来在邵武办教育所积累的信件、日记以及一些具有纪念意义的物品，又仔细地将书籍、教具等打包，随身带走。这也就解释了为什么在邵武的档案资料中，乐德女中的资料几乎难觅踪迹。

随着宓蕴德等人的离去，邵武传教站的人数急剧减少，只剩下福益华、多察理、乐益文夫妇以及周以德、牧恩波。然而，谁也没有料到，一件事情的发生，彻底改变了基督教在中国的命运。

1927 年 12 月 1 日，蒋介石与宋美龄在上海举行了盛大而隆重的婚礼。先在上海大华饭店举办了一场西式婚礼，场面奢华，宾客如云；随后又依照基督教仪式，在宋宅举行了一场较为私密的宗教婚礼。宋美龄出身基督教家庭，这早已是家喻户晓的事情。此次联姻，不仅对蒋介石的政治生涯产生了深远影响，也在当时的中国社会引起了轩然大波。出于对宋美龄的深厚感情，以及基督教在国内上层社会的巨大影响力，蒋介石开始频繁接触基督教，时常前往教堂，不久之后，便正式皈依了基督教。

正是在这样的社会环境下，基督教在中国迎来了转机，美部会在闽北也获得了难得的喘息之机。美国传教委员会对这次在中国领土上发生的排外运动进行了理性的思考和深刻的总结，他们认识到："非教运动，来势极猛，幸政府从中维持，且民众对教会渐加谅解，反教空气不久即归消灭。"各差会也纷纷调整传教的方针政策，尤其是意识到基督教各差会各自为政、力量分散的弊端后，加快了联合的步伐。

1928 年 9 月，基督教各差会齐聚一堂，召开了第一次正式的中华基督教全国大会，中华基督教总会在上海宣告成立。总会下设省联会和区会，形成了一套自上而下、层级分明的管理体系。中华基督教会成立后，最大的特点便是领导权的本土化。此前，在华教会的领导权大多掌握在西方传教士手中，中国信徒往往处于从属地位。而中华基督教会成立后，积极推动中国籍人士担任重要领导职务，先任会长、后任总干事的诚静怡提出的中国教会"不是一个外国教会"的观点，得到了中国信徒的普遍支持和广泛认同。

中华基督教会成立后，邵武教区顺势改组为闽北大会。经过选举，产生了 13 名执行委员会成员，初期设立了农业股、救济股、保管股，会址设在城关东门福音堂。执委会不仅管理着所属教会开办的医院、学校等其他附属机构，如邵武圣教医院、汉美中学、洋口公善医院、建宁中西缓安医院、泰宁华美小学等，还将其下划分为三大区会：邵光区会、建泰区会和洋顺将区会。

邵光区会下辖邵武县和光泽县的教会。邵武县有东门总堂、南门纪念堂以及古山、金坑、拿口、卫闽、水口寨、桥头、铁罗、屯上、界首、王塘、故县街、禾坪、二十都、洋圳坑，14 个分堂；光泽县有西门、程家边，2 个分堂。建泰区会下辖建宁县和泰宁县的教会。建宁县有北门、里心，2 个分堂；泰宁县有南北会、朱口、新桥、上肯、大田、宝石，6 个分堂。洋顺将区会下辖南平县、建瓯县、顺昌县和将乐县的教会。南平县有洋口、立墩、大历口，3 个分堂；建瓯县有岚下、谢墩，2 个分堂；顺昌县有石溪口、仁寿、洋墩，3 个分堂；将乐县有北门堂会、万安、黄泽，3 个分堂。

闽北大会直属于上海的中华基督教总会，以邵武为中心，周边县市为羽翼，形成了一个颇具规模的教会组织。闽北大会的首任会长是在闽北颇负盛名的华人廖元道牧师，其他各事务、各区会的负责人以及大会属下的学校校长等也基本由华人担任。在这个组织中，美国人逐渐退居幕后，华牧开始担任主要的领导职责。

闽北大会成立后，大力开展教会自立、自传工作，积极努力布道，并十分注重乡村工作。在讲道中，采取了第一代华人牧师张垂绅的做法，巧妙引用中国传统经典中的思想和故事。在教会仪式上，也适当吸收中国传统礼仪元素。不过，教会的财务仍由美国人负责，直到福益华离开邵武几年后，才改由当地人接手。

就在邵武大会成立前夕，福益华突然高烧不退，病情危急，无奈之下，他不得不离开邵武前往福州治疗。年轻医生周以德放心不下，主动陪着他坐船前往。这是福益华唯一一次在去福州的麻雀船上需要人陪护。离开邵武不到一天，他们就经过了水口寨。

然而，前方等待他们的是富屯溪航程中令人望而生畏的鸡公斗。当时，消失多年的土匪再次在鸡公斗出没，他们截船抓人，索要赎金。尽管 6 年的南北战争以南军获胜、南京成立国民政府而告终，但在福建、江西、湖南的山区，仍有许多人因生计所迫，再次沦为土匪。

周以德在鸡公斗前的埔上墟停留了一晚。说来也巧，他遇到了一名曾经被他治好腿上枪伤的土匪。这位土匪念及旧情，第二天帮助他们顺利通过了鸡公斗。土匪感慨地说："福医师这么好的人，谁也不会为难他。"

到达福州后，福益华的病情却一直不见好转，无奈之下，只能回美国检查治疗。到了 11 月，福益华终于病愈，和贝敏智一起回到了邵武。不过，他的孩子贝丝和小爱德华已经长大，能够照顾好自己，便留在了美国。

与此同时，多察理、乐益文夫妇和其他同事也陆续回到邵武。这一年，福益华已经 63 岁，他不顾身体的疲惫，继续在东关医院看病，投身于牛瘟研究，贝敏智看着他忙碌的身影，心中满是担忧。

福医生夫妇和美国同事在富屯溪的麻雀船上

　　多察理和乐益文的工作则轻松了许多，教会的大量事务都由第二代中国牧师廖元道、黄铎、官金土等负责处理。第一代牧师中的姚汝霖在1919年去世，张垂绅于1923年病逝，建宁教堂的黄道真也在1924年离世，而甘雄飞则在拿口安享晚年。

　　随着形势的变化，美部会开始减少对闽北大会捐款的募集，并且陆续在邵武出售了部分土地资产，其中一部分东关的牛栏卖给了准备养牛的居民。中华基督教闽北大会在时代的浪潮中，开始经历风雨的洗礼，不断变革与发展，逐渐适应闽北的社会环境，书写着属于自己的篇章。

兵匪一家

1927 年春末，北伐的激昂号角声响彻华夏大地，北伐军一路挥师北上，闽北地区的防务由此交由卢兴邦部接管。

此时的卢兴邦，正值 47 岁的壮年，可谓中年得志。他出生于福建中部山区的尤溪县，早年因遭受地主的恶意陷害，一怒之下杀死仇人，从此投身绿林，过上了劫掠为生的日子。1918 年春天，时来运转，卢兴邦部被广东护法军政府收编，成为粤军第一军第三师第五旅第九团，卢兴邦担任团长，同时兼任三民主义福建省宣传员。没过多久，凭借着自身的"能力"和机遇，他又被荐升为旅长。1922 年，广东军政府任命卢兴邦为东路讨贼军第三路司令、留闽第一独立旅旅长，次年，更是将其提拔为留闽第一师师长。

随着北伐军主力离开福建继续北上，卢兴邦迎来了肆意妄为的时机。他管辖着尤溪、南平、沙县等 10 多个县，在这些地方派驻部队，安插自己的心腹把控政权，截留部分国课省税。不仅如此，他还在南平的延福门、尤溪口和顺昌洋口等地设立关卡，对水上运输的木材、土产品和百货等征收厘金。更为过分的是，他 2 次在尤溪发行"广豫"纸币，铸造"黄花岗"银角，这些行径无疑是对民众和工商业者的严重盘剥与坑害。

卢兴邦如此有恃无恐，其实是有样学样。在当时的中国，大大小小的军阀都在干着类似的勾当。打仗就是打钱，军费仅仅依靠苛捐杂税、田赋、粮赋、盐铁税远远不够，还得借款，向银行或者外国人借债。在征收田赋时，正税不够就进行预征。许多地方一年预征五六年的粮赋，个别地方甚至预征田赋到了民国 100 年。除了预征田赋，就是种植鸦片，征收烟款；开设烟馆，抽收红灯捐。各军防区还设立水陆关卡，征收过道捐税。当时军饷的来源，除统税和钱粮之外，最大的收入便是"禁烟特别捐"和"防务经费"。而所谓的"禁烟特别捐"，实际上就是鸦片税。中国本是国际禁烟签约国之一，不方便明目张胆地征收鸦片税，所以打着"寓禁于征"的旗号，课以重税，故而名为"禁烟特别捐"。

卢兴邦部独立团团长陈荣标接防邵武，这一接防，便是长达3年的祸害。他刚到邵武，就把不听话的县长朱曦给换掉，委任叶孔菁接任。叶孔菁上任后，立刻对县属机关进行改组，人事也大幅调动。

陈荣标到邵武没多久，时任福建省建设厅厅长的丁超五给邵武拨了一笔款项，打算修建一条从邵武到光泽的公路，这可是邵武历史上的第一条公路。当时姚时叙担任邵武实业局局长，得知这个消息后，兴奋不已，专门和哥哥姚时雍跑到福益华家，一起商量如何建设。

然而，在陈荣标眼中，这无疑是一块肥肉，岂能落入他人之手。他指使县长叶孔菁直接出面，把这项工程交给了独立团。结果，陈荣标的手下全都在工程指挥部挂名，每个月领取补贴。公路修了整整一年，却只修出8公里的路基，仅仅到龙斗。

1929年，陈荣标以筹军饷为名，设立防务局，竟然公然开放烟赌，征收抽烟捐、赌税。陈财宝、朱小德、陈三伙等人出面承包，把东门外四兴隆和上河街的两个茶行改成鸦片烟馆和赌场，每天向防务局缴纳数百银圆，而防务局则派人加以防护。为了吸引更多顾客，还特地聘请外来戏班，在四兴隆开台演戏。一时间，四乡那些不务正业的人纷纷闻风而来。闽清的船工原本星期天都会去教堂做礼拜，可现在很多人都不去教堂了，反而跑去烟馆和赌场，任乐益文和多察理怎么劝告，都无济于事。

当时，江西常有妓女流入邵武，比较出名的有"月仙班"等。防务局不但不加以取缔，反而向她们榨取钱财，美其名曰"花捐"。

烟赌娼开放后，社会风气急剧恶化，游手好闲的人越来越多，妻离子散、家破人亡的悲剧时常发生。当时芹田有个基督教教徒姓吴，外号"乡下小子"，被朱小德引诱进了赌场，没几天就倾家荡产，90亩田全都落入他人之手。还有个叫李松的，家财赌光后，连老婆都输掉了。老婆不肯为他以身抵债，李松只好到上海躲债，最终走投无路，跳了黄浦江。

一些土豪劣绅与防务局相互勾结，在赌窟、烟馆、妓院之间混迹，从中谋取私利。一时间，社会沉渣泛起，整个邵武城乌烟瘴气。而陈荣标一伙却赚得盆满钵满。所以民间流传着这样一首歌谣："土匪当官长，婊子做太太，青皮称老爷，流氓绑皮带。"

叶孔菁县长是邵武二十都杨家源人，曾经担任过永安、南平、松溪等县知事。回到邵武任县长，本应造福家乡，可在陈荣标的影响下，他却大肆贪污。结果被举报到省府，他最终被免职拘捕，病死狱中。闽侯人杨冠英于1929年到邵武担任县长，他出身警政界，却喜欢在小事上较真。有一次，一个平民在巷口小便，被警察撞见，竟然被拘案罚戴高帽游街示众。农民赶牛过街，必须随带簸箕装牛粪；如挑粪过街，粪桶必须加盖，否则均以违警处罚。

福益华在邵武已经生活了30多年，尤其是南北战事爆发后，对这些乱象早已见怪不怪。国民政府成立后，他原以为邵武能迎来安定的日子，可看到陈荣标及其手下的所作所为，失望到了极点。

这一时期，邵武的县长就像走马灯一样换得飞快，而且全都是陈荣标的手下。杨县长干了不到一年，就来了个蒋县长，他是陈荣标团的中校团副，干了半年就换成李县长，还是陈荣标手下的少校军需主任，同样只干了半年，1930年便随军离开了。

1930年1月，卢兴邦趁着北方阎锡山反对蒋介石企图改组南京国民政府的形势，联合福建省省防军司令林忠、海军马江要塞司令萨福畴等在福州绑架5名省政府委员和水上公安局局长，并于6月宣布出兵攻打福州。南京国民政府下令驻闽陆军第五十六师刘和鼎部讨伐卢兴邦。刘卢战事爆发，驻邵武的陈荣标被调往古田作战，由卢新铭旅接防。卢新铭旅的手段更加恶劣，派其部下卢作森为公安局局长，整天捆人勒索，无恶不作。比如东门外上河街的游依六盖房屋，用了几块倒塌城墙的砖砌厕所，就被抓到警察局严刑拷打，最后交了1000银圆才被释放。看到邵武如此混乱，兵和土匪简直没有两样，福益华和多察理等人商量后，以六月度夏为名，在1930年初夏将妇女儿童送往福州烟台山。

1931年，乡间的土匪愈发猖獗。邵武南部的土匪匪首罗洪标、姚国铭、陈良明等各拥匪徒百余人，他们打家劫舍，绑票杀人，奸淫纵火，无恶不作。国民政府的驻军却无力进剿，任由他们的势力蔓延。

农历四月二十二，平时在邵武南部活动的罗洪标、姚国铭二匪带着手下200多人向县城进发。这一时期，红军正在黎川一带活动，罗姚二人让手下穿上和红军一样的军服，借着红军的军威大摇大摆地翻过沟子岭。驻军卢兴邦部营长游允贞听闻消息，率队出城，在城郊看到穿着红军军服的部队，吓得不敢接触，马上后撤，快速回城。县长张裕光一听，立刻与游允贞部、公安局局长宁振锐弃城向建阳方向逃跑。

罗洪标、姚国铭率众穿着红军军服，大摇大摆地从东、南两门进入县城。

福益华和传教站的美国同事以前只是从国民政府的报纸上看到对红军的报道，说红军是"赤匪"，烧杀抢掠，半信半疑。可看到罗姚的手下进城后的所作所为，他们开始相信了。这些人进城后大肆抢掠财物，奸淫妇女，烧毁民房，未及逃走的人就被掳掠，关押起来勒索金银取赎。进城的"赤匪"把抢来的银圆用长布袋装起来，背在身上；抢来的衣服、布匹，不论男女花色，披在身上，满街乱窜。他们还挨户搜捕妇女，当场轮奸，连十二三岁的幼女也难以幸免，有的甚至被轮奸昏厥，惨不忍睹。罗洪标、姚国铭占据县城三天后才退走，退走时掳去年轻妇女250余人，所劫财物强迫民夫百余人挑运。

姚国铭退往南乡。罗洪标退走时民夫不够，又抢夺船筏30余只，满载着财物向东而去。

罗洪标及其手下行至邵武、将乐及泰宁交界处的泽坊、安仁中、下家寨时，遇上了红军第三军团先头部队。双方略经接火，罗洪标部便溃不成军，很快被红军缴械。听被掳妇女诉说罗匪假冒红军在邵武城抢劫的行径，红军指挥员火冒三丈，当场将匪首罗洪标就地枪决。红军当即向受害的妇女宣布，愿意参军的可以留下，不愿意的可以回家乡，并护送她们经洋坑、莲花山到邵武县城附近。

罗匪被歼不久，姚国铭退到光泽，占据杭川。随后又有陈良明、刘汉光、叶鸿国三股匪徒相继进入邵武县城。由于先前县城已被洗劫一空，他们只好向各商户和居民派款，还到处开设赌场，勒索财物。后来永安客店老板邹四仍出面，邀请未逃走的地方人士出来维持局面，募款并开义仓供应。3个月后，福建省府派飞机到邵武侦察，飞机在县城上空盘旋多次，匪徒们见了心惊胆战，才逃出县城。随后国民党军队五十六师汤邦桢团进驻邵武。

这一次假红军入城事件，给传教站的美国人留下了巨大的阴影。再加上1931年6月9日《福建民国日报》也做了不实的报道："邵武县城于本月8日上午5时被朱毛红军攻克。"福益华开始相信国民党报纸上所说的红军到处烧杀抢掠是真有其事。在那个动荡不安的年代，邵武百姓生活在水深火热之中，兵匪的肆虐、谣言的误导，让这片土地陷入了无尽的黑暗。

红军真的来了

1931 年，在罗洪标、姚国铭假冒红军于邵武抢劫并退出城区后，这片土地迎来了真正的红军。6 月 28 日，红一方面军三军团某部从江西黎川踏入邵武金坑。正是这支部队，此前在邵武、将乐、泰宁交界处，一举歼灭了假冒红军的罗匪，而后顺利进入金坑。这是红军首次抵达金坑，当地一些村民由于对红军缺乏了解，内心充满恐惧，纷纷四处躲藏。红军来到金坑后，积极开展革命宣传工作，他们刷写红军标语，向村民们传递革命思想，还将麻洋的 4 个土豪家属抓到金坑，把打土豪收缴而来的粮食、布匹、衣物、农具等，集中在上坊村的桥头庵，召开群众大会。会后，这些财物全部分给了贫苦农民，给长期遭受压迫的百姓带来了实实在在的好处，也让他们开始重新认识这支队伍。

同年 9 月，由方志敏红十军特务营改编而成的红军闽北独立团，在团长黄立贵的率领下，攻打邵武县辖的黄坑墟。黄坑位于建阳、崇安、邵武、光泽四县边境，是当时这一带最大的集镇，居住着三四百户人家。黄立贵率部以迅雷不及掩耳之势，迅速击溃守军，摧毁炮台工事，成功拔除了国民党军在邵、建边境的据点，歼灭敌人 130 余人。这场战斗的胜利，不仅打击了国民党的反动势力，也让周边地区的百姓看到了红军的力量和决心。

1932 年 10 月，红一方面军第二十二军 3000 多人在军长罗炳辉、政委谭震林的率领下，攻克了泰宁县城。在此之前，红二十二军已经攻占了归化（今明溪）县城。这一连串的胜利消息传来，让邵武城里的有钱大户们一片恐慌，他们害怕红军的到来会打破现有的利益格局，纷纷开始为自己的未来担忧。

　　早在 1930 年，在邵武的美国妇女和儿童就全部撤到了福州。贝敏智，这位已经在中国服务了 31 年的传教士，心情沉痛地选择回美国。贝敏智出生于 1870 年，此时已经 60 岁，早已到了退休的年龄。当时传教士的退休年龄并没有严格统一的标准。对于男性传教士来说，通常在 55—70 岁左右可以选择退休。他们在中国长期工作，面临着疾病、文化差异等诸多挑战，健康状况和工作需求等因素都会影响他们退休的时间。一些传教士因健康原因，比如患上慢性疾病、过度劳累引发身体不适等，在 55—60 岁左右就会考虑退休，回到本国调养身体。而那些身体较为硬朗、对传教事业极为执着的，就会继续工作到 65—70 岁。女性传教士的退休年龄大致在 50—65 岁。她们除了面临与男性传教士相似的工作压力和健康问题外，还会因婚姻、生育等因素影响其传教生涯。一些女性传教士在生育后，由于要兼顾家庭和传教工作，精力有限，在 50—55 岁左右就会选择退休，将更多的精力放在家庭上。而单身且全身心投入传教事业的女性，可能会工作到 60—65 岁。贝敏智最终选择了退休，从福州回到了美国。她离开得如此仓促，甚至没有对自己在邵武生活了 23 年的那栋小楼进行一个简单的告别。1930 年从邵武撤到福州时，上海中华基督教总会还说过一阵就可以回来，可没想到最终还是离开了。

　　乐益文在回国休假前，与福益华来到顺昌。在这里，一位完全陌生的中年中国人向他们自我介绍，说自己是福益华在 1893 年接生出世的，他的家在一个叫开墩的村庄附近。这实在令人难以置信，在福益华面前站着的，竟是他在中国接生的第一个正常的孩子，他曾听到这个孩子的第一声啼哭。那是许久以前的事情了，漆黑的夜晚，小骡子杰奎琳艰难地迈着脚步，他成功接生

乐益文

一个活生生的孩子，筋疲力尽之后在几只猪的身旁进入梦乡。然而，这位陌生人的姓名，还有他后来的生活，都没有留下记录。

周以德医生在邵武仅仅待了不到 5 年就被调往北方，这里肆虐的"打摆子"击倒了他。在四年多的时间里，他的身上布满了注射孔，那是与疾病抗争留下的痕迹。而多察理正在休假，林查理去了南京。在邵武一带，此时只剩下福益华医生和一位美国同事牧恩波（英文名乔治·夏波德）。牧恩波当时还在 40 里以外的泰宁朱口，有消息传来，他正往邵武县城赶。

面对红军攻占泰宁县城的消息，县长李经营劝说福益华赶紧离开邵武。县长的儿子是福益华接生的，出于这份情谊，县长、他的夫人和不满周岁的儿子在码头还派人督促福益华马上上船。福益华却告诉县长派来的人，他必须等同事牧恩波到了才可以走。县长拗不过福益华这个倔强的外国老头，只能自己先离开，留下了一艘麻雀船给福益华。

福益华开始整理准备带走的东西，他只挑选了一些必需的用品。他将这些年积累的牛瘟血清资料，放进了那只 40 年前从美国带来的皮箱，箱子里还放着三个孩子的出生证和小爱德华最喜欢的压水玩具，还有一张保存了 30 年的纸片，上面的"Yes！"已经有点褪色，这些都是他珍贵的回忆。

冯金祺的大儿子冯玉珊默默地在一旁，看着父亲生前的挚友、自己最尊敬的福医生整理行李。父亲在福益华的帮助下，于 1924 年开了仲泉医院。1927 年，父亲到福州购买医疗器械时，在南平的江面上，因为小火轮沉没不幸溺亡。后来，他和弟弟冯玉衍从汉美中学毕业后就跟着福医生学医。知道泰宁被红军攻占了，县长也跑了，福医生也要去福州，母亲张友凤特地把他叫到家里，说："把一切都放下，福医生年纪大了，你要负责把他送到福州。"

县府留下的公差按县长的吩咐一直督促福医生快点上船。福益华走出了居住了 25 年的那栋小楼，背着还是 40 年前的那个牛仔双肩包，冯玉珊提着皮箱跟在身后。两人在码头整整等了一天，福益华立在码头上，看着他创建的东关医院。这座医院历经 2 次被毁，又 2 次重建，如今他却要离开了。那座二层的医院，陪着他在邵武度过了 34 个春秋，承载了他太多的梦想：一楼的诊室里，患者再三感谢的神情；牛奶供应室中，充溢着的奶香；牛瘟试验室里，每一寸空气似乎都承载着他对牛瘟研究的执着与热爱，从病牛的牛胆中提出的血清，让他忘却了曾经的磨难。再远处，是他亲手盖起的牛栏，"农场男孩""探索者""改善者"在嘶喊着，仿佛在与精心照料它们到生命最后一刻的主人告别。

　　他没有带走实验室里的仪器和其他医疗器械，却小心翼翼地收拾好实验记录，和随身的衣物放在一起，这是他心血的结晶。终于，牧恩波在最后一刻赶到了，整个码头此时只剩下他们一艘麻雀船。

余 绪

福益华，这位与邵武有着千丝万缕联系的美国人，他的匆匆离去，在历史的长河中留下了遗憾。他真的不必如此匆忙，因为红军绝不是他所误认的那般，如同罗洪彪和姚国铭的土匪之流。那场"罗洪标、姚国铭假红军事件"，像一层迷雾，蒙蔽了他的双眼，让他对红军产生了误解。他没有得到像埃德加·斯诺那样的机会，能够深入考察这支由贫苦穷人组成的正义之师，也没能与毛泽东、朱德、周恩来等20世纪中国最伟大的领导人交谈。否则，凭借他的仁心与热忱，或许真的会成为另一个亨利·诺尔曼·白求恩，在这片土地上书写更加动人的人道主义篇章。

远在大西洋彼岸的福益华或许不知道，中华基督教邵武大会曾数次致信上海总会，恳请美国传教委员会，网开一面，允许年逾退休年龄的他留在邵武，继续为民众服务。廖元道牧师更是饱含深情地写下一封数千字的长信，托传教委员会转交给福益华。

他也不会知晓，在他离开邵武后，那些曾被他治愈的病人，带着自家种的蔬菜、养的鸡鸭、采的山货前来探望，却只能在医院门口怅然伫立。他们的感激之情，无处安放，可那份温暖却永远留在了邵武百姓的心中。他们永远记得，有一位福医生，心怀菩萨心肠，将他们从病痛的深渊中解救出来。就像福益华在顺昌遇见的那位中年男人，他始终铭记，自己是在一个漆黑的夜里，被一位历经长途跋涉的美国医生带到了人间，让他和母亲逃过一劫。

福益华在邵武的40年，是奉献的40年。他的服务范围覆盖建阳、崇安、光泽、资溪、黎川、泰宁、建宁、将乐、顺昌数县，让西医和西药在这里生根发芽。他一手创办的闽北第一家西医医院——东关圣教医院，成为闽西北西医学的摇篮，他也当之无愧地成为闽西北西医学的奠基人。

他培养的几十位学生，成为当地备受欢迎的"赤脚医生"。在20世纪60年代，毛泽东大力提倡和推广"赤脚医生"，这些扎根乡村的医者，熟悉每一寸土地和每一位乡亲。无论路途多么遥远、艰难，他们都能及时赶到村民身边，提供最基本、最贴心的医疗服务。他们收费低廉，与村民亲如家人，极大地改善了乡村的医疗状况，让村民们在家门口就能获得医疗保障。

福益华知道自己的学生中不少人在附近县、集镇开了医院、诊所和西药店，但他怎么也想不到，在邵武的学生里，竟有一位红军医院的院长，名叫何秀夫。何秀夫，1882年出生于福州水部，1894年随任邵武府千总的父亲迁居邵武东关。在汉美中学读书时，福益华作为兼职"校医"，其忙碌的身影深深影响了何秀夫，让他立下学医的志向。1910年从汉美中学毕业后，何秀夫前往南平士比里医院学医，后师从福益华。毕业后，他先是被邵武省立六中聘为教师，在福益华的动员下，前往洋口同济医院当医生。北伐战争期间，他在江西河口镇开办"重生医院"，寓意为病患重新赋予生命，尽显他的善良与医德。

1928年，方志敏等领导江西横峰、弋阳农民起义，建立赣东北革命根据地。根据地成立之初，缺医少药，医疗条件极差。1928年9月，方志敏创办红军调养所，可请来的医师杜振芳只会治疗跌打损伤，难以满足战争需求。此时，何秀夫在河口镇行医，名声在外。1930年6月，红军攻下河口，方志敏诚挚相邀，何秀夫深受感动。他本就受进步思想影响，于是毅然决然地离开妻儿，放弃安稳生活，带着医务人员、医疗器械和药品，投身红军调养所。

何秀夫加入红军后，方志敏将红军调养所改为红军医院，任命他为第一任院长。他在医院开展外科手术，为红军指战员取出子弹和弹片，进行接骨、截肢等大手术，极大地减轻了战士们的伤痛。1930年7月，方志敏智取景德镇，礼聘邹思孟、邓怀民、周延林三位名医。1个月后，红军独立团壮大为红十军。10月29日，红军医院扩建为赣东北红军总医院，何秀夫任副院长兼外科主任。为培养红色医务人员，总医院附设红色医务学校，何秀夫兼职讲授外科医术。他学识渊博，授课生动，培养出众多优秀学生，龚向林便是其中之一。

从1930年底到1931年，国民党军队连续发动3次"围剿"，均被红军击退。1932年冬，红军总医院设4个分院。12月，赣东北省改称闽浙赣省，何秀夫被任命为省级工农医院院长。倘若福益华知晓这些，定会为自己的学生感到无比骄傲，因为救死扶伤，正是他一生的理想。

福益华离开前，将开办的奶牛场交给廖元道牧师。廖牧师自知不懂养牛，便转租给福益华的养牛徒弟敖西拉。敖西拉不负所望，把奶牛场经营得有声有色。1956年公私合营时，敖西拉将全部奶牛合资入股，邵武县人民政府任命他为牛奶厂董事长。在福医生的推动下，邵武人早在100年前就开始将新鲜牛奶作为幼儿营养品，婴儿死亡率大幅降低。邵武东关、西门、南关的养牛场一直延续到20世纪80年代才迁至城郊。

福医生当年在遵道街旁盖的牛栏，1950年底被邵武县人民政府接收。此后，这里作为公私合营牛奶场的养牛场所，至今仍是邵武人民政府的资产，牛栏结构完好。如今，冯金祺的孙子冯一信在此办了花圃，四季繁花似锦。爱花的贝敏智泉下有知，定会倍感欣慰。

闽北和江西抚州一带的民众都应感谢福益华博士。从民国初开始，他便与牛瘟展开了持续斗争，其间多次失败，陷入绝望，但他始终不屈不挠，不断寻找适合当地条件的治疗方法。这种方法在1919年牛瘟暴发时效果显著，此后闽北几次出现牛瘟，采用此方法都及时截断了牛瘟病毒传播途径，保住了农民最重要的生产资料。

　　福医生创办的东关医院和北门圣教医院，为方圆 200 里的百姓解除了病痛。他培养的学生遍布周边县市和乡村，成为当时医院诊所的骨干。1938 年，福建协和大学搬迁至邵武，理学院设在北门，生物系（医预系）在圣教医院上课。不少医预系学生在此读完两年后，前往北平协和医学院深造，毕业后成为各地医院的栋梁。抗战前，邵武学生每年考上协大的寥寥无几，协大迁邵武后，最初每年有十几人，后几年竟达二三十人，其中不少毕业于医预系。

　　1946 年，福益华的同事美国人詹雨时主持扩建圣教医院，增设多个科室，开办沙眼诊所。毕业于汉美中学、时任福建省国民参议会参议长的丁超五，对扩建格外关心，下拨 X 光机 1 台、手术无影灯 1 架。到 1949 年，邵武县已有圣教医院、救世医院和县卫生院三所医院，西医医药卫生人员 250 人，其中护士 151 人，外籍医务人员占比较大。城区乡村还有 40 家西医诊所兼药店、3 所妇产科诊所。1950 年，邵武县人民政府接管这些医疗机构，将新成立的县卫生所设在东关医院，后接收北门圣教医院，成立邵武县人民医院。1959 年，县人民医院迁至原天主教救世医院旧址。如今，邵武医院已发展成为闽北地区唯一一所集医疗、教学、科研、预防、保健、康复为一体的县级三级甲等综合医院，获得诸多荣誉，服务人口约 100 万人，还派出医护人员到非洲等国家，传承着福医生的奉献精神。

　　福益华 1902 年亲自设计监工的汉美学院，1912 年改名汉美中学，1925 年成为闽西北最大的中学，学生达 1160 人。1938 年，福建协和大学迁至邵武，汉美中学校址为文学院和农学院所用。1945 年，协和大学迁回福州，汉美中学恢复办学。1951 年，私立汉美中学被邵武县人民政府接收，与和平私立二中合并，校址被东关完小使用。1958 年，在东关小学内办红城中学。1967 年，邵武县在原汉美中学旧址设立邵武县第四中学，1973 年开始招生。如今，邵武第四中学已有 3000 多名在校学生。福益华和贝敏智设计监工的小楼，历经百年风雨，完好如初。1938 年为福建协和大学女生宿舍，后为汉美中学校长楼、邵武第四中学教学楼。小楼一旁，福医生亲手种下的樟树已枝繁叶茂，小楼一层陈列着汉美中学的发展史和福益华居住时的实物，见证着中美人民民间友好交往的历史。

1897 年底落成的东关教堂，由福益华和嘉高美设计监工，融合中西方元素。1998 年 6 月特大洪灾中被淹，所幸主体无损。次年，在市人民政府支持下，在原东关医院旧址盖起新教堂。2024 年，邵武人民政府对老教堂进行翻修改造，建立福益华故事陈列馆，传播中美民间友好交往的故事。当年 6 月，荣获 2024 年感动中国十大人物之一的美国人穆言灵，带着曾经在闽北工作过的美国人后代和部分美国青年前来参观。

福益华离开邵武时，交通极为不便，坐船顺富屯溪南下到福州，需四五日；去建宁要爬崎岖山路，历时三四天；去仅 30 千米的光泽，走最近水路也要一天以上。1956 年，鹰厦铁路穿过邵武全境，邵武到福州用时缩短至半天。同年，邵武修通到建宁和光泽的公路，路程时间大幅缩短，邵武成为闽西北交通枢纽。21 世纪以来，邵武境内修建武邵、顺邵高速，邻近的泰宁、建阳开通了高铁，邵武动车站点、线路也被列入国家铁路规划，正在设计和勘探中。

100 多年前，邵武只是个农业县。中华人民共和国成立后，鹰厦铁路通车带动邵武经济飞速发展，邵武成为闽西北交通枢纽，布局多个商品物资批发站，沿海等地先进企业搬迁至此，新建众多企业，福建沿海学生青年亦踊跃支援山区建设。如今，邵武已发展为工业、商业、农业并驾齐驱的新型城市。福益华的故事，在邵武的历史中留下了深刻的印记，成为中美民间友好交往的生动注脚。

2025 年 3 月 18 日，福益华的孙女安·汤姆夫妇第二次来到邵武，他们前往东关奶牛场旧址、东关教堂、东关小学、协和楼寻找祖父和父亲在邵武的踪迹。在奶牛场，福益华的学生冯金祺的孙子冯一信给他们讲述了他们祖辈的友谊，他热情地称呼安·汤姆夫妇为姐姐、姐夫；在福益华展示馆，邵武的文史专家详细地介绍了福益华在邵武看病、养奶牛、与牛瘟作斗争、办合作社的事迹；在东关小学，学校师生在福益华亲手种下的柿子树旁，用文艺演出的方式，讲述了一个个生动的中美民间友好交往的故事，安的父亲，《邵武四十年》的作者小爱德华，在东关小学读过三年的初小；邵武四中协和楼，这座福益华和妻子贝敏智亲自设计监工的小楼至今完好如初，学校在小楼一层的校史馆通过一幅幅珍贵的照片和史料，向安·汤姆夫妇介绍了福益华提议、设计、监工的四中前身——汉美中学的艰辛过程。安·汤姆夫妇还到30多千米外、海拔1000米的乌石村，找到了祖父、父亲曾经住过的房舍。

2天的行程，安·汤姆夫妇无数次眼泪在眼眶打转，在路上、在一个个福益华工作过的地方，安给我们讲述了祖父留下的"我热爱中国人民"的遗言，更让我们随行人员意想不到的是安的父亲小爱德华对邵武这个家的挂念："小爱德华经常想起邵武，想起他的快乐的童年和邵武的伙伴。父亲福益华在世的日子里，他会追问邵武的一些人文景观，那时他还小，离开邵武时只是少年。"

他青年时代开始从事记者工作，曾任美国著名广播电视节目主持人爱德华·R.莫洛（即影片《晚安，好运》的主角）的撰稿人和制作人，以及哥伦比亚广播公司晚间新闻的著名主持人沃尔特·克朗凯特的新闻编辑。1968年，在美国大学创办了广播记者新闻课程，并成为终身教授，直到1977年退休。他在电视台当记者时，直播间的背景是一张世界地图。小爱德华在地图上中国邵武的位置用彩笔画了个大大的圈，告诉同事，这是他的家。

电视直播时，有细心的观众奇怪，主持人背后的地图上怎么有一个明显的标志，那是哪里？电视台的同事接到询问电话时，会告诉来电者，这是中国邵武。

　　1985 年 12 月 2 日，中美两国政府就签证问题达成协议并换文，自 1986 年 1 月 1 日起生效。在邵武工作过美国友人的子女开始互相联系，准备到邵武看一看。

　　1989 年秋天，乐益文的女儿及外孙，小爱德华女儿安和丈夫，多察理及嘉高美的孙子一行 6 人到达邵武，在东关教堂、四中协和楼、东关小学、东关圣教医院旧址寻找祖辈工作生活的足迹，还在熙春公园、八一大桥拍影留念。

安和丈夫回国后，与父亲小爱德华交流了邵武一行的感受和经历。

自此，邵武成为小爱德华与孩子们的重要话题。这位 80 岁的老人格外想念邵武，这里有他的童年、读过三年的汉美小学、位于汉美中学旁边的二层小楼的家，还有父亲的奶牛场和二十都乌石的美丽景色和宜人气候。

1994 年，小爱德华给女儿安写了一封信："我不知道今天我能否认出邵武。他们说它已经全变了，这座城市变得如此之大，以至于它覆盖了河两岸，一座钢铁和混凝土的桥梁取代了浮桥，证明这样的桥梁在洪水期间仍然可以屹立不倒，正如爸爸曾经说过的，江西的火车现在穿越城市直达福州，公共汽车和自行车川流不息，就像在上海和北京一样。

他们说，东门街已经变成了一条小巷，城里现在有了一条林荫道，尽管天知道他们把它放在了哪里，也许就是爸爸曾经养牛的地方。妈妈作为建筑师、爸爸作为承包商建造的那座宽敞的两层楼，如今已成了一所小学。他们一定会很高兴的。不过，我不确定妈妈是否会喜欢她那美丽的阳台上的拱廊被砖砌起来，变成了教室。她可能会为此感到难过，但我认为爸爸作为一个实用主义者，会同意的。我记得人们常说爸爸不仅会说流利的汉语，而且像中国人一样思考，而中国人的实用主义是出了名的。

尽管如此，我仍怀念家乡。山，仍是那座山，山后的日与月，仍是我儿时见到的起与落。河，仍是那条河。我知道，我若归来，城下仍有湍急的流水，流过宽阔的河面，穿过沙石，清澈见底。不远处的山丘上，宝塔仍巍然屹立，如同一位忠诚的哨兵。杂草或许已长满了城墙，而那巨大的石块仍坚实地层叠在一起。

在我心里，人们其实没有发生任何改变。我现在 80 多岁了。他们说我年纪太大了，不能回去了。我告诉他们没那么回事。"

小爱德华再一次校对了他用心血完成的《邵武四十年》一书。这本书是他通过信件、与父亲的长时间交谈，以及其他第一手资料完成的，他本人在邵武度过了他的童年和少年。书中记载的大部分事，都发生在邵武这座小城里。明初的城墙环绕的邵武，坐落在闽江的支流富屯溪畔，富屯溪发源于邵武之西的崇山峻岭，穿过福建大地，向东南奔流入海。

小爱德华在书中写道："中国是我父亲（福益华）的生命。他所从事的工作可以说是和平队的先驱，他行医，垦殖，为婴儿接生，饲养奶牛。他在中国服务的岁月自晚清王朝的末年开始，一直到毛泽东时代的初期（1932 年）。"

2001 年，89 岁的小爱德华身体已经十分虚弱，但他做出了一个艰难的决定：无论如何，他也要回邵武的家去看一看。他的一位邻居是中国人，正好与他同行。在旧金山转机时，小爱德华的身体已经完全无法适应长途飞行，被送进了旧金山的医院。他只好拿出随身带的英文版的《邵武四十年》一书，请这位中国邻居朋友找到他父亲在邵武的学生冯金祺或姚时雍的后人时，代他寄语签名。几经周转，这位中国邻居不负使命，找到了冯金祺的孙子——冯一中，并得知冯一中已经是邵武基督教会的牧师。

这本英文版的《邵武四十年》，冯一中一直珍藏着。2024 年，邵武筹建福益华展示馆，已经 83 岁的冯一中将这本书献给了展示馆。书上的寄语签名是：

邵武基督教会冯一中牧师惠存　福义德（小爱德华中文名）赠

2001 年 10 月 9 日

附录

本书中美国人姓名与《邵武四十年》对比表

本书名字	《邵武四十年》名字	职业	在邵武时间
和约瑟	约瑟夫·埃尔卡纳·沃尔克	牧师	1873—1922 年
和雅致	爱德莱蒂·沃尔克	教师	1876—1896 年
和珠琍	约塞伊·沃尔克	教师	1901—1941 年
吴思明	西蒙·伍丁	医生	1873—1887 年
柯为良	D.W. 奥斯古德	医生	1873—1876 年
毕腓力		牧师	1875—1876 年
惠亨通	亨利.惠特尼	医师	1877—1886 年
嘉高美	米尔顿·伽德纳	牧师	1889—1898 年
玛丽	玛丽·伽德纳		1889—1898 年
福益华	爱德华·布里斯	医师	1893—1932 年
贝敏智	明妮·梅·波兹	教师	1902—1930 年
宓蕴玉	佛兰西斯·比曼	医生	1899—1924 年
宓蕴德	佛兰西斯·露西	教师	1899—1928 年
多察理	斯托尔	教师、牧师	1904—1939 年
帕丽	斯托尔妻子帕丽·斯托尔		1917—1939 年
乐益文	内德·凯劳格	行政、教师	1908—1932 年
阿丽丝	乐益文妻子阿丽丝·若普斯		1908—1932 年
方恩惠	格蕾丝·方克	教师	1908—1924 年
林查理	查尔斯·里格斯	农场农业技师	1916—1927 年
健利华	约瑟芬·肯尼迪	医生	1919—1924 年
周以德	沃尔特·H. 贾德	医生	1926—1930 年
牧恩波	乔治·夏波德	牧师	？—1932 年

人物简介

柯为良（《邵武四十年》里的菲利普·奥斯古德）

柯为良医生（Dauphin William Osgood，1845—1880），是最早到邵武的三个美国人之一，曾将《全体阐微》《医馆略述》等多部医学作品翻译成中文。

在 20 世纪的美国医学院，曾经有这样一种说法，要想成为一名伟大的医生，就要读图书馆的 3 本书：《格氏解剖学》《圣经》和《莎士比亚》。《格氏解剖学》是西方医学院中最重要的解剖学教科书。

1881 年，《格式解剖学》的第一部中译本《全体阐微》，由福州保福山圣教医馆的美国公理会医学传教士柯为良翻译。1889 年和 1898 年版的《全体阐微》是由柯维良的继任者、美国公理会医学传教士惠亨通修订完成的。

柯为良，1845 年出生于美国新罕布什尔州。他天生喜欢医学，从小就不放过任何学习的机会。1866 年，他在缅因州的鲍登医学校学习医疗技术。1869 年获纽约州大学医学文凭。1869 年，柯为良受美国会理会派遣，以医学传教士身份来华。来华之前，他还专门进修了眼科学，因为当时最受华人欢迎的就是眼科医生。1870 年 2 月 21 日，柯为良"先在福州城内太平街福音堂，设立施济医馆，送诊施药"。内设 1 间诊所和 8 张病床，有 2 名医学生。初期医院"不取分文"，男女就医者"日益加增，指不胜计，后因人数拥挤，轻重不分，真伪莫辨，故于旧年秋间，移在南台铺前顶救主堂之时，按期送诊，并设规，每号仅收取五十文，复诊验明，原票免取"，周二至周五是门诊日。

1877 年，在华基督教团体成立益智书会。1878 年，书会总干事韦廉臣公布第一批编译的教科书科目和译者，共计 49 种，柯为良负责翻译解剖学书。他以《格氏解剖学》为底本，并结合其他解剖学书进行翻译，译本定名《全体阐微》。

1880 年 8 月 17 日，柯为良因中暑在福州逝世，年仅 35 岁。他是离开琅岐岛疗养院，顶着酷暑在福州努力工作了 1 个星期，完成翻译后，第二天离世的。他的美国同事认为是这件额外的必须完成的繁重工作，摧毁了柯为良的身体。公理会福州传教士摩嘉立在纪念文章中表示，不能说柯为良是死于译书，"但是他全身心投入翻译，这的确消耗了他的精力"。

柯为良不但完成翻译工作，还编撰了一份解剖学词汇表，共收入 560 个中英文词汇。他去世前，《全体阐微》的第一译稿和解剖学名词表已送至益智书会准备刊印。去世后，《全体阐微》的出版事宜由他的两位同事惠亨通、夏察理负责，他们两人合写了篇序文，介绍《全体阐微》翻译出版经过。

毕腓力

毕腓力于 1874 年、1876 年来到邵武。1895 年，他所著《鼓岭及其四周概况》一书，正式把鼓岭介绍给了在中国的西方人。鼓岭避暑的名声逐渐在外国人中传开，英、美、德等国家的商人、领事、医生、教师等纷纷来到鼓岭建造别墅避暑，形成一个热闹的中西交融的社区。据史料档案记载，鼓岭上原有螃蟹岭、梁厝里等 7 条街，当时美国人多居住在梁厝里，英国人则多居住在三宝埕一带。到民国时期，鼓岭与江西庐山牯岭、浙江莫干山、河南鸡公山齐名，被西方并称为中国四大避暑胜地。

美部会在闽北开办医院一览表

医院名称	创办人或曾任院长	创办时间	院址	备注
东关圣教医院	福益华	1898 年	东门福音堂对面	文史资料中称"圣教医院"
女子医院	宓蕴玉 (女)	1899 年	邵武北门宝严坊	无正式名称
福音西医诊所	高美斋	1906 年	光泽城关惠济坊	
邵武圣教医院	周以德	1915 竣工 1922 告竣	邵武城关北门功德街	
洋口公善医院	俞克家	1918 年	顺昌县洋口	
建宁中西医院	健利华	1920 年	建宁县城	
邵武圣教医院 上洋分院	王英干	1920 年	顺昌县洋口	
福音医院	丘英三	1929 年	顺昌县洋口	该医院为私立，由教徒创办

美部会在闽北创办的教会中、小学校一览表

校名	创办人或校长	创办时间	校址	备注
汉美中学	多察理	1905 年	邵武东门外	原称汉美书院
乐德女中	宓蕴德	1907 年	邵武北门宝严坊	
中美小学	官尚贤	1918 年	顺昌洋口	初为"孤儿小学"
六安仁小学	廖文邦		泰宁美兰烟庄转新桥堂会	这部分学校资料主要根据《中华基督教总会第二届常会纪念册》中的
令德小学	范成		邵武拿口教会	
立德小学	吴文华		邵武南门	
美德小学	肖良玉		禾坪堂会	表格统计得出，该数据偏重对信徒构成等人员的统计。
培德小学	朱士卿		泰宁城内	
模范小学	张济士		邵武东市	
辅德小学	范新圭		泰宁朱口	
乐德小学	姚慈度		邵武北市内	
华美小学	康乐尔	1925 年	建宁新街	1927 年迁高德女校于此
高德女校	方恩惠	1920 年	建宁下坊	1931 年停办
乐德小学	不详	1922 年	将乐县	

邵武近代外国教会契约文书

1.福益华到邵武前的契约

时间	契别	立契人	承买人	坐落	不动产类型	面积	时价	用途	备注
1875年10月11日	永远出租	李春芳	柯为梁、摩嘉立、和约瑟等代美部会	东门外进贤坊二铺街	店屋一连三进	长约28丈，阔约3丈	洋银520两	礼拜堂	
1876年12月25日	永远出租	梁金增等	力示嘉、和约瑟、柯为梁等代美部会	东门外进贤坊二铺大街	店屋地基一连三进并菜园一所	地基长约15丈，店面阔约2.3丈	洋银360两	总堂	
1885年5月17日	永远出租	有良等	美国美部传道会教士吴思明、和若瑟	东路二十八都同青村后苗竹	山场	东阔52弓西阔34弓南阔71弓北阔42弓	洋银70两	原为避暑，现已拆毁	未贴印花税及盖领事印章
1887年12月26日	永远出租	黄达德	大美国美部会和若瑟、许高志教士	东市进贤坊	屋店及空地	前阔1.35丈后阔3.2丈左深19.6丈右深19.6丈	洋银260两	总堂隔壁牧师屋	
1888年12月28日	永远出租	虞正兴等	大美国美部会医士惠亨通、教士和若瑟	东市进贤坊福音堂斜对面	屋店及空地	前阔2.75丈后阔5.3丈左深8.4丈右深17.4丈	洋银410两	医院工人住屋	
1889年12月21日	永远出租	曾秀峰	大美国美部会教士嘉高美	东门外进贤坊	屋店及空地	前阔2.4丈后阔2.4丈左深17.5丈右深17.5丈	洋银320两	总堂后面，现充模范小学校址	

2.住宅契约

时间	契别	立契人	承买人	坐落	不动产类型	面积	时价	用途	备注
1900年12月2日	断卖	宁细秋、祖师会等	美部会福音堂	东门外紫云桥上黄茅墩大园	乾地地基并樟树杂树	约共20余亩（合96.2丈）	洋银481两	汉美中学校校址	
1902年12月26日	断卖	三圣公、宁兴旺等	美部会福音堂	东市遵道坊李家园	空地基	190.5方丈	洋银140两	西差会住宅	
1904年12月27日	断卖	吴妹则等23人	美部会福音堂	东门外李家园	房屋及地基	8栋又2间房	洋银881.27两	西差会住宅	仅留李毓根房屋1栋8间
1910年农历四月初六	甘愿起扞改葬	危吴氏		东厢外龚家墩	山基		银3.1元		
1910年3月27日	断卖	龚章	福音堂美部会	东厢外龚家墩	地基		洋银100元	西差会住宅	
1913年4月3日	断卖	邱奇善等	美部会	紫云桥右边彭家园	乾地空坪井二寮坛	70余方丈	银31.82两	西差会建屋	
1913年2月3日	断卖	邱奇发	美部会	东郊外紫云桥右边	乾地空坪	42方丈	银17.02两	西差公建房	
1915年2月11日	断卖	官其聚等	美部会	东门外岳庙前紫云井	乾地		大洋42元	公会工人住宅	
1926年农历五月初六	断卖	黄金成	王奇佐	南门外横街街尾	房屋1所		光番70元	房屋	

续表

1929年11月28日	借款立票	王奇佐	美部会				年息8元	房屋	本契约系借款的抵押品，非买典
1929年农历五月初六	永远租出	刘益坚等	美部会	南郊外白渚路	乾地6块		大洋40元	空地	
1915年农历十二月初三	断卖	谢绍康	美部会	东门外登云桥下遵道坊	店屋地基		大洋40元	现空地	未税
1915年农历十二月初二	断卖	谢绍康	美部会	东门外大街登云桥下遵道坊	店屋		大洋65元	房屋地	未税
1918年10月19日	断卖	廖经积	东门外美部会	东门外谢天君庙下	里栋房屋菜园		大洋35元	屋宇及菜园地用	未税
1917年6月3日	卖	李毓唐等		东门外李家园	窠地菜地		大洋90元	西差会住宅	未经验契
1904年11月	断卖	熊联秀	大美国美部会师姑和珠利、教士和若瑟	禾平廿都乌石坪仟筒窟	皮骨山场并茶叶竹果松杉杂木		光洋24元	西差会住宅和师姑住	未税
1912年2月9日	断卖	熊钟庚等	大美国美部会师姑和珠利、教士和若瑟	仟筒窟	皮骨山场并杉树松树杂木竹	上至小路左边7丈为界，上至11丈，外古石界2.5丈，下至15丈，左至6丈，右至中心山顶6.5丈	光洋6元	西差会住宅和师姑住	与上一块地且契约连在一起
1905年6月	断卖	熊亨秀兄弟	美国和珠利师姑	二十都乌石坪堑洞窟	山场并松树林木		光洋8.2元	西差会暑假住宅和师姑	

1913年5月23日	断卖	熊灵荣	美国和珠利师姑	视头坛	房屋并木料6根		光洋32元	西差会暑假住宅和师姑	
1913年2月	断卖	熊荣胜	美部会	二十都斜树坑新厝坛	房屋1栋、厨房3植,牛栏4间		洋银37两	西差会拨与熊家作传道住宅	
1913年2月	断卖	冯金淇	美部会	二十都乌石坪大旗上大路上	房屋漂山山场	12方丈	洋银240两		
1912年12月12日	断卖	熊荣机	美部会	二十都斜树坑坑上厝	房屋	1栋	洋银27两		
1885年5月15日	永远租出	蒋有亮等	美国美部传道会教士吴思明、和若瑟	东路二十八都,同青村后苗竹	山场1片	东边52弓西边34弓南边71弓北边42弓	洋银84两	现为空山场	未税
1913年2月	断卖	冯金淇	美部会	二十都乌石坪大旗上大路上	房屋漂山山场	12方丈	洋银240两		
1912年12月12日	断卖	熊荣机	美部会	二十都斜树坑坑上厝	房屋	1栋	洋银27两		

3. 牛栏契约

时间	契别	立契人	承买人	坐落	不动产类型	面积	时价	用途	备注
1912年10月24日	断卖	吴门车氏仝子吴文星	美部会	东市遵道坊登云桥下右边	店屋坛基柴寮及后门外乾地空坪		洋银188.7两	闽北美教会牛栏	美部会复于民国16年以实价470元出卖
1913年9月	断卖	普度会	美部会	东门外遵道坊登云桥	店屋		洋银50两	闽北美教会牛栏	
1914年1月12日	断卖	苏永忠等	美部会	东门外登云桥下万家井	房屋并地基		银24元	闽北美教会牛栏	
1912年7月11日	断卖	刘金元等	美部会	东市遵道坊李家园口	荒园地基并榕树4株		洋银30.34两	闽北美教会牛栏	
1912年	断卖	老郎会等	美部会	遵道坊登云桥下巷内	乾地空坪		洋银34.5两	闽北美教会牛栏	
1912年10月	断卖	三仙会、襀灾会、张王会	美部会	遵道坊登云桥下巷内左边	乾地及空坪榕树	300.7方丈	107.88两	闽北美教会牛栏	
1912年10月	断卖	何鸦娘子等	美部会	牛栏区大路边	乾地空坪	34方丈	10.73两	闽北美教会牛栏	
1912年10月28日	断卖	季步堂等	美部会	东市遵道坊登云桥下樟树左边	乾地空坪		洋银17.76两	闽北美教会牛栏	
1912年11月	断卖	张王会	美部会	遵道坊登云桥下巷内左边	乾地空坪		银15两	牛栏	
1912年11月	断卖	宁志福等	美部会	登云桥下美部会房屋大门前	乾地空坪	92方丈	银31.74	牛栏	
1912年11月	断卖	李春淇	美部会	东门外登云桥	店房屋		洋番200元	牛栏	
1912年12月	断卖	张王会	美部会	遵道坊登云桥下左边	乾地空坪	30方丈	银10两	牛栏	

4. 汉美中学契约

时间	契别	立契人	承买人	坐落	不动产类型	面积	时价	用途	备注
1903年12月27日	断卖	丁道生等	美部会福音堂		地基及樟树		光洋30元		
1907年4月11日	断卖	陈荣发等	大美国耶稣教美部会	东门外紫云桥溪边	园地		洋银4.44两	菜园	
1925年2月16日	永远租	宁炳财	美国美部会在邵武	东门外泰山庙对面汉美中学校门口宁家墩	空地	56方丈	小洋450角	汉美中学校东门的一块空地	
1925年4月24日	永远租	宁炳财	美国美部会	东门外泰山庙对面汉美中学校门口宁家墩	空地	122方丈	大洋60元	汉美中学校东门的一块空地	内系一块空坪，因两次买，故分两纸附图式
1923年2月10日	永远租	陈福怡	美国美部会	东郊松树林十字路下	菜园		大洋50元	汉美中学化学及体育室	附图式
1923年2月10日	永远租	陈捷先	东门外美部会	东门外汉美中学校西边	菜园	20.9方丈	大洋20元	汉美中学化学及体育室	与上一地块系连在一起
1923年1月11日	断卖	郑個仔等	美部会	黄毛墩	樟木概杂木	5株	光洋10元		
1923年1月11日	断卖	郑水发	美部会	黄茅墩汉美中学校后	菜园		光洋48元	汉美中学校舍	

5. 农林试验场

时间	契别	立契人	承买人	坐落	不动产类型	面积	时价	用途	备注
1913年12月24日	断卖	五谷会、土地庙、青社庙等	美部会	南郊外下南寮	皮骨水田	25处，3斗3升1分1厘	纹银655元	美部会实业场	
1914年1月7日	断卖	林海仍、土地会等	美部会	南郊外下南寮	皮骨水田及房屋并地基及乾地坪		银67元	美部会实业场	
1915年农历二月初三	断卖	蔡元丰	美部会	下南寮大斡上则沉	皮骨水田	4丘，民粮1斗1升	大洋40元	美部会实业场	
1915年农历十一月初九	断卖	谢爱德	美部会	南市通泰坊白渚桥上	地基并晒谷坪一片				
1915年农历十二月初一	断卖	李恩荣	美部会	南郊魏家遐	房屋		光洋130元	牛羊住处	
1915年11月24日	断卖	季恢绪	美部会	东市遵道坊吊桥边	店屋并后门外空园地基		洋银300元	实业场	
1915年农历腊月初十	断卖	邱永贤	美部会	东门外登云桥巷内路边	空坪地基	20.7方丈	小洋200角	实业场	
1918年11月26日	断卖	龚陛梁	美部会	南郊外瑶上遐	皮骨民田并洲地	民粮4升、洲地年纳官租803文	小洋387角	实业场	
1918年12月27日	断卖	官进财	美部会	南郊外魏家遐	皮骨民田	民粮2升	小洋85角	实业场	
1918年农历腊月二十五	断卖	丁柏生	美部会	南门外瑶上遐挨河边	皮骨民田	民粮1斗7合，寺饷0.334两	光洋18元	实业场	
1918年12月30日	断卖	傅有兴	美部会	南门外魁第坊牌楼根前	房屋	1栋2间	光洋440元	南门礼拜堂	
1918年12月19日	断卖	徐大寿	美部会	南门外通泰桥头上边底截	菜园空地	两片	小洋120角	西差会住宅	

续表

1917年12月20日	断卖	龚家贵	美部会	南门外下南寮	荒洲地		大洋6元	试验场	
1917年12月26日	断卖	尤家发等	美部会	南门外下南寮窑猪头山	荒山并松木一株		小洋80角	试验场	
1918年农历八月三十	断卖	黄福	东门外美部会	南郊外下南寮土地寰垅顶	皮骨民田	官粮1勺	小洋80角	牛栏	
1917年11月12日	断卖	黄光山	美部会	将军排下街	房屋及空坪灰寮坛基茅荒山并水井		光洋45元	山地	
1917年11月13日	断卖	陈绍龙	美部会	南门外魏家段石结岭黄泥亭边凤山	荒山		小洋100角	山地	
1917年农历十二月初九	断卖	黄邹氏	美部会	南门外魏家段	荒坪		小洋130角	空地	
1917年10月28日	断卖	王邹氏等	美部会	南门外魏家段	青荒山并松木、杉木		小洋130角	山地	
1917年10月29日	断卖	陈绍龙	美部会	南门外魏家段邓家山	荒山		小洋10角	试验场	
1917年10月17日	断卖	傅金赦	东门外美部会	南门外魏家段邓家山	荒山		小洋50角	试验场	
1918年农历正月三十	断卖	黄玉庄	美部会	南门外魏家段华山	荒山		小洋180角	试验场	
1918年农历正二初六	断卖	黄金庄等	美部会	南门外魏家段华山	荒坪并皮骨民田		洋番24元	试验场	

续表

1924年11月20日	断卖	朱锦绣等	美部会	南郊外碓下街	荒坪		大洋25元	实业场	
1924年12月19日	断卖	蔡元丰等	美部会	南郊外下南寮魏家坡大埂上	皮骨民田	田7分	洋80元	实业场	
1925年农历腊月二十八	永远出租	邱奥奥等	美部会	芹田三岭寮	山场		大洋50元	实业场	
1926年农历四月十一	永远出租	官朱氏	美部会	南郊外		地基及空坪并榕树、桑树	大洋22元	实业场	
1926年3月26日	永远租	福聚桥董首	美部会	南郊外石寮	皮骨民田	民粮1斗5升4合	小洋300角	实业场	
1915年11月23日	断卖	王奇佐	美部会	南郊外下南寮上郭宅	竹林并溪埂		银4元	牛栏	未税
1915年农历七月二十二	断卖	龚家贵等	美部会	下南寮	宅坛乾地竹林及与灰寮并木料		银30元	医院牛栏	未税
1917年农历十二月初五	断卖	尤家保等	美部会	南门外下南寮窑上段	荒山		小洋170角	试验场	
1917年农历十二月初五	断卖	蔡细辉等	美部会	南门外下南寮窑上段	荒山		小洋180角	试验场	
1917年12月27日	断卖	蔡花仂等	美部会	南门外下南寮窑猪头山	荒山		小洋120角	牛栏	
1917年农历十月初九	断卖	蔡兴发等	东门美部会	南郊外下南寮窑土地寮魏家段	荒山		小洋130角	牛栏	

1920年农历腊月二十一	断卖	葛学卿等	美部会邵武农林试验场	南郊萧家厂沈家	皮骨荒田	民粮7升2斗5合	小洋310角	实业场	
1921年12月13日	断卖	邓多奇	美部会	南郊外冬瓜山	荒坪	官租250文	小洋200角	实业场	
1921年4月13日	断卖	龚志善等	美部会	南门外横街	地基		大洋10元	实业场	
1922年农历十二月十六	断卖	陈希贤	美部会	南门外三井段	皮骨民田	民粮1升	洋银42元	实业场	
1922年农历十二月二十七	断卖	蔡半治等	美部会	南门外下南寮郭姓屋边	荒坪并官洲田		洋争19元	房屋	
1921年4月22日	永远租出	程瑞符	美部会	南门外横街	店面房屋		大洋60元	实业场	
1920年农历五月初十	拌卖	郑仔	美部会邵武农林试验场	南门外登云坊	破烂房屋		光洋13元	用该屋料	
1916年农历正月十九	断卖	傅流苗	美部会	将军排中街	房屋地基	8间	银58元	实业场	未税
1916年农历正月十五	断卖	黄绍才	美部会	将军排街尾	房屋地基及园坪井水井1口	5间	银20元	实业场	未税
1920年农历四月初九	永远出租	龚陞梁	美部会	南门外白竹桥张仙庙隔壁	地基	35方丈	光洋24元	实业场	未税
1920年3月17日	断卖	黄氏唤紫镜	美部会	南门外碓下街三车碓边	地基		光洋8元	房地	

6. 东门医院契约

时间	契别	立契人	承买人	坐落	不动产类型	面积	时价	用途	备注
1903年农历正月十八	断卖	吴明松	美部会福音堂圣教医院	东门外进贤坊	店屋地基		洋银60两	东门外旧医院	未税
1903年农历正月二十二	断卖	邱施氏	美部会福音堂圣教医院	东门外进贤坊	店屋地基		洋银60两	东门外旧医院	未税
1908年4月25日	断卖	李毓根	美部会福音堂	东门外李家园	房屋1栋6间	150.4丈	光洋100元		
1907年12月	谕	邵武县正堂邱	福音堂教会	东门外			洋银500角	旧医院	本契约系向邱县长买,只一手谕,未有正式契
1915年1月8日	断卖	李飞鹏	美部会	东郊外遵道坊李家园总门口	乾地		大洋140.6元	医院	
1913年4月12日	出卖	王佐才	女美部会	东市凤石坊	地基		洋银18元	医院	
1913年4月12日	出卖	李爱娣	女美部会	东市凤石坊	地基		光番28元	医院	
1910年农历九月初十	断卖	王茂生	女美部会	东市凤石坊	屋坛地基		洋银148两		
1917年10月12日	断卖	刘远达	东门外美部会	东门外登云坊	房屋并地基		光洋53元	妇幼友谊及妇幼看诊室	未税
1920年5月25日	断卖	曾章凰等	美部会	东门外登云坊	房屋并地基空坪		光洋70元	妇幼友谊及妇幼看诊室	

7.北门医院契约

时间	契别	立契人	承买人	坐落	不动产类型	面积	时价	用途	备注
1901年农历四月初五	断卖	虞德元	美部会	北市宝严坊大井前	地基2片		洋银93.24两	医院	
1901年9月26日	断卖	高衍华	福音堂	宝严坊	地基		洋银85两		
1901年10月16日	断卖	吴作霖等	美部会福音堂	北市宝严坊	地基2片	90.5方丈	洋银79.624两	医院	
1903年12月23日	断卖	何正椿	美部会	北市功德坊官巷口	房屋		洋银80元	医院	
1903年5月15日	断卖	高衍华兄弟	美部会	北市功德坊官巷口	店基		光洋16元		
1904年12月27日	断卖	官从兄弟	美部会	北市功德坊	地基		光洋30元	医院	
1907年农历二月初三	卖	饶李氏等	美部会	北市宝严坊	地基		纹银50两		
1907年农历十二月初三	卖	李龙梅等	美部会	北市宝严坊	地基		纹银50两		
1907年2月19日	断卖	罗学贤	美部会	北市宝严坊	地基		洋银37员		
1907年1月20日	卖	朱瑞寅等	美部会	北市宝严坊	地基		洋银55.5两		
1907年农历十二月初三	卖	饶学谟等	美部会	北市宝严坊	田基		银24两		

8. 女子医院

时间	契别	立契人	承买人	坐落	不动产类型	面积	时价	用途	备注
1907年3月23日	给照		美部会	北市宝严坊嵩山寺右边	营房地基	直深21.7丈，横8.5丈	年纳租洋银40元	美部会女学堂	
1920年12月18日	断卖	饶谟标	美部会	北市功德坊	房屋附破屋1间		光洋140员	妇女学校	
1909年农历九月初二	卖	孙梓松等	美部会	北市功德坊	地基	50方丈	银40.7两	女校	
1909年12月22日	断卖	罗长兴兄弟	女美部会	北市功德坊	菜园地基		洋银30两		
1909年10月29日	卖	张水发	女美部会	北市后巷街	屋3间		洋银18.5两		
1909年10月19日	卖	黄柄庸等	女美部会	北门功德坊	屋1间半		洋银59.2两		
1909年8月26日	租地基议约字	朱开泰	美部会	北市美部会女学堂左边嵩山寺化僧炉厨所及基地	地基	94方丈	年租价银200员，60年为限，续租年租3元，充作公用	妇女学校	
1909年10月29日	卖	计清标	女美部会	北市功德坊	房屋半栋		洋银100两		
1908年4月29日	断卖	郑承仕等	女美部会	北市功德坊	地基	横阔5.2丈、直深2.2丈	银11元		
1909年农历四月初一	断卖	尹赞汤	女美部会	北市功德坊	地基		洋银45两	医院	
1910年农历腊月初三	断卖	杨加保	女美部会	东门凤石坊	菜园		洋银22.2两	妇女学校	

9. 乐德女中

时间	契别	立契人	承买人	坐落	不动产类型	面积	时价	用途	备注
1914年3月24日	断卖	罗长兴	女美部会	北市功德坊	地基	长17.3丈、阔18.5丈	洋番115元	乐德女校	
1914年3月23日	断卖	曾梓卿	女美部会	北市功德坊	房屋两栋并书塾1所		洋番210元	乐德女校	
1914年3月24日	断卖	义塚社	女美部会	北市后巷街功德坊房屋右边一直，计5间并厅堂大门	房屋		洋番40元	乐德女校	
1914年4月14日	断卖	陈德盛	女美部会	北市伍儒坊	地基	横2.2丈、深7.25丈、方圆19.91方丈	洋番11元	乐德女校	
1914年农历五月初四	断卖	王成荣等	女美部会	北市功德坊白塔寺前	地基	方圆25.3方丈	洋番20.3元	文山女中	
1913年5月7日	断卖	吴天赦等北市合众	女美部会	北市伍儒坊叚家井	地基	横8丈、深7.25丈、方圆58方丈	光洋40元		
1914年5月11日	断卖	王成荣等	女美部会	北市伍儒坊叚家井	地基	14.1方丈	洋番13.2元	文山女中	
1915年9月17日	断卖	黄行敬等	女美部会	北市功德坊官巷口	地基	44.9方丈	大洋36元	乐德女校	
1915年农历五月初一	断卖	黄门刘氏	女美部会	北市功德坊后巷口	屋坛基并侧屋		光番52元	乐德女校	
1915年9月18日	断卖	黄功选等	女美部会	北市功德坊官巷口	地基	113方丈	光番90.4元	乐德女校	
1918年1月29日	断卖	张麟郊等	女美部会	北市功德坊	房屋并地基		光洋170元	乐德女校	

10. 圣教医院

时间	契别	立契人	承买人	坐落	不动产类型	面积	时价	用途	备注
1921年农历正月十五	永远出租	三兴隆	女美部会	凤石坊	房屋地基		洋银570元	医院	
1920年农历十二月初二	杜断卖	谷雨社董	美部会	北门功德坊后巷街	房屋		光番20元	兵役局	
1920年10月28日	断卖	杨甫然等	美部会	北市功德坊官街口	地基	5方丈	银光番10元		
1920年11月25日	断卖	郑廷书	美部会北门医院院长杜嘉德	北市功德坊钟楼下大街25号	房屋半栋		大洋300元		

11. 女子学校契约

时间	契别	立契人	承买人	坐落	不动产类型	面积	时价	用途	备注
1901年农历四月初五	断卖	赵永年兄弟	美部会福音堂	北市宝严坊	房屋地基并厨房2所、空地3片		洋银250.858两		
1901年农历四月初五	断卖	关帝会、罗长兴等	美部会福音堂	北市功德坊后巷街	屋地基	213.99方丈	洋银193.806两		
1901年农历四月初七	断卖	吴作霖等	东门外美部会	樵城内北市功德坊	空基	48.95方丈	洋银43.475两		
1901你农历四月初七	断卖	黄宗佑等	美部会福音堂	北市功德坊	房屋地基并里栋后厅厨房空地		洋银133.2两		
1901年5月19日	断卖	黄宗香等	美部会	北市城内宝严坊	地基	28.35方丈	洋银34元		
1901年12月23日	断卖	黄叶吉	东门外美部会	樵城内北门功德坊	空基	24.8方丈	洋银20.82两	女校	
1901年12月20日	断卖	睢王会、关帝会等	美部会福音堂	北市功德坊后巷街	地基2处	47.52方丈	洋银47两		
1901年12月20日	断卖	曾云梯等	美部会	北市宝严坊	地基		洋银59两		
1903年农历八月初二	断卖	杨维芬等	美部会	北市功德坊官巷口	房屋并地基		洋银85元		

续表

1913年4月12日	出卖	本坊首事社百福等	女美部会	东市凤石坊头铺	荒地基（庙产）	8.4方丈	光番10元	妇女学校	
1910年农历九月初十	卖	叶长春等	女美部会	东市凤石坊	店屋侧屋并正厅排屋		洋银51.8两	妇女学校	
1911年农历八月初九	断卖	杨安溪	女美部会	北市功德坊	房屋并地基	横宽5.5丈	纹银300两		
1911年4月14日	永卖断绝割藤	席牵弟等	女美部会	北市后巷街	房屋并地基		银44.4两		
1914年12月30日	断卖	王宗喜	女美部会	北市功德坊后巷街	房屋并地基		光洋25元	妇女学校	
1914年农历六月初三	断卖	袁家俊等	女美部会	北市功德坊官巷口	地基	24.7方丈	洋银19.7元		
1914年5月28日	断卖	杨苏氏等	女美部会	北市功德坊官巷口	地基	24.7方丈	洋银19.7元		
1914年5月28日	断卖	黄苟仔等	女美部会	北市功德坊	地基	29.8方丈	洋银23.8元		
1914年5月28日	断卖	何国仔	女美部会	北市功德坊	地基	24.7方丈	洋银19.7元		
1914年5月28日	断卖	黄上苑	女美部会	北市功德坊假家巷内	地基	29.6方丈	洋银23.6元		

续表

1914年5月28日	断卖	魏和硕等	女美部会	北市功德坊	地基	88方丈	洋银70元		
1914年5月28日	断卖	何健夫	女美部会	北市功德坊假家巷内	地基	44.3方丈	洋银35元		
1914年3月25日	谕执照	邵武知县林扬光手谕	女美部会	北市功德坊后巷街	右边一半住屋		光洋40元		附图式为手谕非正式契约
1914年5月28日	断卖	吴桂芳	女美部会	北市功德坊	地基3片	124方丈	洋银90.2元		
1914年12月30日	断卖	梅火生等	女美部会	北市功德坊后巷街	房屋及地基		光洋60元		
1914年12月30日	断卖	梅火生	女美部会	北市功德坊后巷街	房屋		洋番120元		

主要参考文献

1.〔美〕小爱德华·布里斯：《邵武四十年》，中央编译出版社2015年版

2. 耶鲁大学图书馆关于福益华的部分文献

3. 华中师范大学购买的美部会有关邵武传教站资料，第1—139页

4.〔明〕陈让：《邵武府志》，海峡书局2017年版

5. 邵武市地方志编纂委员会：《邵武县志》（民国版），1986年版

6. 邵武市地方志编纂委员会：《邵武市志》，群众出版社1993年版

7. 邵武市地方志编纂委员会：《邵武市志（1990—2005）》，福建省地图出版社2014年版

8. 中国人民政治协商会议福建省邵武市委员会：《邵武政协志》，中国文史出版社2016年版

9. 中共邵武市委统战部：《邵武统战史话》

10. 邵武市老区建设促进会：《邵武老区100年》

11. 邵武市公安局：《邵武市宗教资料汇编》1991年版

12. 邵武市政协文史资料1—30辑

13. 邵武市档案馆：《中共邵武党史大事记》

14. 邵武市统计局：《数说邵武70年》

15. 邵武市交通史编纂委员会：《邵武交通志》

16. 邵武县地名办公室：《邵武县地名录》

17. 邵武市军事志编纂委员会：《邵武市军事志》

18. 邵武市林业委员会：《邵武林业志》

19. 邵武市教育局：《邵武教育志》

20. 政协邵武市文化文史和学习委员会：《邵武民国纪事》，海

峡书局 2023 年版

21. 政协邵武市文化文史和学习委员会：《邵武客家》

22. 邵武市档案馆：《邵武记忆》

23. 徐铸成：《民国记事》，广西人民出版社 2015 年版

24. 蔡美彪、范文澜：《中国通史（第九册）》，人民出版社 2009 年版

25. 蔡美彪、范文澜：《中国通史（第十册）》，人民出版社 2009 年版

26. 水海刚：《近代闽江流域上下游间经济联系再考察》

27. 福建省水文勘探局：《闽江流域特大暴雨洪水纪实分析与探讨》

28. 李少咏：《民国时期福建公路交通发展概况》

29. 徐晓明：《民国时期以县为中心的政治职权分配与地方自治》

30. 徐晓望：《清—民国福建粮食市场的变迁》

31. 李相敏：《民国时期福建省的教会学校》

32. 麻健敏、罗青：《民国初期福建盐制的变迁》

33. 黄颖：《民国时期福建中医药人士对中医药事业的贡献》

34. 田正平：《关于民国教育的若干思考》

35. 董应龙、朱家楷：《浅析抗战前十年的民国教育》

36. 杨立红：《试析国民政府时期的福建人口状况》

37. 王立红、刘玉珍、曾秀敏：《国民政府初期的禁烟政策》

38. 雷媛媛：《关于对民国时期福建军阀卢兴邦的评价》

39. 张鸣：《多面相的民国农村》

40. 张瑛：《第一次国共合作破裂的社会后果》

41. 历黎明：《邵武茶对外贸易史略》

42. 张建基：《国民革命军后勤史略》

43. 曾凡贞：《近三十年来民国时期县政研究》

44. 杜香芹：《20 世纪上半期闽西北地区的匪患及特点》

45. 吴巍巍：《基督教与近代闽北社会》

46. 李莉：《近代福建外国教会契约文书之研究》

图书在版编目(CIP)数据

　　邵武福医生/蔡幼群著. —福州:海峡文艺出版社,2025.6
　　ISBN 978-7-5550-4101-6

Ⅰ.I25

中国国家版本馆 CIP 数据核字第 20253VU312 号

邵武福医生

蔡幼群　著
出 版 人　林　滨
责任编辑　陈　婧　朱墨山
编辑助理　陈雨含
出版发行　海峡文艺出版社
经　　销　福建新华发行(集团)有限责任公司
社　　址　福州市东水路 76 号 14 层
发 行 部　0591－87536797
印　　刷　福州报业鸿升印刷有限责任公司
厂　　址　福州市仓山区建新镇建新北路 151 号
开　　本　787 毫米×1092 毫米　1/16
字　　数　250 千字
印　　张　16.5
版　　次　2025 年 6 月第 1 版
印　　次　2025 年 6 月第 1 次印刷
书　　号　ISBN 978-7-5550-4101-6
定　　价　65.00 元

如发现印装质量问题,请寄承印厂调换